마술사

마술사

魔術師

에도가와 란포 지음
이종은 옮김

도서출판 b

• 차례 •

마술사

魔術師

1930년 7월부터 이듬해 6월까지『고단구락부』에 연재되었다. 거미남 사건 이후 열흘 만에 불려나온 아케치 고고로처럼 전작『거미남』의 폭발적인 성공에 힘입어 바로 다음호부터 연재에 들어간 작품이다. 흥미진진한 사건 전개로 대중들에게 크게 호응을 받았을 뿐 아니라 란포 스스로도 플롯의 완성도가 높다고 평가했다. 작품 속 사건 발생 시점은 1928년 11월 5일부터 1929년 4월 중순까지로 추정한다.

아름다운 벗

매일같이 신문 지면에 새로운 범죄 사건이 보도된다. 사람들은 그에 익숙해진 나머지 '또'라는 표정을 지을 뿐 번번이 놀라지도 않지만, 가만히 생각해보면 얼마나 뒤숭숭하고 꺼림칙한 세상인가. 도쿄가 아무리 넓다고 해도 몸서리칠 정도로 피비린내 나는 범죄가 매일 서너 건 씩 일어난다. 19세기도 아니고 설마 요즘 같은 세상에 양자 살해 부락[1]이 존재할까 싶지만, 친동생을 때려죽여 집 앞에 묻은 후 그걸 도와준 다른 동생을 미치광이로 몰아 정신병원에 가두는 일도 있었다. 구로이와 루이코[2]가 번안한 프랑스 범죄소설처럼 기괴하기 짝이 없는 범죄들이 벌어지고 있는 것이다.

하지만 이는 세상에 드러난 범죄. 어느 범죄학자의 말처럼 겉으로 드러나는 범죄가 열 건 중 두세 건에 불과하다면, 우리가 매일 신문에서 보는 것보다 훨씬 전율할 만한 범죄가 아무도 모르는 새 얼마나 많이 벌어질까. 아마 상상 이상일 것이다.

....

1_ 이 소설이 연재되기 몇 달 전인 1930년 5월, 도쿄 이타바시에서는 주민들이 한통속이 되어 41명의 아이를 살해한 사실이 적발되었다. 아이의 입양처를 알선하는 명목으로 조산원이나 산모에게 양육비를 받고 양육비만 가로챈 채 아이를 살해하는 사건이 이전에도 가끔 있긴 했지만, 집단적인 범행이라는 점에서 당시 큰 충격을 주었다.

2_ 黒岩涙香1862~1920.『철가면鉄仮面』,『암굴왕巌窟王』,『유령탑幽霊塔』 등 서양 탐정소설을 번안하여 일본에 소개했으며, 『천인론天人論』 등의 평론집을 남겼다. 1892년 직접 창간한 일간지 <요로즈초호万朝報>는 그의 번안소설들뿐 아니라 정계의 스캔들을 가차 없이 폭로한 기사를 게재하는 것으로도 유명했다.

혹시 독자들은 소설을 읽다가 벽 한 장만 사이에 둔 옆집에서 실제로 무슨 일이 벌어지고 있을까 오싹해져 귀를 기울여본 적 없는지. 정말 끔찍하지만 도쿄에서는 그런 억측을 하는 것도 결코 무리가 아니다.

아마추어 탐정 아케치 고고로明智小五郎가 '거미남' 사건을 해결하고 휴양을 떠난 지 고작 열흘밖에 안 지났다는 건 작가가 꾸며낸 이야기가 아니다. 거미남이 파노라마 지옥에서 무참하게 죽음을 맞이한 지 열흘 만에 '마술사' 사건의 첫 번째 살인이 일어나는 바람에 아케치는 차마 거절할 수 없는 의뢰를 받고 어쩔 수 없이 또다시 사건에 관여하게 된 것이다.

그는 아마추어 탐정이긴 하지만 탐정 간판을 걸고 생계를 유지하지 않는지라 딱히 내키지 않으면 경찰을 도울 의무는 없었다. 하지만 이 '마술사' 사건은 왠지 그의 흥미를 끌었다. '거미남'보다 하수의 범죄는 아닌 듯한 예감 때문이기도 했지만 (아니나 다를까 이 사건을 겪으며 아케치는 범인의 속임수에 넘어가 생사의 갈림길에 이르기도 했다), 그에게는 이 사건에 뛰어든 또 다른 이유가 있었다.

아마추어 탐정과 연애. 정말 안 어울리는 조합이다. 예전에 코난 도일 경은 어느 영화배우에게 홈즈도 사랑할 수 있게 해달라는 부탁을 받고 몹시 난감했다고 말한 적이 있다. 그만큼 탐정은 사랑과 인연이 없다. 하지만 범죄의 이면에는 거의 예외 없이 사랑이 존재한다. 그런 범죄를 해결하는 탐정이 사랑도 모르는 목석같은 사람이라면 어찌 그 임무를 수행할 수 있겠는

가. 이치상으로도 그렇지만, 우리의 아케치 고고로는 그런 탐정들처럼 추리에만 매달리는 강철 기계인형이 아닌 건 확실하다.

'거미남' 사건이 해결된 다음 날, 아케치는 트렁크 하나만 들고 우에노역上野駅에서 기차를 탔다. 신문기자들이 몰려드는 호텔에서 빠져나와 혼자 느긋이 휴식을 취하고 싶었던 것이다. 그는 자신이 주빈인 경시총감 주최의 축하연조차 거절했을 정도다.

막연히 호수가 보고 싶어 추오선 S역까지 표를 샀을 뿐이지만 나중에 돌이켜보니 이미 그때 마술사 사건에 첫발을 디딘 것이었다. 운명이란 이토록 섬뜩한 것이다.

S에 도착한 아케치는 택시에 타자마자 말로만 듣던 호반 호텔로 가자고 했다.

가을 호수는 푸른 하늘을 비추고 있었고, 하늘은 맑게 개어 화창했다. 아침저녁으로 약간 쌀쌀한 날씨는 아케치의 피로한 육신에 더없이 쾌적했다. 불편한 외국 생활을 오래한 탓에 호텔 방도, 시골뜨기 메이드도, 일본식 욕실도 마음에 꼭 들었다.

아케치는 호텔에 있는 열흘 동안 아무 근심 없이 개구쟁이처럼 즐겁게 지냈다. 호텔 보트를 빌려 호수에서 노를 젓는 것이 일과였다. 어떤 날은 같은 호텔에 묵고 있는 귀여운 아이들을 태우고 소년시절에 부르던 노래 <바람이랑 파도랑>을 목청 높여 부르며 거울 같은 수면에 부지런히 노를 저었다.

붉게 물든 산으로 에워싸인 그림 같은 호수 위로 하얀 보트가 작은 물새처럼 미끄러지는 광경은 호텔 창 너머로 아주 잘 보였다. 보트 위에는 앞뒤로 움직이는 하얀 물체가 있었다. 흰 셔츠를 입은 아케치의 모습인 듯했다. 그 앞에 꿈틀거리는 것은 뜻밖에 뱃놀이를 하게 되어 신이 난 아이들이리라.

호텔 발코니에 나와 미소를 주고받던 부모들의 귀에도 수면을 타고 간간이 추억의 노랫소리가 들려왔다.

보트를 향해 미소를 보내는 부모들 사이에 아름다운 아가씨도 있었다. 도쿄에서 유명한 보석상을 운영하는 다마무라 젠타로玉村善太郎의 딸 다에코妙子다. 그녀는 신슈信州의 온천장에 다녀오는 길에 아버지와 헤어져 일하는 할멈과 함께 이 호텔에 며칠째 체류 중이다. 여학교 시절(그래 봐야 작년에 졸업했지만) 친했던 친구가 이곳 S에 사는데, 그 친구와 만나 이야기를 나누기 위해서였다.

그런 다에코가 부모들 사이에서 아케치의 보트를 바라보고 있는 까닭은 할멈 말고도 데리고 온 아이가 있기 때문이다. 신이치進一라는 열 살 남짓한 남자아이인데 그 아이도 보트를 타고 있었다. 신이치는 다마무라 소유의 나가야[3]에 살던 영세 상인의 아들로, 양친을 여의고 의지할 곳 없는 상황에 처하자 그의 처지를 불쌍하게 여긴 다에코가 어머니를 졸라 동생처럼 키운 것이다. 그걸 봐도 다에코는 세상물정 모르는 철부지가 아니었다. 양갓집에서 자라 몹시 정숙했지만 어딘지 듬직한

<hr/>

3_ 長屋. 에도 시대에 영세 상인이나 직공들이 거주하던 일본의 전통 다세대 주택. 건물 내부를 여러 채로 나눠 각각 출입문을 만들었으므로 중류 주택과는 달리 따로 대문이 없다. 1920~30년대에는 빈곤한 서민들의 주거지였다.

면이 있었다.

이렇게 며칠을 보내는 동안 아케치는 아이들과의 인연으로 부모들과도 친분을 쌓았다. 그중에서도 다마무라 다에코와는 이상하리만큼 서로 끌리는 눈치로 식당에서 같은 테이블에 앉거나 함께 차를 마시기도 했고, 종내에는 할멈의 눈을 피해 호수에서 뱃놀이를 할 정도로 친해졌다.

그때는 반드시 호텔에서 보이지 않는 후미진 호숫가로 노를 저어갔다. 그쪽은 우거진 상록수 숲이 있어 푸르른 녹음綠陰 사이로 아름답게 물든 잡목의 붉은 단풍이 힐끗힐끗 보였고, 그 모습이 고요한 수면에 또렷이 비쳤다. 그들은 언제나 그 그늘에 배를 띄워놓고 이야기의 미궁에 빠져들었다. 하지만 독자 여러분, 두 사람의 관계를 억측하지 마시길. 아케치가 불량청년처럼 굴 나이도 아니고, 다에코도 알게 된 지 며칠 안 된 남자에게 마음을 허락할 정도로 헤픈 여자가 아니다. 게다가 보트에는 두 사람뿐 아니라 신이치도 늘 함께였다. 그들은 이상하리만치 마음이 잘 통하는 친구일 뿐이다.

하지만 솔직히 말하자면, 다에코의 마음은 어떤지 몰라도 적어도 아케치만큼은 젊고 아름다운 데다가 총명한 아가씨에게 친구 이상의 애틋한 감정을 가졌고, 날이 갈수록 그 마음이 깊어져 어쩔 줄 모르는 상태였다.

'이봐, 똑바로 처신해. 철없이 무슨 그런 꿈을 꾸고 있는 게냐. 네 나이를 생각해봐라. 벌써 마흔에 가까운 중년 아닌가. 게다가 다에코 씨는 유서 있는 자산가 집안의 따님인데, 너같이 가난한

떠돌이에게 차례가 올 성 싶은가. 빨리 그 사람 곁을 떠나는 게 좋을 거다.'

아케치는 잠도 이루지 못한 채 이불 속에서 자신을 몇 번이나 질책했다. 그리고 내일은 꼭 떠나리라 마음먹지만 막상 아침이 되면 떠날 기회를 놓치는 것이 예사였다.

하지만 그 문제는 다에코의 아버지가 해결해주었다. 딸의 체류가 길어지자 걱정이 되었는지 어느 날 전화를 걸어 얼른 도쿄로 돌아오라고 했다. 아버지 말을 잘 따르는 다에코는 곧바로 호텔을 떠났다. 기분 탓일 수도 있으나 아케치에게 작별을 고할 때는 그녀 역시 못내 아쉬운 듯했다.

다에코가 떠나고 나서도 아케치는 전처럼 호수에 나가 아이들을 보트에 태우고 노를 젓는 것이 일과였다. 그는 자못 쾌활한 척했지만 미간의 그늘까지 감추지는 못했다.

잡으면 사라져버릴 듯한 다에코의 낭창낭창한 몸, 살짝 웃으면 하얀 이가 보이는 꿈같이 아름다운 얼굴, 가슴을 지피는 달콤한 목소리. 시간이 지날수록 그런 기억들이 하나하나 생생히 떠올라 아케치는 스무 살 청년처럼 번민의 나날을 보내야 했다.

호수에 배를 띄워놓고 다에코와 나누던 이런저런 대화도 추억거리였다. 그런데 산들거리는 봄바람처럼 쾌활하고 달콤한 대화를 나누던 어느 날, 다에코가 느닷없이 아주 어두운 고백을 한 적이 있었다. 왠지 모르게 그때 그녀에게 들은 묘한 말이 아케치의 머릿속에 달라붙어 떨어지지 않았다. 그 에피소드가

이 이야기의 발단이나 다름없으므로 간략히 적는다. 그때 배는 상록수 그늘로 어둑어둑해진 호수 위에 떠 있었는데 배 안에서 다에코가 살인마의 기습이라도 받은 듯 갑자기 묘한 말을 했다.

"말도 안 되는 꿈 이야기처럼 들릴지도 몰라요. 하지만 신기하게도 저는 어렸을 때부터 앞날이 보였어요. 어머니가 5년 전에 돌아가셨는데 그 반년 전부터 어머니가 돌아가실 걸 똑똑히 알고 있었거든요. 이번에 꾼 무시무시한 꿈도 그때처럼 현실이 될 걸 생각하니 벌써부터 두려워져요. 너무 무서워요. 혼자 잠을 자다가 문득 그 생각이 떠오르면 찬물을 뒤집어쓴 것처럼 소름이 확 끼치거든요. 너무너무 끔찍해요."

"누나, 또 그 얘기네. 그러지 마요."

아직 열 살 남짓한 신이치가 어른처럼 공포에 질린 표정을 지으며 큰 소리로 말했다.

"대체 무슨 꿈인데요?"

다에코의 그늘진 표정에 놀라 아케치가 물었다. 다에코는 말하기도 무섭다는 듯이 목소리를 낮춰 말했다.

"뭐랄까, 혼이 깃든 검은 구름이 무서운 속도로 우리 집을 덮치는 거예요. 이미 두세 달 전부터 끊임없이 그런 느낌이 들었어요. 마치 꿩이 큰 지진을 예감하는 것처럼……. 누군가가 우리 일가를 저주하는 듯했어요. 아무래도 우리 가족들이 무시무시한 제물이 될 것 같다는 예감이 드는 거예요."

"그렇게 의심할 만한 이유라도 있습니까?"

"전혀 없어요. 그래서 더 무서운 거예요. 어떤 식의 재앙이

닥칠지 그 정체를 알 수 없으니까요."

물론 다에코도 아케치가 명탐정이라는 걸 알고 있었다. 이 기묘한 고백도 그의 판단을 들어보려고 털어놓은 것인지 모른다. 하지만 제아무리 아케치라도 현실적으로 전혀 근거 없는 꿈 이야기만 가지고는 별 뾰족한 수가 없었다. 그때 마침 도쿄에서 전화가 걸려와 호텔 사환이 다에코를 찾으러 온 것이다.

약삭빠른 솜씨

다에코가 집으로 돌아간 지 사흘째 되는 오후, 이번에는 뜬금없이 아케치에게 전화가 걸려왔다. 도쿄의 나미코시 경부였다. 나미코시 경부는 경시청 형사부 내에서도 귀신으로 통하는, 독자 여러분도 잘 아는 그 형사다.

아케치가 수화기를 들자 나미코시 경부는 경황없는 목소리로 짤막하게 인사한 후 바로 용건을 말했다.

"자세한 이야기는 만나서 하기로 하고, 지인 중에 후쿠다 도쿠지로福田得二郞라는 사업가가 있습니다. 그에게 좀 묘한 일이 생겼는데 꼭 아케치 씨의 도움을 받고 싶다며 전화를 해달라는군요. 의뢰를 부탁하는 거죠. 급히 도쿄로 좀 와주셨으면 합니다. 사건 내용을 간단히 설명하기는 힘들지만 결코 실망하시지 않을 겁니다. 제 생각에 이 일은 경찰보다는 오히려 아케치 씨 영역 같습니다. 아주 괴이한 사건이거든요. 고생스러우시겠지만 후쿠다 씨를 대신해 저도 부탁드립니다. 가능하면 오늘 밤 여기로 와주십시오."

"어쩌죠, 일부러 전화까지 주셨는데. 탐정일은 당분간 휴업입니다."

아케치가 퉁명스럽게 대답했다.

"가뜩이나 긴 여행으로 피곤했는데 거미남 사건으로 완전 녹초가 되었습니다. 이제 좀 쉬게 해주십시오."

"이거 어쩌죠."

경부는 정말 곤란한 목소리였다.

"당신이 오지 않으면 후쿠다 씨가 실망할 텐데요. 실은 거기 머무는 것도 다마무라 다에코 씨에게 들었습니다. 다에코 씨도 꼭 아케치 씨에게 의논하고 싶다더군요."

"뭐라고요, 다에코 씨 말입니까? 다에코 씨를 알긴 하지만 이번 사건이 그녀와 무슨 관계라도 있습니까?"

아케치는 다에코의 이름을 듣자 갑자기 의욕을 보였다.

"깊은 관계가 있죠. 말하는 걸 깜빡했는데 후쿠다 씨는 다에코 씨의 아버지 다마무라 젠타로 씨의 친동생입니다. 그러니까 다에코 씨의 숙부죠."

"그런 거였습니까? 다에코 씨와는 여기 체류할 때 친해졌는데 그 사람이 숙부였군요."

"네. 그런 인연도 있으니 후쿠다 씨가 부탁했을 겁니다. 어떠십니까, 이쪽 사정을 봐서 좀 와주지 않으시렵니까?"

"알겠습니다, 그러죠."

아케치는 아이처럼 금세 말을 뒤집었다. 그는 그런 걸 부끄러워하지 않았다. 머뭇거리지도 않았다. 다에코 씨의 부탁이라면 당장이라도 출발할 기세였다.

"시간은, 그렇군요. 여기서 2시 10분에 출발해서 7시에 우에노에 도착하는 기차가 있습니다. 그걸 타죠."

나미코시 경부는 아케치가 너무 선선하게 승낙하자 살짝 당황하면서도 아주 만족스럽다는 듯이 말했다.

"감사합니다. 후쿠다 씨도 기뻐할 겁니다. 그렇게 말씀드리죠. 후쿠다 씨가 우에노역까지 차를 보낼 겁니다. 그럼 아무쪼록 꼭 좀 부탁합니다."

경부는 몇 번이고 확인했다. 아케치는 전화를 끊고 서둘러 떠날 준비를 했다. 트렁크 하나만 들고 떠난 여행인지라 준비에 시간이 걸리거나 손 가는 일은 많지 않았다. 잠옷과 때 묻은 셔츠들을 트렁크에 쑤셔 넣고 호텔비를 지불하면 그만이다. 기차 시간까지는 충분히 여유가 있었다.

차 안에서도 별일 없었다. 그저 다에코 생각뿐이었다. 기차가 흔들릴 때마다 양귀비꽃처럼 웃는 그녀의 얼굴이 자꾸 눈앞에 어른거렸다. 노래하듯 달콤한 목소리도 귀에 들렸다. 그녀가 마지막 날 배에서 이야기했던 몽환적인 공포도 생각났다.

'역시 그녀의 예감이 맞았는지도 모르겠군.'

그렇게 생각하니 아직 사건에 관해서 편린조차 듣지 못했지만 이상하게 흥미가 동했다.

7시 30분, 열차는 우에노역에 도착했다.

개찰구를 나오니 바로 앞에서 기다리던 자동차 운전사가 그를 알아봤다. 아케치의 얼굴은 신문에서 봐서 눈에 익을 테니 틀림없었다.

"후쿠다 씨 댁에서 모시러 왔습니다."

운전사는 다른 이들과 마찬가지로 이 시대의 영웅에게 존경심을 가지고 공손히 말했다.

"아, 수고하네. 차는 어디 있지?"

아케치가 가볍게 대답했다.

"저쪽입니다."

운전사는 앞장서 자동차로 안내했다.

이 경우 아케치의 실수라고 하기에는 무리가 있었다. 그가 지금 우에노역에 도착한 사실을 알고 있는 사람은 나미코시 경부와 후쿠다밖에 없다. 아무리 신이라도 이 자동차가 가짜라고는 상상조차 할 수 없었을 것이다. 게다가 사업가답게 승용차도 멋졌고, 운전사와 조수도 제대로 복장을 갖추고 있었다. 굳이 설명하자면 두 사람 다 커다란 로이드안경[4]을 쓰고 있었고, 자동차에도 후쿠다 가문의 문장이 있었다. 그걸 의심해볼 수도 있겠지만 운전사들은 흔히 매연 때문에 로이드안경을 썼으며, 아케치는 후쿠다 가문의 문장을 몰랐기에 어쩔 수 없었다.

그러나 역시 명탐정은 달랐다. 자동차 안으로 발을 들이는

....

4_　렌즈가 둥글고 테가 두꺼운 안경으로 1920~30년대에 유행하였다. 미국의 희극배우 해럴드 로이드가 영화에 많이 쓰고 나와 그렇게 불렸다는 설과 당시 안경테 소재로 많이 쓰인 셀룰로이드의 줄임말이라는 설이 있다.

순간 위험을 감지했는지 한 발 빼려 했다. 하지만 안타깝게도 때는 늦었다. 운전사가 엄청난 기세로 차 안에 아케치를 밀어넣자 앞좌석에 앉은 조수가 손을 뻗어 그를 끌어당겼다. 기습적인 공격에 아케치는 저항할 틈이 없었다.

"무슨 짓이냐."

아케치가 버럭 화를 내며 밖으로 뛰어내리려 했지만, 그를 차 안에 밀어 넣은 운전사는 강철 같은 오른쪽 주먹으로 가슴을 세게 쳤다. 유도의 급소 찌르기였다. 운전사로 변장한 일당이니 그 정도는 당연히 가능했을 것이다.

이미 컴컴해진 역 앞의 붐비는 길가에서 일어난 일이었다. 만약 누군가 아케치의 성난 목소리를 들었다 해도 역 앞에서는 노상 나는 소리다.

자동차는 아무 일 없었다는 듯이 밝은 전찻길을 달려 히로코지広小路 방향으로 사라졌다. 뒷좌석에는 우리의 주인공 아케치 고고로가 정신을 잃고 사정없이 뻗어 있다.

다시 말한다. 이 일은 아케치에게 책임을 물을 수 없다. 그는 잘못한 것이 없다. 다만 범인이 경찰이나 후쿠다보다, 심지어 아케치 고고로보다도 열 걸음, 아니 스무 걸음은 앞서 있었기에 아케치의 허를 찌르는 데 성공한 것이다.

이 얼마나 약삭빠른 솜씨이고 뛰어난 작전인가. 범죄는 아직 일어나지 않았다. 싸움은 아직 시작하지도 않은 것이다. 그런데 그들은 싸우기도 전에 최대의 적인 명탐정 아케치 고고로부터 포로로 삼았다. 여간내기가 아니다. 그들이 저지르려는 범죄

또한 예사롭지 않을 것이다. 범인은 이 사건에 아케치 고고로가 관여할 것이며, 기차 도착 시간에 맞춰 후쿠다가 우에노로 자동차를 보낸다는 걸 어떻게 알았을까. 그리고 진짜 후쿠다의 자동차는 어떻게 된 걸까. 혹시 운전사들도 아케치처럼 당한 건가. 아, 흉악한 범인의 가공할 만한 수완이다.

유령통신

잠시 이야기를 앞으로 돌려 아케치를 귀경하게 만든 후쿠다가福田家의 기괴한 사건(하지만 범죄라고 할 만한 사건은 결코 아니었다)에 대해 말해야겠다.

나미코시 경부가 앞서 말한 대로 후쿠다 도쿠지로는 다마무라 보석왕의 친동생이다. 그 역시 상당한 자산가이고 여러 회사의 주주이기도 해서 배당금만으로도 충분히 호화스런 생활을 누릴 수 있었다.

그는 다마무라가玉村家에서 후쿠다가로 양자를 갔는데, 양부모는 이미 한참 전에 돌아가셨다. 아내도 작년에 세상을 떠났고 슬하에 자녀도 없어 현재는 홀몸이다. 성격이 다소 별난 그는 오히려 고독을 즐기는 편이라 후처도 들이지 않고 하인 몇 명과 함께 넓은 서양식 저택에 틀어박혀 음침한 나날을 보냈다.

그러던 어느 날, 갑자기 그의 조용한 생활을 위협하는 기괴하기 짝이 없는 사건이 일어났다.

원래도 어두운 성격이었지만 부인을 잃은 후에 증세가 더 심해져 그는 하루 종일 집에 틀어박혀 있는 날이 많았다. 세 끼 식사 때 외에는 하인들과 얼굴도 마주치지 않았고, 해가 지기 무섭게 침대로 들어갔다. 그리고 잠자리에 들기 전에는 침실과 서재로 나뉜 개인 공간의 창과 방문을 안에서 철저히 잠가놓았다.

그러던 어느 날이었다. 아침에 후쿠다가 침대에서 눈을 떠보니 덮고 있던 흰 모포 위에 종이 한 장이 놓여 있었다. 이상하다 싶어 종이를 들어보니 타자 용지에 연필로 크게 갈겨 쓴 글씨가 눈에 띄었다.

11월 20일

그렇게만 적혀 있었다. 그 외에 다른 내용은 없었다. 누가 썼는지 무엇을 의미하는지 전혀 알 수 없었다.

후쿠다는 이상한 생각이 들었다. 종이가 있는 위치를 보니 밤중에 누군가 그의 침실에 잠입한 것이 분명했다. 하지만 그건 불가능한 일이었다. 후쿠다는 그 전날 밤도 자기 전에 방 안에서 문을 모두 잠갔다. 정원으로 난 창은 쇠창살로 막혀 있어 잠글 필요도 없었다. 종이가 방에 들어올 틈이 없었던 것이다. 게다가 침대는 창가에서 꽤 떨어져 있었다.

이상하다고 생각하면서 그는 침대에서 내려왔다. 혹시 몰라 졸린 눈을 비비며 문과 창문들을 조사해보았지만 아무 이상이 없었다. 정체를 알 수 없었지만 뭔가 이상한 느낌이 들었다.

열쇠로 문을 열고 하인들을 불러 물어보았으나 아무도 방에 들어온 사람이 없었다. 모두 그 종이에 대해서도 알지 못했다.

아무래도 이상하다고 생각하며 하루를 지냈다. 그런데 그 다음 날, 후쿠다가 눈을 떠보니 이게 웬일인가, 어제와 마찬가지로 또 흰 모포 위에 타자 용지가 놓여 있는 것 아닌가. 두려움에 떨며 종이를 보니 오늘은 어제보다도 더 간단했다.

14

달랑 숫자만 쓰여 있을 뿐이다. 문은 어제처럼 철저히 잠가놓았다. 하인들 역시 어제와 마찬가지로 전혀 아는 바가 없었다.

용지와 필적을 조사해 봐도 짐작할 수 없었다. 후쿠다의 지인 중에는 누구도 그런 필적을 가진 사람이 없었다.

'11월 20일'이나 '14'가 무슨 의미인지, 보낸 이가 누구인지, 어떻게 철저히 문을 잠가놓은 방에 편지를 가져다 놓았는지 전혀 상상조차 할 수 없어 몹시 불길한 느낌이 들었다.

'유령이 아니라면 할 수 없는 일이다.'

그렇게 생각하니 소름이 끼쳤다.

하지만 기괴한 일은 그걸로 끝나지 않았다. 그 다음 날도, 또 그 다음 날도 후쿠다가 눈을 뜨면 어김없이 모포 위에 종이 한 장이 놓여 있었다. 내용은 역시 간단한 숫자였다.

13, 12, 11, 10, 9

매일 숫자가 하나씩 줄어들었다. 그런 일이 일어난 다음이라 자기 전에 더 철저히 문단속을 한 건 말할 필요도 없지만, 문단속 따위로는 유령통신을 방해할 수 없다고 증명하듯 아무 효과도 없었다.

후쿠다는 숫자가 '9'에 이르자 견디다 못해 조카 다마무라 지로玉村次郎를 불렀다. 쾌활한 젊은이의 지혜를 빌리려는 것이다. 지로는 보석왕 다마무라 젠타로의 차남이자 다에코의 오빠로, 모 사립대학에 적을 둔 채 놀고 있는 스물네 살 신청년이었다.

"별거 아닌 일에 신경을 쓰시는군요. 누군가 장난을 친 거겠죠. 숙부님이 신경을 곤두세우고 계시니 그런 장난을 치는 놈도 생기죠."

지로는 후쿠다의 이야기를 듣고 별일 아니라는 듯 웃어넘겼다.

"장난이 아니야. 세심하게 주의를 기울여야 할 일이지. 그저 재미로 이런 바보 같은 짓을 며칠째 계속하는 놈이 어디 있겠냐. 첫째, 방은 철저히 문단속을 해놓았는데 마술사처럼 어떻게 들어왔을까. 정말 소름끼치는 일이다."

후쿠다는 무척 진지했고 정말로 무서운 것처럼 보였다.

"설령 마술사라 할지라도 그저 종이를 가져다 놓은 거잖아요. 딱히 숙부님께 위해를 가한 것도 아니고, 그냥 내버려둬도 되지 않을까요?"

"그렇지만도 않아. 아무래도 이 숫자에 뭔가 무시무시한 비밀이 숨어 있는 것 같다니깐. 보라고, 처음 온 것이 '11월 20일' 그 다음은 '14' 그 후 하나씩 숫자가 줄더니 오늘 아침은 '9'지. 순서가 있고 매우 계획적이야. 그런데 오늘이 며칠이지?"

"11일이죠. 11월 11일."

"거봐, 11일의 11에 9를 더하면 몇이냐, 20이잖아. 그러니까 '11월 20일'인 거지. 앞으로 이런 숫자를 받을 날도 열흘이 채 남지 않았군. 이제 아흐레밖에 안 남았다는 <u>으스스한 통지서</u> 잖아."

듣고 보니 틀림없이 그런 것 같았다. 지로는 잠시 주춤했다.

"하지만 통지서라니 대체 무엇을 알리려는 거죠?"

"그걸 모르니 기분이 더 <u>으스스한 거지</u>. 나는 사람들에게 딱히 원망을 산 기억이 없거든. 하지만 어딘가 적이 있는지도 모르지. 만약 그런 거라면 이렇게 사람을 떨게 해놓고 복수라도 하려는 거겠지."

실제 후쿠다는 의외로 엄청난 복수를 당한 기억이 있을지도 모른다. 그렇지 않다면 고작 이런 장난 같은 종이쪽지에 그렇게 까지 마음을 졸이겠는가.

"복수라고 하시면."

"그러니까 11월 20일에 내가 살해당한다든가……."

"하하하하하, 그런 어처구니없는 망상이라면 하실 필요 없어요. 요즘 세상에 누가 그런 고전적인 복수를 하겠어요. 하지만 숙부님이 걱정하시니 제가 오늘 밤새도록 숙부님 방 앞에서 보초를 서겠습니다. 만약 종이쪽지를 가지고 오는 놈이 있으면 잡아드리죠."

후쿠다도 그런 생각을 한지라 그날 밤 바로 실행에 옮기기로 했다.

지로는 약속대로 한숨도 자지 않았다. 해가 지기 시작하자 회중전등을 준비해 밤새도록 후쿠다의 침실 창문 쪽 정원이나 문밖 복도 같은 곳을 돌며 철두철미하게 지켜봤다.

"고양이 한 마리, 담을 넘지 않았어요. 어때요, 어젯밤에는 종이쪽지가 오지 않았죠?"

아침에 숙부 방에 들어간 지로는 "거 보세요"라고 말할 기세로 의기양양하게 물었다.

하지만 이게 웬일인가. 후쿠다는 또 새로 온 종이쪽지를 들고 있는 것 아닌가.

"이걸 봐라. 여느 때처럼 모포 위에 떡하니 놓여 있더구나. 드디어 정체를 밝힐 수 있다는 기대에 나도 오늘 밤에는 한숨도 자지 않으려 했지. 하지만 동트기 전에 스르르 잠들고 말았어. 그 틈에 들어온 모양이다. 정말 이상한 일도 다 있구나."

오늘 아침에 온 쪽지에는 예상대로 '8'이라고 쓰여 있었다. 후쿠다의 추정으로는 '이제 8일밖에 남지 않았다'는 무서운 의미가 담겨 있는 것이다.

상황이 이렇다 보니 지로도 그날부터 본격적으로 후쿠다의 저택에 머물렀다. 서생의 도움을 받아가며 몇날며칠 수상한 자의 정체를 밝히려고 힘썼지만 결국 아무것도 발견하지 못했다. 한편 종이쪽지에 적힌 숫자는 매일 줄어갔다. 후쿠다도 지로도 '3'이라는 숫자를 보자 조바심이 나서 더 이상 가만있을 수 없었다.

이번에는 지로도 경찰에 조력을 구하자고 했다. 후쿠다는 친분이 있는 나미코시 경부에게 상의했다. 한편, 이 섬뜩한 소식은 다마무라가에도 전해져 막 귀경한 다에코의 귀에도 들어갔다. 사실 아케치 고고로를 부르자는 것도 다에코의 제안이었다. 나미코시 경부는 그 제안에 즉각 동의했다.

새빨간 고양이

'아케치 고고로 7시 반 우에노역 도착'이라는 전보를 받자 후쿠다가에서는 아케치와 안면이 있는 경관에게 자동차로 역까지 마중 나가달라고 부탁했다. 나미코시 경부도 아케치가 도착하는 시간에 맞춰 후쿠다의 저택으로 갈 계획이었다.

하지만 마중나간 자동차는 8시쯤 빈 차로 돌아왔다. 경관의 보고에 따르면, 어찌된 일인지 후쿠다의 저택에 있던 시계는 물론 운전사의 손목시계와 경관의 회중시계까지 모두 15분씩 늦춰져 있었다. 그 사실을 모르고 역에 도착해보니 7시 반에 하차한 승객들은 거의 사라진 후라고 했다. 아무리 찾아도 아케치의 모습이 보이지 않아 어쩔 수 없이 철수했다는 것이다.

시계가 하나같이 시간이 늦춰져 있었다니 뭔가 특별한 이유가 있었을 것이다. 하지만 사람들은 그렇게 깊이 생각하지 않았다. 늦게 마중 나갔으니 그 사이 큰일이 생겼을지도 모른다고 생각할 만한데 말이다.

후쿠다는 부랴부랴 아직 청사에 남아 있는 나미코시 경부에게 전화를 걸어 자초지종을 설명하고 혹시 아케치가 거기로 가지 않았는지 물었다.

"아뇨, 여기 오지 않았습니다. 마중 나간 차를 만나지 못했으면 전화를 했을 텐데 그러지 않은 걸 보면 예정보다 늦게 기차를 탔나봅니다. 내일 아침에는 올 겁니다. 그때까지 기다려보죠."

나미코시 경부는 의외로 느긋하게 대답했다.

그날 밤은 지로 외에 아케치를 마중나간 경관도 함께 묵었기 때문에 후쿠다는 별걱정 없이 잠들었다.

그런 사건이 생길 줄 몰랐으니 후쿠다나 나미코시 경부가 방심한 것은 어쩔 수 없었다. 종이의 숫자가 '3'이었던 것이다. 설령 후쿠다의 공포가 현실이 된다 해도 아직 이틀이나 남은 상황이었다. 숫자가 '1'이나 '0'이 될 때가 두렵지, 그 전에는 별일 없을 테니 아케치 고고로가 하루 늦게 도착한다 해도 큰 문제는 없을 것이라 생각했다.

하지만 범죄자라고 모두 아르센 뤼팽처럼 약속을 잘 지키란 법은 없다. 특히 범인은 아케치 고고로의 귀경 시간을 어떻게 알았는지 거사를 일으키기 전에 일단 강적 아케치의 손발부터 묶어놓을 정도로 만만치 않은 놈이었다. 후쿠다가 경찰에 조력을 구하리라는 것을 모를 리 없었다. 따라서 11월 20일까지 허송세월하며 경찰 포위망이 갖춰질 때까지 기다리는 우를 범할 리 없었다.

후쿠다의 경호를 맡은 지로와 경관은 2층에 마련된 손님용 침대에 나란히 누웠다. 저택 안에서 보초를 서는 것은 별 소용없었으므로 후쿠다가 안심할 수 있게 그저 함께 묵기만 하면

될 줄 알았다.

아직 3일의 시간이 남았다고 생각한 두 사람은 은연중에 방심했다. 게다가 11월 20일이 되더라도 어떤 일이 일어날지 전혀 짐작할 수 없었다. 어쩌면 아무 일 없을 거라고도 생각했다. 아무래도 아무 일 없는 편이 더 타당해보였다. 완전히 뜬구름 잡는 이야기였다. 나미코시 경부가 '아케치의 영역'이라며 이 사건에서 도망치려 한 것도 당연했다.

지로도 경관도 반드시 깨어 있어야 한다고 생각하지는 않았다. 깨어 있어봤자 아무 일도 생기지 않을 것이라고 얕잡아 본 것이다.

하지만 우에노역에서 아케치를 유괴한 솜씨만 봐도 알 수 있듯이 범인에게는 사람의 허를 찌르는 기술이 있었다. 모두 유령통신에 길이 들어 교묘한 암시에 걸린 채 방심하고 있던 그날 밤, 정확히는 11월 17일 밤, 돌연 전율할 만한 범죄를 저지른 것이다. 예고한 날보다 사흘 전이었다.

지로는 한밤중에 이상한 피리소리를 듣고 눈을 떴다.

귀를 기울여보니 아래층 후쿠다의 침실 근처에서 이루 말할 수 없이 구슬픈 플루트소리가 가냘프게 들려왔다. 특정한 곡을 연주하는 것이 아니라 그저 마음 내키는 대로 부는 듯했는데 곡조가 이상하리만치 애절하고 아름다웠다. 뭐랄까 끊임없이 한을 호소하는 것 같기도 하고 가을의 우수를 한없이 탄식하는 것 같기도 했다. 한번 들으면 평생토록 잊지 못할 소리였다.

후쿠다는 플루트를 불 줄 몰랐다. 게다가 한밤중에 그런 걸

불다니 이상했다.

'잘못 들은 건가. 아니다, 확실히 플루트소리다. 게다가 숙부님의 침실이 틀림없다. 혹시……'

지로는 양어깨에 얼음이 닿은 것처럼 소름이 끼쳐 꼼짝할 수 없었다.

잠시 후 플루트소리가 뚝 멎었다. 아무리 귀를 기울여도 더 이상 들리지 않았다.

지로는 급히 옆 침대에 누운 경관을 흔들어 깨웠다.

"아무래도 이상해요. 아래층에 같이 좀 가보시죠."

두 사람 모두 바지 바람으로 자고 있어서 상의만 걸치면 되었다. 하지만 경관은 만일의 사태에 대비해 대검까지 차고 계단으로 내려갔다. 저택 안은 쥐 죽은 듯 조용했다. 어렴풋한 상야등常夜燈에 의지해 복도 모퉁이를 한 바퀴 도니 후쿠다의 침실 겸 서재 문이 보였다.

지로는 멈칫거리며 방문을 열었지만, 안에서 잠가놓아 꼼짝도 하지 않았다. 아무래도 예감이 이상했다.

"숙부님을 깨워볼까요?"

"그럽시다. 혹시 모르니까요."

경관이 동의하자 지로가 문을 두드렸다.

"숙부님, 숙부님."

두세 번 반복해서 부르는데도 대답이 없다.

"아무래도 이상하네요."

지로는 얼굴이 창백해졌다. 이제 무엇을 해야 할지 떠오르지 않는 모양이었다.

"열쇠구멍으로 들여다보죠."

방법을 생각해낸 경관이 허리를 숙여 열쇠구멍을 들여다보았다. 잠시 후 그는 엄청나게 긴장한 얼굴로 고개를 돌렸다.

"피, 피네요……."

"뭐라고요? 그럼 숙부님은……."

"이미 숨이 끊어졌을 겁니다. 이 문을 부수죠."

정원으로 나가 창을 넘어 들어가려 해도 쇠창살이 막고 있어 다급한 일이 생기면 문을 때려 부술 수밖에 없었다.

지로는 복도로 달려 나가 서생을 깨웠다. 그리고 도끼를 가져오라고 해서 문을 난타했다.

큰 소리가 나자 할멈과 두 하녀가 달려왔다.

튼튼한 문이었지만 도끼를 휘두르자 우지끈 소리와 함께 문의 윗부분이 떨어져 나갔다.

지로와 경관, 하인들까지 여섯 명이 서로 머리를 맞대고 안을 들여다보았다. 하지만 그들은 아무것도 볼 수 없었다. 볼 겨를이 없었다. 커다랗고 새빨간 덩어리가 엄청난 속도로 돌진해오는 바람에 길을 터주느라 잽싸게 뒤로 물러설 수밖에 없었기 때문이다.

새빨간 고양이였다. 아니, 새빨간 고양이라니 말이 되는가. 사실은 후쿠다가 기르는 새하얀 수컷 고양이인데 온몸에 피를 뒤집어써서 새빨갛게 변한 것이다.

소름끼치는 동물은 부서진 문틈으로 도망치더니 복도에서

두세 번 몸을 부르르 떨며 피를 털어내고는(그때마다 빨간 잉크 같은 선혈이 판자벽에 파팍 튀었다) 무서운 형상으로 사람들을 향해 새빨간 등을 한껏 곧추세웠다.

그때 고양이의 입가를 본 사람들은 공포에 질린 나머지 자기도 모르게 얼굴을 돌릴 수밖에 없었다.

이 딱한 동물은 주인이 죽은 줄도 모르고 피투성이가 된 시체 앞에서 온몸이 새빨개질 정도로 재롱을 부린 것이 틀림없었다. 재롱만이 아닐 것이다. 고양이는 주인의 상처를 핥다가 흐르는 피를 마신 듯했다. 그게 아니라면 그런 무시무시한 입을 하고 있을 리 없다. 톱니처럼 날카로운 이빨이 새빨갛게 물들어 있는 데다 혀 위에는 피가 끈끈하게 엉겨 있었다. 고양이는 빨간 핏방울을 뚝뚝 떨어뜨리며 그 혀로 입 주위를 핥았다.

"야옹."

새빨간 고양이는 소름끼치도록 아름다운 울음소리를 내더니 놀란 사람들을 본체만체하고 피 묻은 발자국을 남기며 느릿느릿 뒷문으로 걸어갔다. 마치 자신이 살인범인 양 한없이 넉살스러운 모습이었다.

사람들은 곧이어 부서진 문틈으로 방 안의 상태를 살폈다.

불이 밝혀져 있는 전등 아래 파자마 차림으로 누워 있는 후쿠다의 하반신이 보였다. 가슴 위쪽은 침실 벽에 가려 보이지 않았다. 발끝까지 몸이 피로 물들어 있었는데, 고양이가 그 위에서 장난을 친 모양이다.

그런데 시체보다 더 이상한 게 있었다. 시체와 그 주변에 엄청나게 많은 들국화가 고인을 추모하는 장식처럼 아름답게 흩뿌려져 있었다.

예기치 않은 상황이라 그때는 깊이 생각할 여유가 없었지만 나중에 따져보니 이 살인에는 이상한 점이 많았다. 기묘한 예고도 그렇고 출구 없이 완전히 밀폐된 방인데 범인이 어디로 들어와 어디로 도망쳤단 말인가. 그런 걸 차치하더라도(그런 점들이 틀림없이 이 사건을 요상하고 불가사의하게 만드는 두드러진 특징이긴 했다) 지로가 들은 구슬픈 플루트소리나 시체를 장식하고 있는 어여쁜 들국화 다발은 대체 무슨 의미인가. 혹시 범인은 살해당한 우리의 고인을 우리와 함께 추모하기 위해 플루트를 연주하고 들국화 다발을 선물한 것인가. 세상에 이런 미치광이 같은 방법을 쓰는 범죄자가 어디 있단 말인가.

여담은 생략하겠다. 어쨌든 시체를 조사해야 했기에 지로는 부서진 문틈으로 손을 넣어 잠금 장치를 풀고 안으로 들어갔다. 경관과 하인들도 뒤따라 들어갔다.

지로는 거리낌 없이 성큼성큼 시체 쪽으로 다가갔다. 그리고 피투성이가 된 발치에 서서 침실 벽에 가려져 있던 시체의 상반신을 힐끗 보았다. 그런데 이게 웬일인가. 그는 그 자리에 서서 목각인형처럼 꼼짝하지 못했다. 입은 움직였지만 엄청난 충격 때문에 소리가 나오지 않는 모양이었다.

"무슨 일입니까?"

경관이 놀라서 달려가자, 막대기 같은 지로의 몸이 경관의 양팔 사이로 쓰러졌다.

"으악, 이건……."

경관도 방금 지로가 봤던 시체의 상반신과 마주하고 비명을 질렀다.

대체 무엇이 있었던 걸까. 지로의 정신을 잃게 하고 경관마저 전율시킨 것이 대체 무엇이란 말인가.

잔혹도

"이제 괜찮습니다. 고맙습니다."

잠시 후 지로가 깨어났다. 경관의 팔에 기댔던 몸을 가눴지만 그는 더 이상 말할 기운이 없었다. 지로와 경관, 그리고 서생은 시체에서 멀찌감치 떨어져 서로 창백하게 굳은 상대의 얼굴만 물끄러미 바라보았다. 할멈과 두 하녀는 복도에 서 있었다. 그들은 시체의 발만 힐끗 보고 겁에 질려 아예 방에 들어가지 않으려 했다.

"너무 하는군. 정말 고약해."

한참 후 경관이 시체 쪽을 보지 않으려 고개를 돌리고 사람들이 들으면 안 되는 비밀 이야기를 하듯 낮게 잠긴 목소리로 말했다.

사실 사람들이 놀라는 것도 무리는 아니었다. 후쿠다의 시체가 보통 살인사건에서는 볼 수 없는 특이한 모습을 하고 있었기 때문이다. 어깨 위에 아무것도 없이 몸통만 있는 사람이 이렇게 무서워 보일지는 상상도 못 했다. 뭐랄까, 사람이 아닌 정체 모를 거대한 물체가 피투성이가 된 채 늘어져 있는 듯했다. 그러니까 범인이 절단한 후쿠다의 머리를 들고 어디론가 사라진 것이다.

쓰키오카 요시토시[5]의 잔혹도처럼 이가 갈리도록 끔찍한 광경이었다. 요시토시의 그림은 몹시 끔찍하지만 어딘가 아름다움이 느껴진다. 하지만 이건 생생한 실물이다. 절단 부위에서는 아직 피가 뚝뚝 떨어졌고 뭐라 형언하기 힘든 선혈의 냄새가 났다. 이를 악무는 바람에 몸에 있는 모공이란 모공이 다 열려 거기로 얼음 같은 바람이 스며드는 듯했다.

놈은 대체 무엇 때문에 피해자의 머리를 가지고 사라진 걸까. 도둑의 소행은 물론, 원한에 의한 살인이라 할지라도 상대를 죽이면 용건은 끝나는 법이다. 예전에는 아코 사건[6]처럼 목을 베어 고이 가져가는 풍습이 있긴 했지만 요즘 세상에 그런 짓을 하다니 해도 너무하지 않은가.

이 살인의 기이함은 그걸로 끝나지 않았다. 시체 위에 소금처

....

5_ 月岡芳年 1839~1892. 에도 말기부터 메이지 시대까지 활약한 우키요에 화가. 우카가와 구니요시歌川国芳의 제자로 역사화, 무사도, 미인화, 풍속화 등에 걸쳐 독특한 작품을 남겼다. 그중에서도 '피투성이 요시토시'라고 불릴 정도로 충격적인 잔혹도로 유명하며, 대표작으로는 오치아이 요시이쿠落合芳幾와 경연을 벌인 <영명이십팔중구英名二十八衆句>가 있다. 에도가와 란포는 요시토시의 잔혹도를 수집했다.

6_ 赤穂事件. 에도 중기 성주 아사노 나가노리를 잃고 낭사가 된 아코 번의 무사 47명이 복수를 위해 기라 요시나카를 살해하고 그 목을 주군의 무덤 앞에 바쳤다. 『추신구라忠臣蔵』가 사건을 바탕으로 만들어진 가부키나 분라쿠다.

럼 흩뿌려놓은 들국화, 장송곡처럼 구슬픈 플루트소리. 모두 하나같이 고풍스럽고 낭만적인 데다가 더없이 기괴했다.

게다가 불가사의는 그걸로 끝나지 않았다. 훨씬 더 괴이한 일이 있었다. 이상하다는 말로는 부족했다. 불가능한 일이었다. 말도 안 된다. 사람들은 아침마다 밀폐된 침실 안으로 날아든 예고장이 더없이 불길하고 수상하다고 생각했다. 하지만 이제는 한낱 종이쪽지가 아니라 사람의 목이 출구도 없는 방에서 사라진 것이다. 아니, 목뿐 아니다. 애초에 후쿠다를 살해한 흉악범은 어떻게 집 안으로 들어왔으며 어떻게 도망친 걸까. 마술사의 기괴한 마술이라 할 수밖에 없었다.

물론 경관이나 다마무라 지로, 서생 같은 사람들의 추리력을 넘어서는 사건이긴 했다. 그들은 그저 피투성이가 된 시체에 기겁해 사건의 불가사의함을 이해할 여력이 없어 보였다.

하지만 직업이 직업이니만큼 경관은 멍하니 보고만 있지 않았다. 그는 시체에 다가가 메스꺼움을 참아가며 끔찍한 절단 부위부터 살펴보았다.

날카로운 칼과 톱을 사용한 듯했다. 외과 전문가만큼은 아니지만 꽤 솜씨 좋게 절단되어 있었다. 그리고 얼굴이 있어야 할 곳에 융단을 물들인 피가 혈지血池처럼 질펀하게 고여 있었다.

경관은 침대 밑과 가구 뒤쪽도 주의 깊게 살폈다. 우스꽝스럽지만 참으로 소름끼치는 분실물이 아닐 수 없다. 그는 혹시 절단된 목이 어딘가 눈에 띄지 않는 장소에 감춰져 있는지 찾아보았다. 하지만 이 기괴한 탐색은 결국 허사로 끝났다.

방 안에는 단서가 될 만한 물건이 남아 있지 않았다. 소금처럼 무수히 많이 뿌려진 들국화 외에는 말이다.

경관은 이런 경우 어떻게 처리해야 하는지 잘 알고 있었다. 그는 르콕 형사[7]처럼 야심가는 아니었지만 지침을 준수하여 사람들을 침실 밖으로 내보내고 부서진 문을 닫았다. 현장이 흐트러지지 않도록 주의하는 한편, 밤이 늦었지만 경시청에 전화를 걸어 신속히 진행 상황을 보고했다.

경시청에서는 그 내용을 사건 담당인 나미코시 경부의 집에 급히 전달했다. 약 1시간 후, 경부가 두 형사를 데리고 현장에 달려왔다. 그동안 경관은 한 번 더 현관과 뒷문을 단속하고 건물 밖의 발자국을 수색한 후 하인들을 조사하고 있었다. 그는 해야 할 일을 모두 빈틈없이 처리했지만 별다른 것을 발견하지 못했다. 정원은 땅이 말라 있어 발자국이 남지 않았고 현관이나 뒷문도 문단속이 잘 되어 있었다. 하인들은 역시 아무것도 알지 못했다.

나미코시 형사가 도착했을 때는 이미 관할 경찰서 사람들이 와 있었다. 그리고 피해자의 친형인 다마무라 젠타로도 장남 이치로一郎와 함께 와 있었다. 그밖에도 평소 후쿠다가와 왕래했던 이웃들까지 찾아오는 바람에 저택에는 엄청나게 많은 사람들

....
7_ 에밀 가보리오의 추리소설에 등장하는 명탐정으로 면밀한 현장 검증을 중요시하는 것으로 유명하다. 첫 장편 추리소설 『르루주 사건』(1866)에서 조연으로 등장한 이후 비중이 점점 커졌으며, 시리즈의 마지막 편인 『르콕 탐정』(1869)에서 그의 초창기를 자세히 다룬다.

이 몰려들었다. 하지만 희한하게도 말 못하는 사람들만 모인 것처럼 쥐 죽은 듯이 조용했다.

거인의 손자국

나미코시 경부의 현장 조사나 뒤이어 도착한 법원 사람들의 검시 절차까지 자세히 기술하면 너무 지루하므로 모두 생략하고 독자가 꼭 알아야 할 점만 열거한다.

첫째, 피해자 후쿠다가 비밀의 장 안에 보관해놓은 고가의 다이아몬드가 분실된 사실을 다마무라 젠타로가 밝혀냈다.

그 다이아몬드는 원래 다마무라 상점의 지배인이 유럽 보석 시장에서 입수한 물건이다. 고풍스럽게 로제트형으로 커트된 10여 캐럿짜리 다이아몬드로, 그 심오한 광채에 매료된 후쿠다가 형 다마무라 젠타로에게 원가로 양도받았다. 물론 원가라 해도 어마어마한 가격이었다. 그런 귀중한 보석이 후쿠다의 기괴한 죽음과 함께 사라진 것이다.

둘째, 후쿠다의 침실 벽지에 범인의 피 묻은 손자국이 커다랗게 남아 있었다. 노련한 나미코시 경부는 경관이나 지로가 놓친 중요한 단서를 별 어려움 없이 금세 찾아냈다.

"어째서 우리는 그걸 못 봤을까요."

지로가 이상하게 여기자 나미코시 경부는 호탕하게 웃으며 대답했다.

"손자국이 너무 높은 곳에 찍혀 있어서 그렇습니다. 보통 사람이 벽 가까이 서 있을 때는 눈높이보다 낮은 곳에 손을 짚기 마련입니다. 따라서 범인이 남긴 단서를 찾을 때 눈보다 높은 곳은 그냥 지나치게 됩니다. 바닥은 세심하게 살피지만 대부분 천장은 보지 않아요. 일반적으로 벽에도 주의를 기울이지 않죠. 내 친구 아케치 씨의 말에 따르면 결국 심리적인 맹점이라는 겁니다. 까딱 잘못하면 놈에게 속아 어처구니없는 실책을 저지르게 된다는 거죠. 게다가 여기는 전등갓보다 높은 위치고, 벽지에 무늬까지 있어 자칫 놓치기 쉬우니까요."

그건 그렇지만 아무래도 손자국이 남아 있는 위치가 미심쩍었다. 5척[8]이 넘는 다마무라 지로나 나미코시 경부의 눈높이보다 훨씬 높았다. 그들도 팔을 뻗어야 가까스로 손이 닿는 곳인데 어떻게 거기에 손자국이 찍혀 있단 말인가.

게다가 손자국의 높이보다도 훨씬 놀라운 점이 있었다. 바로 손바닥 크기였다. 나미코시 경부가 재보니 보통 사람의 손바닥보다 적어도 1.5배는 컸다. 비정상적으로 큰 손바닥이었다. 그 사실을 알게 된 경찰 인사들과 다마무라 부자는 무의식적으로 말을 삼키고 서로 얼굴만 쳐다보았다. 세상에 이런 손바닥을 가진 사람이 어디 있단 말인가.

자신의 공상을 섣불리 입 밖에 내기는 두려웠지만 사람들은 머릿속에 거인을 떠올렸다. 손자국 높이로 미루어 볼 때 그

....
8_　150cm 정도. 1척^R=30.3cm

거인은 7척 가까운 키에 보통 사람의 1.5배나 큰 손바닥을 가진 괴물이 틀림없었다.

'어딘가 착오가 있을 것이다. 그런 괴물이 이렇게 철저히 밀폐된 방에 출입하다니 말도 안 된다. 거인일수록 더욱더 불가능한 일이지 않은가.'

사람들은 이 놀라운 공상을 부정하려 애썼다. 하지만 그것이 단지 공상이 아니었다는 것을 다른 루트를 통해 알게 되었다. 즉, 세 번째 발견을 한 것이다.

법원 사람들이 도착하고 각 신문사 사회부 야근 기자들이 후쿠다의 저택으로 몰려왔을 때 밝혀진 사실이었다. 신문기자들은 범죄 현장에 뛰어들 기세로 각자 탐방 비책을 펼쳤는데 그중 한 기자가 예민한 감각으로 중요한 사실을 발견하고 이를 나미코시 경부에게 전달했다는 것이다(기자는 공훈을 대가로 범죄 관련 사정을 자세히 알아내는 데 성공했다).

후쿠다의 저택은 도쿄시 서북부의 한적한 교외 지역으로, 문 앞에 난 개인 전용도로 주변이 넓은 공터였다. 그 공터는 일반 도로와 붙어 있어 전용도로를 벗어나면 시대에 맞지 않게 인력거꾼들이 모여 있는 허름한 판잣집도 있었다. 그날 밤 한 늙은 독신 인력거꾼이 판잣집에서 모포를 뒤집어쓰고 잠을 잤는데, 약삭빠른 신문기자가 그를 찾아가 이상한 낌새가 없었는지 물어보았다는 것이다.

범죄가 일어난 시각에 늙은 인력거꾼은 오랜만에 장거리를 뛰고 돌아와 모포를 뒤집어쓰고 꾸벅꾸벅 졸았던 탓에 비몽사몽이라 확실치는 않지만 뭔가 이상한 일이 있었다고 대답했다.

"그렇게 키가 큰 사람은 본 적 없었지. 물론 얼굴은 못 봤지만. 어둠 속에서 어렴풋이 오뉴도[9] 같은 놈이 보였는데, 그 녀석이 저택 쪽에서 나와 이 길로 쏜살같이 달려갔어. 길이 어둑어둑했기 때문에 반 정 정도 떨어지니 녀석의 모습이 더 이상 보이지 않았지만 말이야. 너무 희한한 일이라 꿈이라도 꾼 줄 알았는데 그런 살인사건이 일어났다더군. 어쩌면 그 오뉴도 같은 녀석이 살인범인지도 모르겠네."

나미코시 경부는 기자가 알려준 대로 그 늙은 인력거꾼을 저택으로 불러 자세히 심문했다. 하지만 7척쯤 되는 거인이었으며, 복장은 펄럭이는 검은 망토에 검은 복면 차림이라 얼굴이 희어 보였고, 손에 큰 꾸러미를 들고 있었는지 여부는 확실히 모른다는 말을 들었을 뿐 그 외에는 판명된 사항이 없었다.

손자국이든 어둠 속의 오뉴도든 모두 애매모호한 괴담 내지는 몽상 같은 이야기라 확실하다는 보장이 없었다. 따라서 경찰 실무자들이 외부에서 들어온 그런 괴물을 믿기 보다는 모든 문이 철저히 잠겨 있었다는 걸 전제로 저택 안에 있던 하인들부터 의심한 것도 무리는 아니었다.

서생, 할멈, 두 하녀, 자동차 운전사, 조수. 이 여섯 명을 이중삼중으로 철저히 심문하고, 짐과 고리짝 속까지 모두 검사했으나 언동이 의심되는 사람은 아무도 없었다. 게다가 문제의 다이아

9_　大入道. 스님의 외양을 한 커다란 몸집의 도깨비. 밤중에 혼자 걷고 있는 사람 앞에 나타나 사람을 놀라게 한다고 전해진다.

몬드도 소지품에서 발견되지 않아 결국 조사는 유야무야 끝났다.

이 범죄는 절도범의 소행이라고 하기에는 살해 방법이 너무 잔혹했을 뿐 아니라 시체 머리가 분실되는 등 납득할 수 없는 부분이 있었다. 살해가 목적이고 다이아몬드 도난은 부수적인 소행에 불과하다고 생각할 만했다. 그렇다면 살해 동기는 무엇일까? 아마도 생전에 후쿠다에게 깊은 원한을 품은 자의 소행 같았다.

하지만 피해자의 친형인 다마무라 젠타로는 동생이 그런 원한을 살 만한 인물이 아니라고 했다. 특히 7척 가까이 되는 거인은 직접적으로든 간접적으로든 알지 못한다고 단언했다. 오래 일했던 하인이나 할멈도 젠타로의 말에 동의했다.

산전수전 다 겪은 나미코시 경부조차 이렇게 오묘하고 불가사의한 사건은 처음이었다. 누가 죽였는지, 왜 죽였는지, 절단한 머리를 들고 사라진 이유는 무엇인지, 무슨 연유로 플루트를 연주하고 들국화를 흩뿌려놓았는지, 무슨 수로 밀폐된 실내로 잠입할 수 있었으며 밀폐된 침실까지 들어올 수 있었는지, 또한 어떻게 거기서 도망칠 수 있었는지. 모든 것이 다 암흑처럼 여겨졌고, 상상조차 할 수 없었다. 게다가 단서라고는 고작 괴담이나 몽상 같은 이야기뿐이었다.

'역시 이 사건은 아케치 고고로의 영역이다.'

내심 그렇게 생각하고 나미코시 경부는 일단 경시청에 돌아갔다. 그리고 날이 밝을 때까지 기다려 S호반에 있는 아케치의 숙소에 전화부터 걸었다. 얼른 귀경하라고 재촉하려는 것이다.

그는 수화기 너머에서 들려오는 호텔 지배인의 이야기에 깜짝 놀랐다. 아케치는 어제 예정대로 열차를 타고 귀경했다는 것이다. 하지만 우에노역으로 마중 나간 후쿠다의 자동차는 빈 차로 돌아오지 않았나. 그렇다면 명탐정은 S역과 우에노역 사이에서 연기처럼 사라졌다는 말인가. 열차에서 사라진 건가, 우에노역 플랫폼인가. 어디에서건 놈의 올가미에 걸려 자유를 빼앗긴 것이 틀림없었다. 어쩌면 그 이상의 위해를 입었는지도 모른다.

이 사건으로 경시청 형사부가 술렁였다. 형사부장이나 각과 수뇌부, 그리고 총감조차도 머릿속에는 이 괴이한 도둑밖에 없었다. 증거가 전무하다시피 한 상황에서 가능한 모든 방법을 강구하여 수사했지만 또 허무하게 하루가 지나가고, 19일이 되었다. 범죄가 벌어진 지 이틀째 되던 아침, 또 전대미문의 참사가 일어나고 말았다. 갈피조차 잡지 못한 당국자들의 뺨을 또 사정없이 갈기는 형국이었다.

효수선梟首船

그날 아침 9시에서 10시 사이 시라히게바시白髭橋 부근에서 일어난 일이다.

쌀쌀한 가을의 오카와[10]에는 여름철 유람선이 자취를 감춘 채 다리 사이로 꼭 필요한 짐배만 한두 척씩 외로이 지나다녔다. 그밖에는 이따금 명물 승합증기선이 부웅부웅 떨떠름한 소리와 함께 물결을 남기며 지나갈 뿐이다.

시라히게바시를 걸어서 건너는 사람들은 급한 용무가 있지 않은 한, 희한하게도 다들 다리 위에 멈춰서 난간에 기댄 채 조용히 강을 내려다보곤 했다. 여름이 아니니 바람을 쐬려는 건 아닐 텐데 교각 밑의 게슴츠레한 어둠에 사람을 끌어당기는 매력이라도 숨어 있는 걸까.

그날 아침 그 순간에도 다리 양쪽의 난간에 기대어 멀리 수면을 바라보고 있는 사람들이 있었는데, 상류 쪽 난간에 있던 두세 명은 이상한 광경과 마주쳤다.

취객인지, 12월이 열흘 남짓 남은 만추의 스미다가와隅田川 강에서 한 남자가 수영을 하는 것 아닌가. 처음에는 나무토막이 떠내려 오는가 싶었는데 점점 가까워지는 걸 보니 사람의 머리인 듯했다. 게다가 젊은 남자가 아니었다. 수염이 난 초로의 남자 얼굴이 똑똑히 보였다.

"우와, 건강한 노인이네요. 이런 으스스한 날씨에 수영을 하다니요."

자전거를 끌고 온 카키바지 차림의 젊은이가 옆에 있던 양복 차림의 외판원에게 말을 걸었다.

"정말 그러네요. 겨울철 혹한 수영을 하기에는 아직 좀 이른

10_ 大川. 스미다가와의 옛 이름 중 하나. 에도 시대에는 아즈마바시吾妻橋부터 하류까지를 오카와라고 불렀다.

것 같은데 대체 무슨 일일까요. 게다가 저 연배인 걸 보면, 유명인사 아닐까요? 신문에도 나오는……."

외판원은 의심스러운 듯 늙은 수영선수를 다시 바라보았다.

그들이 열심히 지켜보는 모습이 심상치 않았던 탓에 반대편 사람들이나 다른 통행인들도 예삿일이 아니다 싶었는지 점점 상류 쪽 난간으로 모여들었다.

수면에 머리만 내놓은 수영선수는 벌써 다리에서 반 정 정도 떨어진 곳까지 다가와 물살을 타고 한 간 한 간[11] 앞으로 나아갔다. 그가 가까이 보이자 다리 위의 구경꾼들 숫자도 점점 늘어났고 결국에는 인산인해를 이루었다.

"아무래도 이상하죠. 수영을 저런 식으로도 하나요. 너무 조용하지 않습니까. 물장구를 치지 않아도 되는 특별한 기법인가 보죠?"

외판원이 의심스럽다는 듯이 또 물었다. 인산인해를 이룬 구경꾼들도 이상한 일이 다 있다며 여기저기서 수군거렸다.

"저 얼굴 좀 봐."

누군가 소리쳤다.

"저 시퍼런 얼굴 좀 봐. 게다가 눈동자가 전혀 움직이지 않잖아. 저 사람 죽은 거 아냐?"

"말도 안 돼, 물에 빠져 죽으면 저렇지 않지. 익사체라면 몸 전체가 떠올라야 할 거 아냐."

11_ 1간間=1.8m.

누군가가 반대 의견을 냈다.

수영하는 모습치고는 너무 이상했다. 턱 부근까지 물에 잠겨 있었는데 머리가 위아래로는 움직이지 않았다. 그렇게 물 위를 부유하는 도깨비불처럼 물결을 따라 흐르며 서서히 다가왔다. 머리만 정면을 향한 채 유영하듯 떠내려 오는 익사체라니 당치 않았다.

의문은 금세 풀렸다. 수영선수가 열 간 다섯 간 떠내려 와 사람들이 바로 위에서 내려다볼 수 있는 위치에 이르자 지금까지는 멀어서 보이지 않던 수면 아래 비밀 장치의 정체를 알 수 있었다. 평범한 익사체가 아니었다. 그렇다고 살아 있는 사람이 수영하는 것은 더더욱 아니었다.

이미 그 정체를 깨달은 독자는 작가의 유장한 서술이 답답했을 것이다. 추측하신 대로다. 이틀 전 침실에서 사라진 후쿠다 도쿠지로의 잘린 머리였다.

하지만 무거운 머리가 어떻게 수면에 떠 있는 걸까. 바로 위에서 자세히 보니 머리 아래 놓인 기다란 배 모양의 나무토막이 물결에 일그러져 힐끗힐끗 드러났다. 즉, 작은 배에 후쿠다의 잘린 머리를 올려놓은 것인데, 무게 때문에 배가 수면 아래로 가라앉아 머리만 흔들흔들 물결을 따라 떠내려 오는 것처럼 보인 것이다.

구경꾼들이 놀란 것은 당연했다. 그들은 잘린 머리를 올려놓은 배를 보고 마구 소리를 질러댔다. 이렇게 괴상한 배는 지금껏 듣도 보도 못했다.

다리 근처 파출소의 경관은 다리 위에 군집한 인파를 보자 수상한 생각이 들어 군중들 사이를 파고들었다. 그는 후쿠다의 얼굴을 몰랐지만 떠내려 온 물체가 사람 머리라는 것을 안 이상 방관할 수 없었다. 더구나 큰 범죄의 단서일지 모른다는 생각이 들자 이상하게 흥분되기도 했다. 경관은 주변에 있는 짐배 선장에게 얼른 저 이상한 배를 끌어올리라고 지시했다.

머리를 묶어놓은 판자는 배 모양을 본떠서 만든 것으로 뱃머리 쪽에 굵은 글씨로 '효수선'이라고 적혀 있었다.

효수선이라니 이 무슨 끔찍한 이름인가. 목을 베어 효목에 매다는 대신 물결을 따라 떠내려가게 해놓은 것이다. 두말할 것도 없이 후쿠다에게 깊디깊은 원한을 품은 범인이 망자에게 최대한 모욕을 주기 위해 고안해낸 복수가 틀림없었다.

이 사건은 관할 경찰서를 통해 경시청에 이관되었고, 잘린 머리는 금세 후쿠다 도쿠지로의 것으로 판명되었다.

나미코시 경부는 범인의 방약무인한 행태에 거듭 큰 모욕을 느꼈다. 형사로서 명예가 걸린 일이었기에 더 이상 가만있을 수 없었다. 즉시 수색단을 편성하고 샅샅이 뒤져 범인을 잡아오라는 엄명을 내렸다. 그는 직접 선두에 서서 시라히게바시 상류의 강변을 수색하고 당시 그 주변에 있던 짐배나 승합선도 이 잡듯이 조사했지만 아무 소득이 없었다.

시라히게바시 상류부터 멀리 센주오바시千住大橋까지는 다리가 하나도 없었다. 심지어 오카와는 중간에 강이 거의 직각으로 꺾인 형태라 앞이 보이지 않으므로 사람들 몰래 수상한 물건을

흘려보내기에는 최적의 장소가 틀림없었다. 게다가 아야세가와
綾瀬川 이외에도 다른 지류나 후미가 많아 수사 범위는 꽤 넓은
지역에 걸쳐 있었다. 따라서 아무리 많은 경찰력을 동원하더라
도 수사가 막막했다. 범인을 따라다니는 괴담, 괴상한 효수선,
게다가 인기 탐정 아케치의 유괴까지, 신문 편집자들에게는
더없이 좋은 기삿거리였다. 신문 사회면은 온통 후쿠다 살해
사건 일색이었고, 세간의 떠들썩함은 날이 갈수록 심해졌다.

창 없는 방

아케치 고고로는 선잠에서 깨어나듯 눈을 번쩍 떴다.

약간의 두통을 제외하면 모든 것이 쾌적했다. 방은 비좁았지
만 서양식으로 호화롭게 장식되어 있었다. 천장에는 구식일지언
정 고급스런 공기램프가 달려 있었으며, 긴 의자는 쿠션이 푹신
푹신하고 멋졌다. 의식이 회복되자 우에노역에서의 일이 떠올랐
다. 재갈과 손발의 밧줄을 예상했지만 어찌된 일인지 신체가
자유로웠다. 그는 푹신한 소파에 누워 있었다.

아케치가 눈을 뜨고 찬찬히 주변을 살피는 사이 문이 열리더니
한 여자가 기다렸다는 듯이 방으로 들어왔다. 열여덟 살쯤 되는
아름다운 아가씨였다. 생소한 형태의 헐렁헐렁한 검정 비단
양장을 입고 손에는 은쟁반을 들고 있었다. 쟁반 위에는 음료수
와 가벼운 식사가 놓여 있었다.

"눈을 뜨셨군요."

여자는 소파 앞 테이블에 은쟁반을 올려놓더니 생긋 웃으며 말했다.

"정말 고생하셨어요. 어디 아프신 데는 없으신가요?"

물론 모르는 여자였다. 방도 낯설었다. 마치 꿈을 꾸듯 잠시 멍하게 있던 아케치가 겨우 정신을 차리고 물어보았다.

"대체 여기는 뉘 댁입니까. 그리고 당신은 누구시죠?"

"걱정하지 마세요. 당신을 위험에서 구해준 사람의 집이라고 생각하십시오. 저는 이 집 딸이에요."

"그렇군요. 우에노역에서 수상한 자동차에 강제로 태워졌던 걸로 기억하는데, 그렇다면 지금까지 내가 정신을 잃고 있었던 겁니까? 여기는 도쿄 시내인가요?"

"그래요. 하지만 아직은 이런저런 생각을 하지 않는 게 좋을 거예요. 더군다나 저는 아무 말도 하지 말라는 지시를 받았거든요."

"이젠 괜찮습니다. 아무렇지도 않아요. 약간 머리가 어지러울 뿐입니다."

아케치는 멀쩡한 모습을 보여주기 위해 일어나 소파에 똑바로 앉았다. 하지만 몸이 아직 정상으로 돌아오지 않았는지 방 전체가 흔들리는 바람에 무심코 손으로 소파를 짚었다.

"아직 이러면 안 되나 봅니다. 왠지 방이 공중에 떠 있는 것 같군요."

"그것 보세요. 아직 무리하시면 안 돼요."

"아무렇지도 않은 것 같았거든요. 주인을 만나게 해주십시오. 인사를 해야겠습니다."

"아뇨, 그런 건 신경 쓰지 마세요. 지금 부재중이기도 하고요."

그제야 아케치는 방의 구조가 예사롭지 않다는 걸 깨달았다.

"이 방에는 창이 하나도 없네요. 낮에도 이렇게 램프를 컵니까? 방이 좀 이상하네요. 대체 지금이 낮입니까, 밤입니까?"

정말 이상한 질문이지만 그 방에서 눈을 뜬 사람이라면 당연히 할 수 있는 질문이었다.

"밤이에요. 8시요."

"며칠이죠?"

"11월 18일."

여자는 입을 손으로 가린 채 웃었다.

"내가 우에노역에 내렸을 때가 17일 밤이니까 꼬박 하루를 잤군요."

중얼거리듯 말했지만 뭔가 심상치 않았다. 여자의 태도가 묘하게 스스럼없었다. 방에 창이 없는 것도 이상했다. 게다가 아까부터 계속 머리가 어지러웠으며, 방 자체가 불안정하게 느껴져 불쾌했다.

"이 방은 대체 몇 층에 있는 거죠?"

참다못한 아케치가 이상한 질문을 했다.

"왠지 높은 탑 위에 있는 것 같아서요. 정말로 높은 건물 위에 있는 건 아니죠?"

"그럴지도 모르죠."

아까부터 여자의 표정에는 웃음기가 돌았다.

"분위기는 괜찮죠? 체류 중에는 가급적 기분 좋게 해드리라고 하셨어요. 마음에 안 드는 게 있으면 기탄없이 말해주세요. 식사든 무엇이든."

여자는 은쟁반 위의 오트밀 접시를 힐끗 보며 말했다.

"체류라고요? 농담하시는 겁니까. 제게는 중요한 일이 있습니다."

아케치는 기가 막혔다. 여우에 홀린 것처럼 뭐가 어떻게 된 건지 인과관계를 알 수 없어 어쩔 줄 몰라 했다.

"아뇨, 그렇게 초조해하시면 안 돼요. 아무것도 생각하지 마세요."

여자는 고개를 갸웃하며 딱한 정신병자를 위로하듯 말했다.

"그러면 나중에 또 오겠습니다. 변변치 않지만 편히 식사하세요."

여자가 도망치듯 문을 닫자 아케치는 놀라서 소리쳤다.

"잠깐만요, 잠깐만 기다려주세요."

소파에서 일어난 아케치는 여자를 쫓아갔다. 대여섯 걸음을 옮겨 문 앞에 다다랐지만 복도로 나가는 여자의 소매를 잡으려는 순간, 그는 예상치 못한 것에 발이 걸려 넘어지고 말았다.

"호호호호호, 그러니까 가만 계시라고 했잖아요."

눈앞에서 문이 닫혔다. 밖에서는 비웃는 듯한 여자의 목소리가 들려왔다.

자세히 보니 발목에는 가는 사슬이 채워져 있고, 방 한가운데 있는 소파 아래쪽 바닥에 사슬 끝이 고정되어 있었다. 즉, 동물원의 곰처럼 사슬이 그리는 원주 밖으로는 나갈 수 없었다.

이게 무슨 일이람. 구해주었다는 것은 말짱 거짓말이고, 여기는 놈의 소굴인가 보다. 재미있는 놈이군. 아케치는 진상을 알게 되자 실망하기는커녕 오히려 전투력이 자극되었다.

인간 가면

아케치는 마음을 가라앉히고 식사를 했다. 독살될 염려는 없었다. 죽일 생각이었으면 자는 틈에 언제라도 죽였을 테니까. 식사를 하며 살펴보니 방 한쪽에 큰 책장이 있었고, 책등에는 금박 글자가 빼곡히 박혀 있었다. 그 옆에는 서양 어릿광대 가면도 걸려 있었다. 구석의 꽃병에는 들국화 다발이 대충 꽂혀 있었다. 읽을 책도 있었고, 방은 멋졌다. 식사도 호화로웠다. 무엇 하나 부족한 것이 없었다. 감금이라기보다는 중요한 손님으로 대우받는 것 같았다.

식사를 마치자 어디서 지켜보고 있었는지 여자가 문을 열고 나타나 상을 치우더니 궐련상자를 두고 나가려 했다. 극진한 대접이었다.

"이제 내 처지를 알게 되었습니다. 그런데 정말 눈치가 빠르시군요. 어디 지켜볼 수 있는 구멍이라도 있나 봅니다."

아케치는 나가려는 여자의 손목을 잡고 웃으며 말했다.

"그런 건 없어요."

여자는 살며시 손을 빼고 상냥하게 대답했다.

"손 좀 씻었으면 하는데요."

그는 정말 손을 씻고 싶어 한 말이 아니었다. 이럴 때 사슬을 어떻게 할지 시험해본 것이다.

여자는 그의 발치에 쪼그리고 앉아 주머니에서 작은 열쇠를 꺼내더니 발목에 채워진 쇠사슬을 풀어주었다.

"그럼 이제 나는 자유로워진 거네요. 도망치고 싶으면 도망칠 수 있겠군요."

아케치는 빙글빙글 웃으며 말했다.

"아."

여자는 정말 깜짝 놀란 듯 얼굴이 창백해졌다. 하지만 금세 옷 속에서 소형 권총을 꺼내더니 떨리는 손으로 그를 겨눴다.

"도망치면 안 됩니다. 아무리 그래도 도망칠 수 없습니다. 저를 난처하게 만들지 마세요. 부탁드려요."

여자는 슬픈 얼굴로 부탁했다. 아무래도 거짓은 아닌 것 같았다. 이상하다고 생각했지만 아케치는 그런 것까지 신경 쓸 수 없었다.

"아닙니다. 농담입니다. 도망치려는 게 아니에요."

그는 일부러 웃는 모습을 보이며 여자가 방심한 틈에 얼른 달려들어 권총을 빼앗았다.

"앗, 당신은 아무것도 모르세요. 그러시면 안 돼요. 그러지 마세요."

아케치는 매달리는 여자를 뿌리치고 문밖으로 달려 나갔다. 복도는 컴컴했다. 어디로 가야 할지 알 수 없어 망설이는데 별안간 등에 딱딱한 것이 닿았다.

"손을 올려. 권총을 버리고 아니면 네 등에 구멍이 날 테니."

등에 딱딱하게 닿은 것은 총부리였다. 어두운 복도에 복면을 쓴 거인이 그를 기다리고 있었다.

이렇게 되면 결국 또 동물원의 곰 신세로 돌아가는 것이다. 이놈 참 철저하네. 섣불리 해서는 안 되겠군. 발에 쇠사슬이 채워지는 동안 아케치는 마음을 다잡았다.

"쓸데없는 수작 말고 얌전히 잠이나 자라."

복면을 쓴 남자는 퉁명스럽게 말한 후 여자를 데리고 나갔다.

아케치는 할 수 없이 소파에 누웠다. 자신을 이렇게 철저히 감금하는 걸 보니 후쿠다 도쿠지로가 얼마나 심각한 음모에 말려들었는지 짐작할 수 있었다. 가만있을 수 없었다.

그는 오늘 밤 다리에 채워진 쇠사슬을 끊기로 했다. 30분가량 코를 골며 자는 척하다가 열쇠 구멍을 종이로 막고 문밖의 동정에 귀 기울이며 주머니칼로 사슬 절단 작업을 하려는 것이다. 절단을 마친 후 시치미를 떼고 있다가 여자가 아침 식사를 가지고 오면 방에서 뛰쳐나갈 계획이었다.

매우 힘든 작업이었다. 직경 3부[12] 정도의 쇠를 잘라내느라 네다섯 시간이나 걸렸다. 절단한 사슬 끝을 몸 아래 숨긴 채

12_ 약 1cm. 1부=0.3cm

천연덕스러운 표정을 짓고 있는데 이게 웬일인가, 쇠가 끊기길 기다렸다는 듯 문이 열리더니 복면을 쓴 남자가 들어왔다. 한 명은 권총을 가지고 있었고 또 한 명은 긴 밧줄을 들고 있다. 그들은 입을 꾹 다물고 소파에 누워 있는 아케치를 그대로 묶더니 몸을 움직이지 못하는 걸 확인하자 아무 말 없이 느릿느릿 나갔다.

아까부터 든 생각이지만 틀림없이 이 방 어딘가에 엿볼 수 있는 구멍이 있을 것이다.

대체 어디에서 엿보고 있는 걸까. 소파에 묶인 아케치는 겨우 고개만 돌려가며 방안을 둘러보았지만 그럴 만한 틈새가 없었다. 열쇠구멍은 종이로 확실히 막아 놓았다.

방은 창이 없어 늘 컴컴했고 어지럽게 흔들렸다. 게다가 엿볼 만한 틈새도 없는데 어디선가 계속 지켜보고 있다. 전부 범상치 않았다. 어딘지 어처구니없는 착오가 있는 것처럼 말도 못 하게 기분이 이상했다.

제아무리 아케치 고고로라도 여우에 홀린 형국이었다. 아무 대책 없이 멍하니 벽만 바라보고 있을 수밖에 없었다.

그런데 마침 그의 시선이 벽에 걸린 장식용 점토 가면으로 향했다. 새하얀 뺨과 이마에 우스꽝스러운 새빨간 곤지를 찍고, 가늘게 찢어진 눈 아래에 세로 방향으로 검은 그늘을 그려 넣은 서양 어릿광대 가면이 보였다. 머리에는 흰 바탕에 빨간 줄이 있는 모자를 쓰고 있었다.

아케치는 한참 아무 생각 없이 그 가면을 바라보았다. 하지만 어느새 그의 표정이 변했다. 흐리멍덩한 눈이 초롱초롱 빛나고 일그러졌던 입매가 확 펴졌다.

"아하하하. 이봐, 크라운. 조커. 아니다, 자네 이름이 피에로였나? 용케도 꼼짝 않는군. 갑갑하지 않나? 하하하하하하, 다 쓸데없는 짓이야. 어라, 눈을 깜빡이네. 입가도 일그러지잖아. 아, 이제 됐어. 자네가 진짜 사람이라는 건 확실히 알았으니까."

그리고 놀라운 일이 일어났다. 벽에 걸려 있던 점토 가면이 눈을 뜨더니 입을 움직여 대답하는 것 아닌가.

"이제야 안 모양이군. 명색이 명탐정 아케치 고고로인데 좀 느린 거 아닌가?"

점토로 된 어릿광대 가면을 벽에 걸어놓고, 때때로 그 가면과 똑같이 화장한 뒤 얼굴만 보이게 벽 구멍에 목을 내밀고 있었던 모양이다. 식사를 가져다준 여자를 지켜보거나 아케치가 혼자 있을 때 하는 행동을 살필 수 있었던 것도 그 때문이다.

이제 보니 이 어릿광대가 악당 두목이고, 복면을 쓴 두 사람이 우에노역에서 아케치를 생포한 운전사와 조수인 듯했다.

"나를 가둬놓고 대체 뭐하는 거냐."

옆으로 누운 자세로 소파에 묶인 아케치가 물었다.

"뭐하는 거냐고? 그보다 뭘 하고 싶었냐는 질문을 듣고 싶었는데."

벽에서 어릿광대가 대답했다. 이 무슨 밑도 끝도 없는 신묘한 대화인가. 두 사람의 모습은 우스꽝스러웠지만 대화 내용은 일대일 진검승부였다.

"뭐라고?"

아케치는 놀라 소리쳤다.

"그럼 이미 해치웠단 거냐?"

"해치우다니? 후쿠다 노친네 말인가?"

"네 놈이 후쿠다 씨를 어떻게 한 게 맞구나."

"머리와 몸통을 분리했지. ……하지만 설마 그걸로 다 끝났다고 생각하진 않겠지? 내게는 선조 때부터 전해 내려오는 중요한 사명이 있다. 나는 태어나서부터 줄곧 그 사명을 위해 교육받았어. 40여 년간 온갖 고생을 다 했지. 드디어 목적을 이룰 때가 왔는데 너란 훼방꾼이 나타난 거다. 나는 세상 전체가 적이 된다 해도 두렵지 않아. 그만큼 철저히 준비했거든. 하지만 너 같은 괴물은 계산에 넣지 않았다. 경찰도, 법도, 세상 사람들도 두렵지 않지만 너는 좀 골치가 아파. 나는 너를 잘 알거든. 네가 내 일을 방해할 수 있다는 걸 알고 있지. 문제는 권력이나 무기, 동원된 인원이 아니야. 지력이지. 나로서는 안타까운 일이지만 네 지력이 무서웠다. 그래서 딱하긴 하지만 원한도 없는 너를 감금하기로 한 거다. 하지만 나는 사명을 완수하는 것이 목적이니까 다른 사람의 목숨을 해칠 생각은 없다. 나는 살인마가 아니야. 그러니까 너도 꼼짝 말고 얌전히 있으면 충분히 대우해줄 테니 잠시만 참아라. 부탁이다. 꼼짝 말고 있어."

어릿광대는 흥분한 나머지 핏줄이 불거졌고, 두꺼운 화장 아래로 벌겋게 상기된 얼굴이 드러났다. 그의 말이 절대 거짓이 아님을 알 수 있었다.

"언제까지?"

아케치가 침착하게 되물었다.

"한 달. 아무리 길어도 한 달이다. 어때, 그동안 여기 꼼짝 말고 있는 게."

"뭐라고? 한 달이라니. 그럼 후쿠다 씨 말고도……."

"그래. 내 상대는 그 사람 하나가 아니지. 그러니까 네게 부탁하는 거다. 어때, 내 사명을 완수하게 해줄 텐가?"

"싫어."

아케치는 응석받이처럼 말했다.

"네 사명이라는 게, 네게는 정당할지 모르지만 요즘 세상에 사적인 복수는 허용되지 않아. 아니, 그보다 네가 마음에 드는군. 네 40여 년의 음모와 내 올바른 지혜 중 어느 것이 더 뛰어난지 그걸 시험해보고 싶은 걸. 나는 어떻게든 여기를 빠져나가겠어. 밧줄이건, 자물쇠건, 내게 아무 소용없다는 걸 모르나?"

"제기랄."

어릿광대가 있는 힘을 다해 소리쳤다.

"이렇게 부탁했는데도 들어주지 않을 거라고? 내가 쓸데없는 살생을 하길 바라나? 그렇게 목숨이 하찮은 거냐? ……아케치, 다시 생각해봐. 사명을 위해서라면 네 목숨을 빼앗는 것쯤은 아무것도 아니야. 하지만 아무런 죄도, 원한도 없는 사람을 죽이면 내 기분이 안 좋아. 선조 때부터 내려온 사명이라 내 체면이 구겨지거든. 이봐, 부탁하네."

아케치는 어슴푸레한 공기램프 빛 때문에 눈치 채지 못했지만, 어릿광대의 얼굴은 두꺼운 화장이 녹아내리고 온통 땀방울로 번들거렸다.

악마의 사명이 무엇을 의미하는지 확실히 알 수 없지만 후쿠다 이외에도 여러 명의 목숨을 해칠 듯한 예감이 들었다. 그건 어떤 이유라도 허용할 수 없는 큰 죄였다.

아케치는 무슨 일이 있어도 이런 불쾌한 사명에 개입되고 싶지 않았다.

"내게 자꾸 손을 내미는데, 방법은 하나밖에 없어."

"그게 뭔데?"

"간단히 말해 네가 사명인지 뭔지를 포기하는 거야."

"제기랄, 그 호언장담을 잊지 말아라. 원하는 대로 곧 숨통을 끊어줄 테니."

그 말을 끝내자 인간 가면은 뒤로 물러섰다. 그리고 구멍에 진짜 점토 가면을 끼워 넣었다.

잠시 후 문이 열리더니 네 사람이 우르르 들어왔다. 얼굴뿐 아니라 어릿광대처럼 줄무늬 옷차림인 자와 복면 쓴 두 남자, 그리고 유일하게 본 모습 그대로인 아름다운 여자.

어릿광대는 기분 나쁘게도 손에 주사기를 들고 있었다. 복면을 쓴 두 남자는 아케치가 꼼짝 못 하도록 권총을 겨누고 발사할 기세였다. 여자는 창백한 얼굴을 하고 있어 왠지 애처로워 보였다.

"하지만 안심해도 돼. 고통스럽지는 않을 거야. 이 방에서 피를 흘리는 건 싫거든. 나는 자네에게 아무런 원한도 없으니까.

이 주사로 극락왕생하게 해주지. 하고 싶은 말은 없나? 생각을 바꿔 살고 싶은 마음은 없고?"

최후의 선언이었다. 위험하다. 몸은 칭칭 묶여 있고 권총 두 자루가 가슴 앞에 총부리를 겨누고 있다. 아케치가 귀신도 아니고 무슨 수로 이 절체절명의 위기를 벗어날 것인가.

물물물

담력이 센 아케치는 이런 위기상황을 태연히 웃어넘길 수 있었다. 허세라면 허세였다. 하지만 그의 마음속에서 알 수 없는 감정이 솟구쳤다. 뭔가 신비한 예감이 든 것이다. 그런 미묘한 힘 덕분에 그는 끝까지 자신감을 잃지 않았다.

"소동은 그만 끝내지. 상대는 나 하나뿐이잖아. 게다가 묶여 있어 꼼짝 못 하는데도 내가 그렇게 무서운가? 하하하하하하, 이런 꼴을 하고도 내가 태연해 보여 기분 나쁜가?"

어릿광대는 그 말을 듣자 웬일인지 흠칫 놀라며 한 걸음 뒤로 물러섰다. 그는 복면 쓴 남자를 돌아보며 물었다.

"밧줄은 괜찮겠지?"

남자는 아케치 쪽으로 가더니 밧줄의 매듭을 주의 깊게 살폈다.

"괜찮습니다."

"좋았어. 그럼 이제 마지막이다. 후미요文代, 그 남자의 소매를 걷어라."

어릿광대가 후미요라고 부른 아름다운 여자는 밧줄로 꽁꽁 묶인 아케치의 소매를 걷으려고 두세 걸음 앞으로 다가갔다. 하지만 격정적인 광경을 견딜 수 없었는지 얼굴이 파랗게 질려 비틀거리더니 쓰러졌다.

"바보 같으니라고. 뭐하는 거야."

어릿광대가 여자를 부축하며 화를 냈다. 간신히 정신을 차린 여자는 아케치의 몸 위에 쪼그리고 앉아 한참 동안 서툴게 양복 소매를 걷었다. 그때 여자의 아름다운 얼굴이 아케치의 눈앞에 바짝 다가왔다. 여자가 자신의 눈을 의미심장하게 바라보는 것이 느껴졌다. 쌔근거리는 숨소리와 가빠진 심장이 고동치는 소리가 들리는 듯했다.

잠시 후 여자의 한쪽 팔이 그의 등을 감았다. 아케치는 뒤로 묶여 있던 손에 통증을 느끼고 하마터면 소리를 지를 뻔했다. 하지만 여자가 애원하듯 심상치 않은 눈짓을 보내는지라 묵묵히 고통을 참았다.

그녀가 소매를 걷고 나서 사람들 뒤로 물러서자 어릿광대는 주사기를 허공에 비추더니 아케치 옆에 쪼그리고 앉아 다른 손으로 그의 팔 근육을 문지르며 주사기 바늘을 꽂으려 했다.

그때 매우 이상한 일이 벌어졌다. 갑자기 엄청나게 큰 소리가 나면서 램프가 꺼진 것이다. 아케치조차 깜짝 놀랄 사건이었다. 실내는 암흑으로 돌변했고 뜨거운 유리 파편이 사람들 앞으로 쏟아져 내렸다. 누군가 천장의 공기램프에 무언가를 던진 모양이다.

"총을 쏴라. 어서."

어릿광대의 당황한 목소리가 어둠 속에 울려 퍼졌다. 그는 아케치 고고로의 신비한 힘으로 이 참사가 일어났다고 생각했다. 하지만 아케치도 뭐가 뭔지 영문을 알 수 없었다. 다만 예상치 못한 행운에 어리둥절할 뿐이었다.

이어서 총성이 울렸다. 한 발, 두 발. 어둠 속이라 명중되지는 않았다.

아케치는 이 행운을 잘 이용한다면 사지死地에서 벗어날지 모른다고 생각하며 무의식적으로 두 팔에 힘을 주었다. 신기하게도 밧줄이 조금씩 느슨해졌다. 그때 아케치의 머릿속은 전광석화처럼 번뜩였다.

이유는 모르겠지만 후미요가 아케치를 돕는 듯했다. 조금 전 아케치가 날카로운 통증을 느낀 것은 그녀가 칼로 밧줄을 끊느라 힘을 주다가 아케치의 손에 상처를 냈기 때문이다. 밧줄을 끊어 아케치가 수월하게 도주할 수 있도록 램프도 깨준 것이다.

"촛불을 가져와. 후미요, 촛불."

어릿광대는 당황했다. 그가 허둥거리는 사이 아케치는 안간힘을 쓰며 밧줄을 풀었다.

아케치는 검은 질풍같이 여기저기 부딪치며 방을 뛰쳐나가 어두운 복도를 마구 달렸다. 낭패스럽게 그 뒤를 쫓는 소리도 들렸다.

"도망쳤다, 도망쳤어."

아케치는 다행히 별다른 장애물 없이 복도를 빠져나갔다. 밤이었지만 시야가 확 트였고, 하늘에는 온통 별이 반짝였다. 드디어 아케치가 밖으로 나간 것이다.

하지만 그의 등 뒤로 추격자들의 뒤엉킨 발소리가 가까이 들리더니 빗나가긴 했지만 연신 권총이 발사되었다.

아케치는 쏜살같이 달렸다. 그러나 대여섯 걸음도 가지 못하고 난간에 부딪치고 말았다.

"아하하하하하하. 놀랐느냐? 애송이 같으니라고. 여기가 어디라고 생각한 거냐. 수영은 할 줄 아느냐. 이런 바다를 헤엄쳐 건너겠다고?"

어릿광대의 거침없는 웃음에 화들짝 놀란 아케치는 난간 아래를 내려다보았다. 별빛밖에 없었지만 알 수 있었다. 물, 물, 물, 새카만 물결만 끝없이 너울거리는 망망대해였다.

육지가 아니었다. 어느 바다인지는 알 수 없었지만 하여간 육지에서 멀리 떨어진 배 위였다. 그러고 보니 요즘 육상에서는 보기 힘든 공기램프였다. 창이 없는 밀실이었고, 줄곧 어질어질 방이 움직였다. 바다가 잔잔한 데다 너무 의외의 장소라서 알아채지 못했지만 그날 밤 아케치가 실신한 사이 배로 옮겨진 것이었다. 그리고 이 감옥 같은 배가 해변을 떠나 멀리 바다 한가운데로 나간 것이다. 맙소사, 배라니. 배는 범죄자에게 무엇보다 이상적인 은신처 아닌가.

아케치는 수영을 할 수 있었다. 하지만 온통 물밖에 보이지 않는 이 망망대해를 어떻게 헤엄쳐 건너겠는가. 뒤에는 강적들이 쫓아오고 앞에는 끝없이 검은 물만 펼쳐졌다. 만약 여기서 도망칠 수 있다 해도 절체절명의 상황이 끊이지 않을 것이다.

그런 생각을 하는데 새가 날아오듯 검은 그림자가 덮쳐왔다. 아케치는 놀라 방어태세를 취했다. 그러나 뜻밖에도 아군인 후미요의 다급한 속삭임이 들렸다.

"바다에 뛰어드는 척하고 배 안 아무 데나 숨으세요."

검은 그림자는 그 말만 남기고 획 지나갔다.

구세주의 충고였다. 아케치는 생각할 겨를도 없이 그 말을 따랐다.

"이런 바다쯤이야, 헤엄쳐서 거뜬히 건너지."

사람들 들으라고 일부러 큰소리를 치며 난간을 뛰어넘었다. 그리고 텀블링을 해서 뱃전 끝에 매달렸다. 목숨을 건 곡예였다.

첨벙. 아케치조차 자신이 떨어진 것 아닌가 의심할 정도로 엄청난 물소리였다. 그런 거였군. 이제 알 것 같았다. 후미요의 교묘한 트릭이었다. 어둠을 틈타 사람들 모르게 무거운 물건을 떨어뜨린 것이다.

"뛰어내렸다. 보트를 꺼내라. 얼른 꺼내."

어릿광대의 외침과 함께 세 사람이 선미로 달려가는 소리가 들렸다. 거기에는 작은 보트가 매여 있었다. 당황한 세 사람은 마구잡이로 보트를 끌어내려 안에 탔다. 잠시 후 노가 물을 가르는 소리가 들렸다. 보트는 아케치가 뛰어내렸다고 추정되는 곳으로 노를 저어갔다. 그리고 희미한 별빛에 의지해 수면을 살피더니 서서히 본선에서 멀어졌다.

"이제 괜찮아요. 저 사람들이 돌아올 때까지 어디 숨어 계세요. 그리고 사람들이 돌아오면 보트로 도망치시고요."

아케치가 갑판으로 기어 올라오자 여자가 따뜻한 숨결을 뿜으며 방법을 알려주었다.

"고맙습니다. 이 은혜는 잊지 않겠습니다. 그런데 왜 저들을 배신하고 제 편이 되어주신 겁니까? 당신은 저들과 한패잖습니까."

아케치는 여자의 손을 잡고 속삭였다. 뭔가 뜨거운 것이 그의 눈에서 마구 쏟아지는 듯했다.

"저는 두목의 딸입니다."

후미요는 슬픈 목소리로 말했다.

"그렇지만 전 당신이 누군지 잘 압니다. 도와드릴 수밖에 없었어요."

그녀는 격정에 겨운 나머지 울먹였다. 그리고 잡고 있던 아케치의 손을 꽉 쥐었다. 야릇한 정열이 손끝에 어려 있었다. 어둠 속에서 아케치는 자기도 모르게 얼굴을 붉혔다. 지긋한 나이에도 불구하고 그는 소년처럼 부끄러워했다.

명탐정의 익사

몇 십 분 후, 어두운 해상을 조사하던 악당들은 아무 소득도 없이 본선으로 돌아왔다. 배에 숨어 있던 아케치는 그들이 안보이는 틈에 적의 보트를 훔쳐 타고 본선을 떠났다.

나중에야 알았지만, 그들의 증기선은 해상 5리,[13] 그러니까 거의 도쿄만 중심까지 나가 표류하고 있었다. 아케치는 작은 보트에 몸을 맡긴 채 저 멀리 명멸하고 있는 등대를 향해 온 힘을 다해 노를 저었다.

곤경에서 벗어난 것도 잠시뿐, 조금 전까지 으스스할 정도로 고요하던 바다에 엄청나게 큰 폭풍의 전조가 보였다. 11월 18일 밤의 기상 변화는 요즘도 뱃사람들의 입에 회자될 정도로 유별났다. 그날 밤 세 척의 어선이 행방불명되었고, 악당들의 쾌속선도 풍랑을 견디지 못하고 겨우 가까운 항구에 피신했다.

필사적으로 대피하던 와중이었지만 일당 중 한 명이 선미에 연결된 보트가 없어진 걸 발견하고 크게 소리쳤다. 하지만 그걸 수상하게 여긴 사람은 아무도 없었다. 배를 매어놓은 밧줄이 폭풍에 끊기는 일은 흔했기 때문이다.

아케치는 산처럼 솟았다가 골짜기 밑으로 떨어지는 시커먼 물결을 헤치며 힘껏 노를 저었다. 급류처럼 머리 위에서 떨어지는 소금물 때문에 눈이 보이지 않았다. 광풍의 절규와 파도의 노호怒號 때문에 귀가 들리지 않았고 추위에 감각조차 잃었다. 그는 기계인형처럼 무턱대고 노만 저었다.

방향 감각 역시 잃은 지 오래였다. 돌아가려 해도 본선에서

....
13_ 약 2km. 1리里=0.393km

66

너무 멀어져 그럴 수도 없었다.

어쩌면 한 곳만 빙빙 돌고 있는지도 몰랐다. 보트가 앞으로 나아가기는커녕 집채만 한 파도가 걷잡을 수 없이 밀려왔다. 작은 보트는 하늘을 찌를 듯 높은 파도 위에 올라타더니 순식간에 칠흑 같은 지옥의 밑바닥으로 곤두박질쳤다. 별안간 파도 중턱에 처박히니 상하좌우 모두 소용돌이치는 물밖에 없었다. 사람은 배에서 몸이 떨어져나갈 듯했다. 그때 본능적으로 아케치의 몸속 깊은 곳에서 동물 같은 절규가 터져 나왔다.

대자연의 위력 앞에서 인간의 알량한 지혜나 완력 따위는 아무 소용없었다. 제아무리 명탐정이라도 소용돌이치는 노도怒濤와 산같이 몰려오는 광란狂瀾 앞에서는 그저 미물에 불과했다. 파도에 휩쓸린 그는 주위를 떠도는 나무판자조차 잡을 수 없었다.

과연 생각만 해도 끔찍한 악전고투를 견디며 해상 5리의 파도를 무사히 빠져나갈 수 있을 것인가. 아니면, 도쿄만을 항해하는 증기선에 구조되는 행운을 만날 수 있을까. 그것도 아니라면 혹시, 혹시……

그로부터 이틀 후인 20일 아침, 도쿄 시민들은 놀랄 만한 비보를 접했다. 그날 각 신문사 조간에는 하나같이 명탐정을 애도하는 기사가 실렸다. A신문은 다음과 같이 썼다.

최고의 민간탐정 아케치 고고로 익사

후쿠다 씨 살해범의 독수가 뻗쳤나
쓰키시마月島 해안에 표류한 익사체

후쿠다 도쿠지로 씨 참살 사건과 뒤이은 시라히게바시
효수선 사건에서 전대미문의 잔학성을 드러내며 사람들의
간담을 서늘케 했던 범인이 또다시 독수를 뻗쳤다. 사건을
맡은 민간 탐정 아케치 고고로 씨를 불가사의한 수법으로
살해한 혐의를 받게 된 것이다.

후쿠다 씨 참살 사건 당일 행방불명되었다고 알려진 아케치
탐정의 수색을 위해 경시청에서도 총력을 기울이던 중, 어제인
19일 오후 4시경 쓰키시마 해안으로 표류해온 익사체가 검시
결과 아케치 고고로 씨로 판명되었다. 아케치 씨는 고 후쿠다
씨의 의뢰를 받고 여행지였던 S호반에서 상경 도중 행방불명
되었기에 후쿠다 씨 살해범의 마수에 걸려들었을 것으로 추정
했는데, 그 사이 익사체가 발견된 것이라 의혹이 확실시되고
있다. 효수선 사건과 아케치 씨 사건, 모두 물과 관계가 있으므
로 범인이 선박을 본거지 삼아 교묘하게 수사망을 피한 것인지
엄중한 수사가 개시될 것으로 보인다.

(기사 뒤에는 아케치 고고로의 약력이나 탐정 수법에 대한
해설, 친구 나미코시 경부의 논평도 실렸지만 모두 생략한다.)

독자 여러분은 위의 기사를 읽고 의외의 전개에 놀라움을 금치 못했을 것이다. 이야기는 막 시작되었을 뿐이다. 그런데 주인공인 아케치가 죽었다. 어찌된 일인가. 앞으로는 누가 악당과 맞서 싸울지 의아한 생각이 들 것이다. 아니다, 말도 안 된다. 아케치 고고로가 죽었을 리 없다. 인기 있는 그가 벌써 죽으면 안 된다. 틀림없이 신문기사가 잘못되었을 것이다. 이렇게 의심하는 독자도 있을 것이다. 이 문제는 이야기가 좀 더 진행되면 판명될 것이다. 작가는 아직 세상에 드러난 사실만 말할 수 있다.

신문기사가 거짓처럼 보이지는 않았다. 취소 기사가 나오기는커녕, 아케치 고고로의 익사체가 친구 나미코시 경부의 자택으로 옮겨져 성대한 장례식을 치른 것이 증거였다. 세상 사람들은 누구도 이를 의심하지 않았다. 비운의 최후를 맞이한 명탐정을 아쉬워하지 않는 사람은 없었다.

괴문자

이야기는 그로부터 며칠 후, 오모리大森의 고지대에 있는 다마무라가 저택에서 일어난 사건으로 옮겨간다.

다마무라가 저택은 인가에서 떨어진 언덕 위의 광활한 대지 한가운데 오도카니 서 있다. 오도카니라는 표현을 썼지만 저택 자체가 엄청나게 컸다. 메이지 중기에 건축한 서양식 벽돌 건물과 대궐 같은 일본식 건물, 정취 있는 정원과 자연을 모방한 가산[14]에 연못과 정자까지 갖추고 있어 숲속의 대저택 같았다.

다마무라가 저택에는 명물이 하나 있었다. 벽돌로 지어진 양관 지붕 위로 우뚝 솟은 고풍스런 시계탑이다. 다마무라 상점은 일본의 여느 보석상처럼 보석 판매뿐 아니라 시계 제조와 판매도 겸했기에 시계방의 상징으로 도쿄 점포의 지붕에 시계탑을 설치했는데 대지진 때 건물이 무너지는 바람에 떨어지고 말았다. 하지만 나중에 점포 건물을 개축할 때 이미 시계탑의 유행이 지난 후라 그걸 오모리의 저택으로 옮겨 기념으로 양관 지붕 위에 설치했다. 이것이 다마무라가 저택의 명물이 된 시계탑의 유래다.

부근 중학생들은 이 시계탑을 다마무라의 '유령탑'이라 불렀다. 구로이와 루이코의 『유령탑』이라는 소설에서 따온 말인데, 그러고 보니 언덕 한가운데 홀로 서 있는 저택도, 고풍스런 벽돌 건물도 모두 유령탑과 잘 어울렸다.

시계탑은 문자판의 직경만 해도 2간이나 될 정도로 엄청나게 컸다. 고풍스런 태엽 장치였지만 만듦새가 상당히 정교해 대지진을 겪고도 시간이 잘 맞았다. 지금도 사람 몸통만큼 굵은 강철 시곗바늘이 움직이며 교회당처럼 매시간 종이 울린다.

한적한 언덕 위에 한 채밖에 없는 집과 유령탑, 심지어 거기에는 마물魔物 같은 범인이 호시탐탐 노리는 다마무라 젠타로가

....
14_ 假山. 감상을 위해 정원에 인공적으로 작은 산을 만들어 놓은 것.

살고 있다. 끔찍한 범죄 사건에 더없이 잘 어울리는 배경이다.

다마무라가 일가가 잇달아 일어난 괴사건 때문에 공포에 떠는 것은 당연했다. 젠타로의 당부로 경찰에서 파견된 형사들이 문 앞에서 보초를 섰고, 남자 하인도 새로 고용하여 보이지 않는 적을 상대로 빈틈없는 방어를 펼쳤다.

후쿠다의 참살 현장에 있었던 지로나 악몽 때문에 이상한 예감에 시달렸던 다에코가 공포를 느끼는 건 당연했다. 그런데 젠타로는 왜 괴한의 흉계를 두려워하는 걸까. 그는 아무 말도 하지 않았지만 기괴한 복수마復讐魔의 정체를 어렴풋이 짐작하고 있는 듯했다. 언젠가 지로가 무심코 그 점을 지적하자 젠타로가 말했다.

"나는 결코 다른 사람에게 원한을 산 적이 없다. 후쿠다 숙부도 그런 적을 만들지 않았을 거야. 혹시 적이 있다고 해도 나나 숙부에 대한 개인적 원한은 아닐 거다. 혹여 다마무라 가문 전체에 들씌워진 무시무시한 집념이라면 몰라도. 하지만 더 이상 묻지 마라. 생각만 해도 두려워 식은땀이 흐르니까. 설마 그런 일이……."

젠타로는 말끝을 흐렸고 지로가 아무리 물어도 더 이상 말해주지 않았다.

그러던 어느 날이었다. 지로는 기분 전환 겸 도쿄의 친구 집에서 담소를 나누다가 오후에 오모리 저택으로 돌아왔다. 대문으로 들어와 무심코 수풀 너머 정원을 바라보는데 이상한 것이 눈에 띄었다.

수풀 너머의 넓은 모래밭에는 테니스코트며 그네 같은 것을 만들어 놓았는데, 모래 위에 8이라는 숫자가 여러 개 커다랗게 쓰여 있었다. 나무 막대기로 썼는지 몹시 휘갈긴 글씨였다.

별것 아니다. 틀림없이 누군가의 장난일 것이다. 하지만 지로에게는 그 별것 아닌 것이 특별한 의미로 다가왔다. 후쿠다의 죽음을 예고한 것도 이런 숫자였기에 소름이 끼칠 수밖에 없었다.

그는 가만있을 수 없어 사립문을 열고 정원으로 들어갔다. 8자는 모래밭 가운데부터 약 1간 씩 거리를 두고 양관 쪽으로 계속 이어졌다.

지로는 비틀거리며 괴문자를 따라 걸어갔다. 양관 모퉁이를 돌아가니 신이치가 바닥에 주저앉아서 못 같은 걸로 십여 개째 8을 그리고 있었다.

"신이치, 왜 8자만 쓰는 거지?"

"아, 아저씨가."

신이치는 깜짝 놀라 뒤를 돌아보았다.

"이렇게 팔팔 육십사 개를 쓰면 좋은 일이 생긴다고 해서요."

"누가 그런 말을 했어?"

"어떤 아저씨요."

지로는 별다른 이유도 없이 흠칫 놀랐다.

"어디에서!"

"방금 저기 문 앞에서."

"어떤 사람이었는데?"

"나이든 아저씨. 양복 차림."

설마 이게 후쿠다 경우처럼 무시무시한 예고는 아니겠지. 하지만 나이든 아저씨란 대체 누구일까. 무슨 목적으로 그런 어처구니없는 말을 한 걸까.

악몽에 시달리는 기분이었다. 지로는 양관 서재로 들어가서 창 너머로 정원을 바라보았다. 신이치는 지겹지도 않은지 끈질기게 8자를 썼다.

그때, 뒤쪽에서 최근 정원 청소부로 고용한 오토키치音古 할아범이 신이치에게 다가가는 것이 보였다. 그는 V자 모양의 나뭇가지에 고무줄을 묶은 새총을 들고 있었다.

"도련님, 좋은 거 드릴까요?"

할아범은 신이치를 보고 싱글벙글 웃으며 말했다.

"뭔데요, 할아버지?"

"새총이라는 겁니다. 아세요?"

"어떻게 하는 건데요?"

"새든 뭐든 맞추면 되죠. 여길 보세요."

할아범은 조약돌을 주워 고무에 끼웠다.

"할아버지는 명인이에요. 저기 팔손이나무 잎을 맞출 테니 잘 보세요. 위에서 두 번째요."

탕.

"어때요, 잘 맞추죠? 이번에는 말이죠, 저기 발코니에 누님이 계시잖아요. 뭘 마시고 계시는군요. 얼굴을 찡그리시네요. 차가 씁쓸한가봅니다. 보세요, 도련님. 이번에는 저 컵을 맞출 테까."

그 말에 어린 신이치의 표정이 이상하게 바뀌었다. 지로도 오토키치 할아범이 제정신인가 싶어 화들짝 놀랐다.

탕. 조약돌이 날아가기 무섭게 지로 머리 위의 발코니에서 쨍그랑하고 사기그릇 깨지는 소리가 났다.

"어머나."

뒤이어 다에코의 외침이 들렸다. 목표물이었던 찻잔을 명중시킨 것이다. 겨울답지 않게 날이 따뜻해서 다에코가 발코니에 나와 차를 마셨나보다.

"할아범, 뭐 하는 거예요. 깜짝 놀랐잖아요."

"아가씨, 죄송합니다. 도련님께 보여드리려고 지붕의 참새를 겨눈다는 게 그만 빗나갔습니다."

할아범은 태연한 얼굴로 거짓말을 했다.

"잘못하면 다칠 뻔했어요. 봐요, 돌이 이렇게 크잖아요. 이제 이런 위험한 장난은 하지 마세요."

다에코는 조용히 나무랐다. 할아범은 입을 다문 채 머리만 긁적였다.

그 정도 사건이었다. 그저 조심성 부족으로 생긴 사소한 사건에 불과했다. 하지만 신경과민이었던 지로에게는 그저 단순한 사건이 아니었다. 지로는 오토키치 할아범이 무시무시한 흉계를 꾸민 장본인인 양 그의 뒷모습을 공포에 찬 눈으로 지켜보고 있었다.

이 두 사건은 전적으로 지로의 지나친 의심 탓이라 할 수 있지만 꼭 그런 것만도 아니었다. 하루하루 시간이 지남에 따라 진상은 차례로 밝혀졌다.

세 번째 살인

그 이튿날, 유례없이 일찍 일어나 정원을 산책하던 지로는 무심코 현관 앞으로 갔다. 그는 걸레를 들고 양관 입구를 부지런히 닦고 있는 오토키치 할아범과 마주쳤는데, 보아하니 그냥 걸레질을 하는 것이 아니라 누군가 문에 낙서해놓은 백묵 자국을 닦고 있었다.

지로는 자신도 모르게 멈춰 서서 말했다.

"할아범, 잠깐 기다려봐. 지우면 안 돼."

할아범은 흠칫 걸레질을 멈췄지만 글자는 이미 다 지워지고 의미 없는 선 하나만 남아 있었다.

"할아범, 거기에 쓰여 있던 글자를 기억하지?"

지로의 눈빛이 변하는지라 오토키치 할아범은 당황하며 대답했다.

"누가 장난을 쳤나본데 성가신 녀석들이죠."

"아니, 그런 건 아무래도 상관없어. 기억을 더듬어봐. 무슨 글자가 쓰여 있었는지. 설마 숫자는 아니겠지?"

"아, 숫자. 말씀을 듣고 보니 숫자인 것 같네요. 전 아라비아 숫자를 잘 몰라서요. 맞게 읽은 건지 모르지만 팔이라는 글자가 몇 개 있었던 것 같아요."

"거기에 손가락으로 형태를 그려봐."

"잘 모르겠지만 형태는 이 가로로 된 선 밑에 이렇게 비스듬히 선이 그어져 있었습니다."

"그건 7 아냐?"

"아, 그러네요. 칠이었어요. 칠 맞습니다."

지로는 새파랗게 질려 꼼짝 못 했다. 어제는 8, 오늘은 7이다. 낙서라고 생각하면 별것 아니었지만, 숫자가 하나씩 줄어드는 것이 과연 우연의 일치일까. 서투른 낙서에 불과하지만 그래서 더 불길한 느낌이 들었다.

그 다음 날은 지로 쪽에서 은근히 숫자가 나타나기를 기다렸다. 저택 구석구석을 돌아다니며 6이라는 숫자가 없을까 샅샅이 찾았다. 그런데 이게 웬일인가. 또 괴문자와 맞닥뜨렸다.

이번에는 신이치가 발견자였다. 숫자를 찾지 못한 지로는 역시 기분 탓이었다고 안도하며 자기 방으로 돌아왔는데, 방에 있던 신이치가 그를 보자마자 소리쳤다.

"형, 캘린더 말이에요. 누가 장난을 쳤나봐. 오늘은 11월 24일인데, 12월 6일로 되어 있어요."

그 말을 듣고 일력日曆을 보니 커다랗게 6이라는 숫자가 있었다.

"신이치, 네가 이런 장난을 한 거야?"

지로는 웃으려 했지만 웃음이 나오지 않았다.

신이치의 장난이 아니라는 것을 알고 있었다. 누군가가 방에 몰래 들어와서 숫자를 쓰는 대신 일력을 찢어 6이라는 숫자가 보이게 해놓은 것이 틀림없었다. 앞의 두 번은 바깥이었지만 이번에는 집안, 그것도 지로의 방이었다. 그 괴물은 마술사처럼 아무에게도 의심받지 않고 자유자재로 집안을 돌아다녔다. 잠자코 있을 계제가 아니었다.

다음 날 해질녘 다마무라의 자동차가 게이힌京浜 국도를 달려 오모리의 자택으로 향하고 있었다. 도쿄의 점포에서 돌아오는 길이었는데, 그 차에는 지로도 동승하고 있었다. 그 무렵 지로는 아버지의 신변을 지키기 위해 남모르게 애를 많이 썼다.

말씀드려야 할까. 만약 장난이라면 바쁜 아버지께 쓸데없는 염려를 끼칠 따름인데 어떻게 할까. 지로가 고민하는 동안 차는 오모리역을 지나 언덕에 접어들었다. 해가 완전히 저물자 차에 헤드라이트가 켜졌다.

"아버지, 제 생각에는 좀 더 주의가 필요한 것 같습니다."

지로는 큰맘 먹고 이야기를 꺼냈다.

"그놈 얘기를 하는 거냐? 충분히 주의하고 있잖아. 고용인도 증원했고, 내 출퇴근길에 네가 늘 동행하고 있고."

"소용없어요. 제 예상이 맞는다면 그자는 이미 집안에 들어와 있어요."

지로가 지난 사흘간 일어났던 일을 간추려 이야기했다. 젠타로는 다 듣고 웃으며 말했다.

"바보 같으니라고. 네 기분 탓이겠지. 아무리 그래도 그 많은 고용인들의 눈을 피해 집안에서 돌아다닐 수 있을까. 마술사도 아니고."

"방심하면 안 돼요. 그자는 마술사예요. 후쿠다 숙부님 때도 그랬어요."

말씨름하는 사이 어느덧 차는 다마무라 저택의 길게 뻗은 콘크리트 담을 지났다.

"그럼 오늘은 5라는 숫자가 나타나야겠군. 하하하하하, 너는 그런 걸 믿는 게냐?"

문 앞에 도착한 차는 방향을 휙 바꿨다. 문 옆의 콘크리트 담벼락에 헤드라이트 빛이 환등기처럼 원형으로 비쳤다.

"저는 믿습니다. 거의……."

지로는 말을 하다 말고 한숨을 쉬었다.

"차를 움직이지 말아봐. 잠시 이대로 있어."

그는 목소리를 바꿔 고함치듯 말했다.

"아버지, 저걸 보세요. 저기요, 저기."

담벼락에 비친 둥그런 헤드라이트 빛 안에 현미경으로 들여다 봐야 할 만큼 작은 곤충 떼 같은 것이 보였다. 흐릿해서 더 소름이 끼쳤는데 5라는 숫자였다.

둥그런 불빛 안의 숫자는 엔진소리에 따라 담벼락 위에서 미세하게 움직였다. 헤드라이트 유리에 먹으로 써놓은 것이 확대되어 벽에 투사된 모양이었다.

우연인가, 고의인가. 때마침 마중 나온 오토키치 할아범도 담벼락에 비친 숫자를 보고 소리쳤다.

"이게 뭐야."

젠타로는 격한 목소리로 운전사를 꾸짖었다.

"이건 누가 쓴 거야? 자넨가?"

"전 전혀 모릅니다. 누가 언제 이런 걸 써놓았을까요?"

운전사도 고개만 갸웃거렸다. 아마 도쿄 점포 앞에 주차해 놓은 동안 누군가가 재빨리 써놓고 간 듯했다.

이런 오싹한 환등을 보고 나니 젠타로도 더 이상 지로의 엄살이라며 웃어넘길 수 없었다. 이 사건은 가족 만찬에서도 화제가 되는 바람에 고용인들도 알게 되었다. 젠타로가 이를 나미코시 경부에게 알려 관할 경찰서와 파견 형사의 증원을 논의하기도 했다.

바야흐로 다마무라의 저택은 음산한 도깨비 집이 되었다. 다마무라가 사람들은 발소리를 듣고도 서로 화들짝 놀라며 촉각을 세울 정도로 겁을 냈다.

해가 지기도 전에 문을 닫고 철저히 문단속을 했다. 서생이 교대로 불침번을 섰으며 대문이나 후문은 사복형사가 지켰다. 그 정도면 아무리 마술사라도 잠입할 틈이 없을 것이라 생각했다.

하지만 하나씩 줄어드는 숫자는 매일 저택 안 어딘가에서 어김없이 발견되었다. 상세한 내용을 다 적기는 지루하니 요약하자면, 다음 날은 다에코가 매일 아침 마시는 우유병에서 검은 먹으로 쓰인 4자가 발견되었고, 그 다음 날에는 지로의 서재 창으로 날아 들어온 낙엽에 3자가 쓰여 있었다. 그리고 숫자는 2로 줄더니 결국 1이 되었다. 11월 29일의 일이었다. 만약 그것이 이제 하루 남았다는 통첩장이라면 30일인 내일이 그 날이다.

첫 번째는 후쿠다 도쿠지로, 두 번째는 아케치 고고로, 앞으로 몇 사람이 더 괴한의 흉기에 쓰러질 것인가. 범인의 예고는 막연히 날짜만 제시할 뿐 누구라고 특정하지 않았다. 이런 음산한 애매함이 공포심을 배가시켰다.

그날이 되자 다마무라가 사람들은 외출을 삼갔다. 공포를 누그러뜨리기 위해 아침부터 모두 한 곳에 모여 잡담을 나누며 시간을 보냈다. 젠타로도 점포를 하루 쉬고 힘센 점원 대여섯 명을 불러 삼엄한 경비태세를 갖췄다.

하지만 예상과 달리 아무런 변고 없이 날이 저물었다. 밤이 깊어져 8~9시쯤 되었지만 저택 안에는 별 이상이 없었다. 이게 뭔가 싶을 정도였다. 제아무리 마술사라도 이런 삼엄한 경계에는 별수 없는 모양이라며 안심했다.

10시가 되자 모두 침실로 돌아갔다. 물론 침실 문은 잊지 않고 잠갔다. 현관 옆의 서생 방에서 두 명이 불침번을 섰다. 그뿐만 아니라 형사가 대문과 후문을 지켰다.

지로도 침대에 누웠지만 좀처럼 잠이 오지 않았다. 다른 사람들은 안심했을지 모르지만, 지로는 괴물이 신통방통하게 솜씨를 뽐내는 걸 두 눈으로 똑똑히 보았다.

머리 위의 으스스한 시계탑에서 자정을 알리는 종소리가 들려왔다. 마치 장례식 종소리 같았다. 한 30분쯤 지났을까, 문득 이상한 소리가 들리는 듯했다.

들린다. 확실히 들린다. 환청이 아니다. 전에 들었던 무시무시한 플루트소리였다. 후쿠다가 참혹하게 살해당했을 때와 똑같은 곡조다.

지로는 준비한 권총을 움켜쥐고 침대 밑으로 뛰어내렸다.

이 플루트소리는 이미 끔찍한 범죄가 벌어졌다는 뜻인가, 아니면 이제 곧 벌어진다는 뜻인가. 어떤 쪽이든 한순간도 지체할 여유가 없는 긴박한 상황임을 직감했다. 사람들을 깨우러 돌아다닐 시간이 없었다. 당장 소리쳐야 한다. 지로는 난데없이 참새라도 쫓는 것처럼 요란한 소리를 내며 플루트소리가 나는 쪽으로 돌진했다. 그는 양관을 가로지르는 긴 복도를 달렸다. 달리며 생각해보니 아무래도 다에코의 방 같았다.

'세 번째 희생자는 누이동생인가?'

순간 상황이 파악되었다.

다에코의 침실 문 앞에서 꿈틀거리는 검은 괴물이 보였다. 지로는 흠칫 놀라 그 자리에 멈췄다. 겨드랑이에서 식은땀이 흘렀다. 이제 드디어 무시무시한 괴물을 눈앞에서 볼 수 있다. 그는 온 힘을 다해 필사적으로 소리쳤다.

"누구냐. 움직이지 마라. 움직이면 쏜다."

하지만 한심하게도 권총을 쥔 손이 후들후들 떨렸다.

"지로 님이십니까?"

괴물이 대답했다. 그런데 이게 웬일인가. 괴물은 오토키치 할아범이었다.

"요상한 피리소리가 나서요. 혹시나 해서 돌아보고 있었죠. 어쩐지 아가씨 방이 수상하더라고요."

"그런 거였나. 알았으니 문을 부숴."

지로는 기를 쓰고 고함을 질렀다.

다행히 후쿠다 저택처럼 문이 튼튼하지 않았다. 두 사람이 힘을 합치니 문은 쉽사리 열렸다. 침실로 뛰어 들어간 두 사람은 경악을 금치 못하고 얼떨결에 비명을 질러댔다.

유령탑

피투성이가 된 다에코는 침대에서 떨어져 쓰러져 있었다. 오른팔에 푹 꽂힌 단도는 아직도 바르르 떨렸다.

집안사람들이 다에코의 침실로 모여들었고, 보초를 서던 형사는 경찰서에 통보했다. 잠시 후 헐레벌떡 달려온 경관들이 현장 조사를 시작했다. 하지만 그런 것까지 시시콜콜하게 다 적자면 한도 끝도 없다.

이번에도 범인의 궤적은 오리무중이다. 문과 창문이 모두 굳게 잠겨 있었다. 현관에서 불침번을 서던 서생은 졸지 않았다. 대문과 후문의 형사들도 자리를 뜨지 않았다. 기적에 가까웠다. 말 그대로 마술사인가. 믿기 힘든 기괴한 일이었다.

하지만 다행히도 지로가 얼른 알아채고 소리를 지른 덕분에 범인은 살인을 완수하지 못하고 단도만 꽂아 놓은 채 그대로 줄행랑쳤다. 상처는 꽤 깊었지만 치명상은 아니었다. 공포에 질려 잠시 기절한 것뿐이었다.

다에코는 즉시 오모리 외과병원으로 옮겨졌는데, 병원 도착 전에 의식이 회복되었다.

"범인의 얼굴을 보았습니까?"

형사의 질문에 다에코가 대답했다.

"얼굴은 보지 못했지만 키가 7척은 되는 남자였어요. 천장에 닿을 것처럼 엄청나게 컸죠. 시커먼 덩어리처럼 보였어요."

밝혀진 것은 그것뿐이었다. 그 외에는 털끝만큼도 단서가 나오지 않았다. 단도는 젠타로가 사건 발생 후 다에코에게 호신용으로 쓰라고 준 것이었다. 후쿠다 때와 달리 이번에는 손바닥 자국도 찾을 수 없었다.

하지만 단 한 가지, 범인이 남기고 간 것이 있었다. 거인의 손바닥 자국에 비해 훨씬 현실적인 데다가 범인의 방약무인함이 그대로 드러나는 엄청난 물건이었다.

다에코를 찌른 단도 밑에 흰 카드 한 장이 마치 칼자루 테두리처럼 꽂혀 있었던 것이다. 심지어 카드에는 여느 때처럼 기분 나쁜 필적으로 4라는 숫자가 크게 쓰여 있었다.

이 카드는 다에코가 병원으로 이송된 후 현장에 남아 있던 사람들 사이에서 문제가 되었다. 카드에 적힌 4라는 숫자가 무슨 의미일지 문제 삼은 것이다.

"희생자의 번호를 매기는 숫자라면 3이었겠죠. 게다가 지금까지 3이라는 숫자는 늘 범행 예고로 사용되었습니다. 그 외의 용도는 없었죠. 그렇다면 이 4라는 숫자는 다음 범행까지 남은 날짜 아닐까요?"

한 형사가 다들 머리에 떠올랐지만 두려워 차마 입 밖에 내지 않은 점을 언급했다.

"맨 처음에는 14일의 유예가 있었죠. 다음은 8일, 그리고 이번에는 4일로 줄어들었습니다. 범행의 템포가 점점 빨라지는 군요. ……그렇게 생각할 수밖에 없지 않겠습니까."

냉혹하게 말하고 나서 그는 사람들을 둘러보았다.

너무 잔인하다. 인간이 아니다. 괴물은 살인을 하면서 동시에 다음 범행까지 예고한 것이다.

결국 이 예상은 적중했다. 다음 날 배달된 우편물에는 봉투마다 빨간색으로 3이라고 크게 쓰여 있었다. 곧바로 우체국에 확인하고 집배원을 심문해봤지만 아무 소득도 없었다. 그 다음 날은 외출에서 돌아온 장남 이치로의 서류 가방에서 2라고 쓰인 카드가 발견되었다.

이치로는 가족 중에서도 배짱이 두둑한 편이었다. 그는 사람들이 마술사를 믿는 걸 보고 미신이라며 비웃었다. 7척이나 되는 사람이 세상에 존재할 리 없다. 유령이나 마술사가 아니라 일개 살인광일 뿐이다. 사람들은 범인이 밀폐된 방에 잠입하였다는 점 때문에 놀라지만, 우리가 놓친 게 있어 알아채지 못했을 뿐 정신만 바짝 차리면 된다. 상대도 인간이므로 두려워할 필요가 없다. 그는 그렇게 생각했다.

그런데 이번에는 비웃던 이치로의 가방에서 유령문자가 발견된 것이다. 외출 중에 한 번도 손에서 서류 가방을 놓은 적이 없는데 말이다. 하지만 이치로는 두려워하지 않았다. 두려워하는 대신 분개했다. 그는 괴한의 마술 같은 장난에 화를 냈다. 그리고 이제는 동생 지로와 마찬가지로 범인을 색출해 체포하기를 간절히 바라게 되었다.

바야흐로 숫자 1이 나타날 차례였다. 마침내 예고한 날이 온 것이다. 다마무라 저택의 경계 태세는 전과 마찬가지로 완벽했다.

하지만 막상 그날이 되자 뜻밖의 일이 벌어졌다. 범인은 어제 최후의 1이라는 통고를 보내놓고 무슨 연유인지 오늘 또 기묘한 유령통신을 보낸 것이다. 게다가 발견 장소가 너무 생뚱맞았다.

그날 오후, 이치로는 한 방에 모인 사람들 무리에서 빠져나와 혼자 정원에서 건물 주위를 둘러보았다. 어딘가 사람들이 모르는 비밀의 출구가 있지 않을까 의심했기 때문이다.

비밀의 출구는 찾지 못했지만 이치로는 주위를 돌아다니던 중 기묘한 것을 발견했다. 우연히 고개를 드니 옥상 위로 시계탑이 보였는데 글자판 표면에 떡하니 종이가 붙어 있었던 것이다. 너무 멀어 읽을 수 없었지만 글자 같은 것이 보였다.

'뭐야, 범행 일자가 연기되었나?'

종이에 한 글자만 적혀 있는 것 같아 이상한 생각이 들었다.

"좋았어. 저기 올라가 종이를 떼어오면 되겠군."

이치로는 그렇게 마음먹고 사람들 몰래 양관 2층의 시계탑과 연결된 계단으로 올라갔다. 담대한 그는 이런 일로 괜히 호들갑을 떨어 가뜩이나 신경과민인 사람들을 불안하게 할 필요는 없다고 생각했다.

마침내 괴한은 시계탑을 활용했다. 유령 같은 범인과 유령탑. 소름끼치게 잘 어울리는 조합이다. 하지만 왜 그런 곳에 종이를 붙여놓았을까. 지붕을 통해 올라간 것이 아니었다. 문제는 범인이 사람들 눈에 띄지 않고 몰래 저택 안에 들어와 옥상을 활보했다는 데 있었다. 밤중에 그런 건가? 하지만 밤이라 해도 보초를 서서 저택 주변을 철저히 지키고 있었다.

  역시 괴물이고, 마술사다. 아, 위험하다. 깊이 생각하지도 않고 뛰어들다니, 이치로가 범인의 무시무시한 함정에 빠지게 되는 것 아닐까.

단두대

  어둑어둑한 계단을 오르면서 불현듯 떠오르는 생각이 있었다. 그 생각을 하니 대담한 이치로조차 오싹해져 무심결에 권총을 꽉 쥐었다.

  백주대낮이라고는 해도 장소는 으스스한 유령탑이었다. 어둡고 구불구불한 계단을 지나 꼭대기로 올라가면 글자판 뒤쪽은 시야가 확보되지 않는 복잡한 기계실이라 사람 하나 숨을 장소쯤은 도처에 있었다. 글자판에 붙여 놓은 종이는 범인의 트릭 아닐까. 혹시 누군가 그걸 보고 올라오면, 어두운 탑 안에서 살해하려는 음모 아닐까.

  하지만 아집 강한 이치로가 지레 겁먹고 물러날 리 없었다.

그는 권총을 가슴 앞에 들고 조심스레 앞뒤를 살피며 한 계단 한 계단 올라갔다.

이제나저제나 기다리며 차라리 범인이 습격하기를 바랐지만, 예상과는 달리 별일 없이 탑 꼭대기의 기계실에 도착했다.

기계실은 작은 공장이라고 해도 좋을 만큼 규모가 컸다. 아슬아슬하게 맞물리는 거대한 톱니바퀴들, 기계실의 심장이라 할 수 있는 태엽 장치를 비롯해 엄청나게 큰 철근과 철 기둥, 철 가로대, 철 굴대, 그리고 그것들이 만들어내는 복잡하기 짝이 없는 그림자가 보였다. 게다가 머리 위에는 직경 3자[15]나 되는 진자가 금속성의 소리를 내며 아주 천천히 좌우로 흔들렸다.

이치로는 기계실 구석에 서서 숨을 꾹 참고 귀를 기울였다. 괴물이 총알처럼 날아오는 걸 대비해 한순간도 권총에서 손을 떼지 않았다. 그러나 아무리 기다려도 변화가 없었다. 기계 주변을 돌아보았지만 수상한 그림자조차 얼씬하지 않았다.

맥이 빠졌다. 방금 전까지 겁쟁이처럼 지나치게 조심했던 자신이 부끄러웠다. 그는 쓴웃음을 지으며 권총을 주머니에 넣고 글자판 뒤로 다가갔다.

머리 주위에는 회전축이라고 하는 편이 어울릴 법한 아주 큰 시곗바늘의 굴대가 가로놓여 있었고, 그 아래, 그러니까 이치로의 가슴 주위에는 두 개의 커다란 구멍이 있었다. 유령탑의 눈이라고 불리는 이 구멍은 딱히 용도가 없었지만, 장식도

15_ 약 1m. 1자^{尺}=30.3cm.

할 겸 기계실에 빛이 들어오도록 괘종시계의 태엽 감는 구멍을 본떠 뚫어 놓은 것이다.

이치로의 기억에 따르면 종이는 뒤에서 볼 때 왼쪽 구멍 바로 아래 붙어 있었다. 그는 구멍에 머리를 넣고 종이가 어디 붙었는지 확인한 후 최대한 오른손을 구멍 밖으로 내밀어 종이를 떼어낼 생각이었다. 하지만 안타깝게도 손이 약간 모자랐다. 막대기를 찾으러 기계실을 돌아다녔지만 적당한 것이 없었다.

어찌할까 생각에 잠겨 잠시 멀거니 서 있던 중 별안간 그의 표정이 변했다. 그는 무시무시한 것을 맞닥뜨린 것처럼 몸이 굳었고 눈을 부릅뜨고 한 곳만 노려보며 모든 신경을 귀에 집중시켰다. 기묘한 소리가 들렸던 것이다.

진자소리는 아니다. 플루트소리가 틀림없다. 괴물이 범행을 저지를 때면 어김없이 들리던 구슬픈 플루트소리다.

그럼 지금 범행을 저지르려는 건가? 하지만 어디서? 누구에게? 말도 안 된다. 가족 중 누군가가 지붕에 올라온 건가. 지붕 위에는 희생될 사람이 없다. 그럼에도 불구하고 플루트소리는 시계탑 밖의 지붕 위에서 들려온다.

이치로는 플루트 연주자를 보기 위해 글자판 구멍에 목을 내밀고 양관 지붕을 내려다보았다. 하지만 거기에는 그림자조차 얼씬하지 않았다. 괴물은 시계탑 뒤쪽에 있는 듯했다. 플루트 음색으로 짐작컨대 지붕 위를 여기저기 돌아다니고 있다. 언제 이쪽으로 올지 모른다. 그는 무슨 일이 있어도 괴물의 모습을 두 눈으로 확인하고 싶어 구멍 밖으로 한참 고개를 내밀고 있었다.

그런데 그 사이, 더없이 우스꽝스러우면서도 몸의 털이 쭈뼛 설 정도로 무시무시한 사건이 생겼다.

이치로는 아까부터 뒷목에 정체 모를 압박을 느꼈으나 지붕에 정신이 팔려 그 이유를 생각할 겨를이 없었다. 그러는 사이 압박이 조금씩 심해지고 점점 기분 나쁜 둔통으로 변하더니 마침내 고통은 참을 수 없는 경지에 이르렀다.

처음에는 어찌된 일인지 영문을 알 수 없었다. 순간, 빈틈을 노리던 괴물이 위에서 그를 공격한 것 아닌가 가슴이 철렁했다. 하지만 목을 누르는 것은 인간이 아닌 듯했다. 아무래도 기계류 같았다.

물론 그는 목을 빼려 했다. 하지만 이미 때는 늦었다. 보이지 않는 물체의 압박으로 구멍에 끼인 목은 아무리 안간힘을 써도 빠지지 않았다.

목의 통증은 시시각각 심해졌다. 그때 비로소 이치로는 자신을 고통스럽게 하는 물체가 무엇인지 알게 되었다. 그는 웃었다. 너무 우스워서 몸속 깊이에서 웃음이 터져 나왔다. 세상에 이렇게 우스꽝스러운 일이 생길 줄이야. 그의 목을 누르는 것은 시곗바늘이었다.

시곗바늘이라고는 해도 길이가 1간, 폭이 1자나 되었다. 강철로 만든 양날 검이나 다름없었다. 쐐기 모양의 날카로운 날이 점점 그의 목살을 파고들었다.

그는 목에 힘을 주고 시곗바늘을 들어 올리려 했다. 하지만 거대한 태엽 장치는 의외로 강력했다. 시곗바늘은 꿈쩍도 하지 않았다. 힘을 주면 줄수록 살이 갈가리 찢기는 것처럼 고통스러워질 따름이다.

웃음을 터뜨릴 수밖에 없는 어처구니없는 사건이었다. 가련한 인간의 힘으로는 거대한 기계의 힘에 도저히 대항할 수 없었다.

너무 몰골이 흉하고 수치스러워서 도움을 요청하는 것조차 망설여질 지경이었다. 그 사이 진자가 한번 움직일 때마다 바늘은 가차 없이 아래로 내려왔다. 더는 고통을 견디기 힘들었다.

이치로는 비명을 질렀다. 외국물도 먹은 서른 살짜리 신사가 시곗바늘에 끼어 비명을 질러댔다. 그러나 아무리 비명을 질러도 도와주러 오는 사람은 없었다. 그가 시계탑에 올라간 줄 누가 알겠는가. 설령 허공에서 질러대는 비명소리가 들린다 해도 아래층 사람들은 그런 곳에서 이치로가 고통 받고 있으리라고는 상상하지 못할 것이다.

아래를 내려다보아도 주위에는 그림자조차 얼씬하지 않았다. 형사들이 보초를 서는 대문과 후문 쪽에서는 지붕에 가려 그의 모습이 보이지 않을 테고, 담장 밖의 2-3정은 인가가 없는 언덕이다.

귀를 기울여보니 야릇한 플루트소리는 어느새 멈춰 있었다. 플루트는 이치로를 구멍으로 유인하는 트릭에 불과했다. 범인은 상황을 두 눈으로 지켜보다가 목적이 달성되자 어디론가 사라진 것이다.

이런, 시곗바늘 단두대라니. 아무리 기괴한 마술사라지만 이건 악마에게나 어울리는 발상 아닌가. 강철 검에는 심장이 없다. 따라서 자비도 인정도 없다. 인간의 목이 끼어들건 말건 그야말로 시곗바늘처럼 정확하게 1초마다 아래로 내려왔다.

비명을 지르던 이치로의 얼굴은 경동맥 압박으로 보기 흉하게 부어올랐다. 머리카락이 곤두섰고, 충혈된 두 눈은 커질 대로 커져 금방이라도 튀어나올 것 같았다.

우지끈우지끈 목뼈에서 소리가 났다. 기도가 눌려 호흡이 곤란했다. 소리칠 힘도 없었다. 이제 몇 초 후면 단말마의 고통을 느낄 것이다.

최후의 고비에서 그는 튀어나올 것 같은 눈으로 바로 아래 붙어 있는 종이의 글자를 읽었다. 거기에는 다음과 같이 적혀 있었다.

오후 1시 21분

이런 식으로 비아냥거리다니. 범인은 정확하게 목숨이 끊길 시간을 적어놓은 것이다. 긴 시곗바늘이 이치로가 목을 빼고 밖을 내다보던 구멍 위를 통과한 시각은 정확히 21분이었다.

하나조노 요코花園洋子

이야기를 옮겨 그 시간, 아래층에 모여 있던 사람들은 어딘가에서 울려오는 비명소리를 어렴풋이 들었다. 그들은 무심결에 서로 얼굴을 쳐다보며 귀를 기울였다. 분명 사람이 울부짖는 소리였다. 어쩐지 목소리가 귀에 익었다.

"이상하다, 형이 안 보이네. 어디 가신 건가?"

주위를 둘러보며 지로가 말했다. 아무도 대답하지 않았다. 모두 얼굴이 새파랗게 질린 채 입을 다물고 있었다.

"제가 찾아오죠."

지로가 일어나 복도로 나갔다. 복도 끝에서 다른 쪽 끝까지 돌아다니며 이치로를 찾았다. 2층으로 올라갔으나 거기에도 모습이 보이지 않았다. 아무래도 비명은 위에서 들린 것 같았다. 그는 시계탑으로 가는 계단 아래 멈춰 섰다. 더 이상 비명은 들리지 않았지만 혹시 모르니 확인이 필요했다. 그는 느닷없이 계단을 뛰어 올라갔다. 한꺼번에 세 계단씩 오르며 꼭대기에 있는 기계실에 도착했다.

톱니바퀴 사이로 꿈지럭대는 사람이 보였다. 또 그였다.

"이봐, 오토키치 아닌가. 거기서 뭐하는 거야."

지로의 화난 목소리에 상대는 깜짝 놀라며 뒤를 돌아봤다. 오토키치 할아범이었다.

"오토키치, 자네 거기서 뭐하고 있었나."

의외였다. 지로가 다가가자 오토키치 할아범은 금방이라도 "마침 잘 오셨어요"라고 말할 듯한 표정으로 어두운 구석에 누워 있는 물체를 가리켰다. 자세히 보니 그가 찾던 형이었다. 이치로는 시체처럼 몸이 축 늘어져 있었다.

"어떻게 된 거야. 누가 형을 이런 꼴로……."

지로는 경악하며 쓰러져 있는 형에게 달려갔다.

이치로의 목에는 새빨간 바퀴를 굴린 듯이 처참한 상처가 나 있었다. 다행히 목숨에는 지장이 없었다. 그는 힘없는 목소리로 직접 자초지종을 설명하기도 했다.

이치로의 말에 따르면 그를 구해준 사람은 오토키치 할아범이라고 했다. 지로와 마찬가지로 비명을 듣고 시계탑으로 올라간 할아범이 아슬아슬하게 시계의 태엽장치를 멈추고 시곗바늘을 되돌려 이치로의 목숨을 구했다는 것이다.

이야기를 듣고 보니 형이 목숨을 건진 것은 천만다행이었지만, 지로는 어쩐지 맥이 풀렸다. 오토키치 할아범이 그저 충심으로 한 행동일까. 그럴 리 없다. 아무래도 믿을 수 없었다. 그는 다에코에게 돌을 던졌다. 또한 그녀가 칼에 찔렸을 때 방 문 앞에서 머뭇거리기도 했다. 출입구라고는 그 문 하나밖에 없는 방에서 사람이 상처를 입은 것이다. 게다가 문은 잠겨 있었다. 있을 수 없는 일이었다. 범인은 문을 잠근 사람, 즉 오토키치 할아범이라고 생각할 수밖에 없었다.

그런데 그는 왜 그냥 내버려두면 죽을 이치로를 구해준 걸까. 지금까지 범인의 행적으로 미루어보자면, 다마무라 일가의 비탄과 공포를 가급적 오래 끌어 더 심한 고통을 느끼게 하려는 것인지도 모른다. 다시 말해 서서히 피를 말려 먹잇감을 죽이는 뱀의 사냥법에 비견할 만큼 잔혹한 수법이다.

하지만 아무런 확증도 없이 일을 서두르게 되면 오히려 불리해진다. 그래, 좋다. 지금부터 내가 탐정이 되어 그 자의 일거수일투족을 철저히 지켜봐야겠다. 믿을 만한 사람의 소개로 고용했지만, 다시 신원 조사를 해야겠다. 지로는 반드시 빼도 박도 못할 증거를 확보하리라 결심했다.

이치로는 목 주위에 괴상한 상처를 입은 것 빼고는 2~3일 만에 원기를 회복했다. 하지만 다에코는 그렇지 못했다. 외과병원에 입원한 그녀는 고열에 시달렸다.

어느 날, 다에코의 친구인 하나조노 요코가 병문안 길에 다마무라 저택에 들렀다. 다에코의 병문안은 구실일 뿐 사건 때문에 한동안 보지 못했던 지로를 만나러 온 것이었다. 요코는 도쿄의 유명 여류 음악가의 문하에 있는 제자였다. 다에코를 통해 다마무라가 사람들과도 친하게 지냈으며 지로와는 연인 사이였다. 젠타로도 암묵적으로 그들 사이를 인정해주었다.

사람들 눈을 피해 나무 밑의 정원석에 나란히 앉은 두 사람은 따스한 햇볕을 쬐며 이야기를 나눴다.

"뭐라고? 내가 매일 편지를 보냈다고? 그럴 리 없어. 형과 누이가 저렇게 되었는데 편지라니 가당키나 해?"

요코가 이상한 말을 하자 지로는 깜짝 놀라 대답했다.

"하지만 분명 당신 이름으로 편지가 왔는걸요."

"그래? 뭐라고 적혀 있었어? 나는 전혀 기억이 없는데."

"그걸 잘 모르겠어요. 지로 씨, 괜히 모르는 척하는 거죠? 암호 같은 걸 편지에 써놓고."

"암호?"

지로는 흠칫 놀랐다.

"암호라니? 어떤 암호?"

"암호 같다는 거죠. 아무 내용도 없고 달랑 숫자만 있었어요. 암호가 아니라."

"뭐, 숫자라고? 정말 숫자였어?"

"네, 5부터 시작해서 날마다 1씩 줄어들었어요. 4, 3, 2, 1, 이런 식으로."

그 말을 들은 지로는 창백해진 얼굴로 벌떡 일어났다.

"요코, 정말이야? 큰일이군. 그 편지는 후쿠다 숙부님을 죽인 범인이 쓴 거야. 형과 누이도 같은 수법으로 당했어."

"뭐라고요?"

요코는 새파랗게 질렸다.

"그럼 '1'이라는 편지는 언제 받은 거야? 설마……."

"어제요. 커다란 '1' 아래 당신 글씨로 적혀 있었어요. '급히 할 이야기가 있으니 내일 꼭 와줘'라고. 그래서 다에코 병문안 겸 왔어요. 협박인 거예요?"

"협박이지. 그건 가짜 편지야. 그놈이 내 필체를 흉내 내서 쓴 거군. 그놈은 못하는 것이 없으니까."

"그놈이라니요?"

"7척이 넘는 거구야. 플루트 솜씨도 좋고……."

지로는 말을 하다 말고 갑자기 입을 다물었다. 얼굴에는 차츰 공포의 표정이 떠올랐다. 그의 눈은 수풀 너머 5~6간 앞을 응시하고 있었다.

요코도 깜짝 놀라 지로의 시선을 좇아보니 수풀 너머로 천천히 걸어가는 사람이 보였다.

"저 사람 누구예요?"

"쉿."

지로는 손짓으로 말을 막으며 그가 어느 방향으로 사라지는지 지켜보았다. 그리고 그림자까지 사라진 걸 확인하고 나서야 안심한 듯 요코의 질문에 대답했다.

"최근에 정원 청소부로 고용한 오토키치 할아범이야."

"그 사람, 아까 문 앞에서 만났어요. 정중히 인사하던데요."

"저놈, 우리 얘기를 엿들었을지도 몰라."

"저 사람이 들으면 안 되나요?"

"아니 그런 말이 아니라."

지로는 애매하게 말을 얼버무렸다. 범인의 마수가 다마무라 일가를 저주하는 데 그치지 않고 자신의 연인에게까지 뻗친 걸 생각하니 괴물의 밑도 끝도 없는 악랄함에 이가 으득으득 갈렸다.

그는 아버지 젠타로는 물론 아직 저택을 지키고 있는 경찰들에게도 이 내용을 알리고 요코가 귀가할 때 철저히 경호해주도록 조치를 취했다.

조치를 끝낸 지로는 아버지 서재에서 홀 쪽을 내다보았다. 하지만 조금 전까지 거기 있던 요코의 모습이 보이지 않았다. 홀에는 그녀와 이야기를 나누던 형 이치로만 혼자 우두커니 서 있었다.

"요코는?"

"네 서재로 가지 않았어?"

"내 서재?"

지로는 입술이 파리해져 자신의 서재로 달려갔다. 아무도 없었다.

"하나조노."

복도로 나와 이름을 불러도 대답이 없었다. 복도에는 무슨 일이 생겼나 보러 나온 하인들이 모여 있을 뿐이다.

지로는 미친 듯이 현관으로 달려갔다.

"하나조노 씨가 여기로 나가는 걸 봤나?"

그가 문자 문을 지키던 서생은 약 반 시간가량 아무도 지나가지 않았다고 대답했다.

하인과 형사들이 갈라져 저택 구석구석까지 다 찾아보았지만 마치 증발이라도 한 것처럼 요코의 모습은 어디에도 보이지 않았다.

엄청난 마술

하루 이틀 시간이 지날수록 하나조노 요코의 유괴는 기정사실이 되었다. 도쿄의 여류 음악가 자택, 교외의 본가를 비롯해 짚이는 곳은 빠짐없이 찾아보았지만 요코는 어디에도 없었다.

지로는 오토키치 할아범의 신변을 빈틈없이 감시했지만 딱히 이상한 점을 발견하지 못했다.

그는 가끔 30분이나 1시간가량 외출하곤 했으나 모두 행선지를 아는 심부름이었다.

신문기자들은 경시청과 경쟁하듯 분주히 하나조노 요코를 찾아다녔다. 각 신문 사회면은 다마무라가 사건으로 도배되었다. 그 밖의 다른 기사들은 편집자의 쓰레기통에 가차 없이 던져졌다.

사건 전체가 정상이 아니었다. 특히 지로에게는 지난 한 달간 벌어진 일들이 모두 하룻밤의 악몽처럼 여겨질 뿐이었다. 매일같이 해가 지고 날이 밝았지만 사태는 전혀 진전되지 않았다. 꿈이 아니었다. 이건 결코 꿈이 아니다. 혹시 내가 정신이 이상해진 건가. 그럼 평생 이런 무시무시한 환영을 보고 살아야 하나.

지로는 실제로 정신이 좀 이상해진 듯했다. 누구라도 연인이 수증기처럼 증발해버리면 세상이 다르게 보일 만도 했다.

지로는 더 이상 깊이 생각하지 않았다. 그저 걸었다. 저택 정원이든 주위의 거리든 정처 없이 걷기만 했다. 마음속으로 어디 나무 그늘이나 처마 밑에서라도 요코가 나타나기를 기다리면서.

그날도 정처 없이 오모리 거리를 걷는 중이었다. 문득 정신을 차려보니 지금까지 한 번도 가보지 않은 거리가 나왔는데 마치 다른 나라 같았다. 시골에나 있을 법한 낡은 극장이 바로 눈앞에 보였다. 겨울 하늘에 10여 개의 깃발이 펄럭였는데 생전 처음 보는 마술사의 이름이 쓰여 있었다.

'마술을 하나 보네.'

멍하니 그런 생각을 하며 극장 지붕 밑에 나란히 걸린 간판을 바라보았다. 간판은 화려한 색채의 유화였는데 기이한 마술 장면들이 그려져 있었다. 고풍스런 해골 춤, 수중 미인, 사람 몸속으로 봉을 통과시키는 모습, 목이 잘린 채 테이블 위에서 웃고 있는 얼굴. 한 세기 전, 마술 전성기 때나 보던 추억의 장면들이 잔뜩 있었다.

무슨 예감이 들었는지 그는 극장에 들어가 보고 싶어졌다. 아직 초저녁이라 본격적인 공연은 하지 않겠지만, 오랫동안 잊고 있던 소년 시절의 호기심이 되살아난 듯 마술 하나하나가 그의 흥미를 돋우었다. 요즘 통 쉬질 못했는데 하잘 것 없는 마술이나 보며 휴식을 취하고 싶었다.

공연이 무르익어 해질녘부터는 점차 본격적인 마술이 시작되었다. 얼굴에 하얀 분칠을 한 마술사는 술이 달린 뾰족한 모자를 쓰고 서양 어릿광대 차림으로 등장했다. 변두리 마술사였지만 솜씨가 아주 훌륭해서 어른인 지로조차 그 신기함에 넋을 잃을 정도였다.

수중 미인, 해골 춤, 웃고 있는 잘린 목. 막이 바뀔수록 공연은 점입가경이었다. 관객들은 꿈나라에 온 것처럼 홀린 듯이 신기한 마술에 빠져들었다.

지로는 알 도리가 없었지만, 독자 여러분이 관객들 사이에서 마술을 관람했다면 무대 위에 오른 인물을 보고 틀림없이 비명을 질렀을 것이다. 수중 미인 공연에서 큰 유리 탱크에 누워 있다가 다음번에는 목이 뎅강 잘려 테이블 위에서 웃는 여자가 바로 여러분이 아케치 고고로와 함께 시나가와品川 앞바다의 증기선에서 만났던 괴물의 딸 후미요였기 때문이다. 그렇다면 마술사는 그때 아케치 고고로에게 무시무시한 독약 주사를 놓은 복수마일까. 그렇게 생각할 수밖에 없었다. 놈은 마술사로 변신하여 자신이 노리던 다마무라가 근처의 오모리 거리에 잠입한 듯했다.

참으로 대담무쌍한 놈이다. 만약 후미요의 얼굴을 기억하는 사람이 있으면 어쩌려고 저러나. 하지만 생각해보니 후미요가 괴물의 딸이라는 사실을 아는 사람은 아케치 고고로밖에 없다. 그리고 아케치 고고로는 이미 죽었다. 얼핏 무모해 보이는 마술 공연도 실제로는 매우 안전한 투명 망토에 불과했다.

지로는 그런 사정을 알지 못했다. 막은 벌써 몇 번씩이나 올라갔다.

배경은 온통 검은 벨벳으로 되어 있었다. 무대와 객석의 불이 꺼져 암흑이 되자 스포트라이트처럼 푸르스름한 광선이 무대 한쪽을 희미하게 비췄다. 가운데는 옥좌처럼 멋진 의자가 하나 놓여 있었는데 거기로 연미복 차림의 사회자가 나타나 인사말을 했다.

"지금부터 보여드릴 것은 저희 공연의 최고 인기작입니다. 정말 신통방통한 마술이죠. 저희 단장님이 서구 유람 중에 익히신 미인 해체 마술입니다. 저기 있는 의자에 여자를 앉힌 후 마술사가 검을 들고 목은 목대로 팔다리는 팔다리대로 각각 절단합니다. 그런 다음 토막 난 몸을 원래대로 맞추면 죽었던 여자가 일어서서 방긋 웃습니다. 이름하여 미인 해체 마술이죠"

사회자가 물러나자 후미요가 양장 차림으로 아름답게 등장했다. 이어서 어릿광대 차림을 한 마술사가 청룡도처럼 생긴 큰 검을 손에 들고 나왔다.

인사가 끝나자 후미요는 의자에 앉았다. 마술사와 두 명의 조수가 그녀 앞을 가로막고 서서 옷을 벗기더니 갑자기 뒤로 물러섰다. 그러자 낯부끄럽게도 어린 여자의 알몸이 드러났다. 그들은 여자의 몸을 칭칭 묶은 후, 얼굴 전체가 가려질 만한 넓은 천으로 눈을 가리고 재갈도 물렸다.

세 사람이 여자의 모습을 가린 채 옷을 벗기는 것은 당연히 트릭이었다. 가리고 있는 사이에 의자를 한 바퀴 회전시켜 여자와 닮은 나체 인형을 무대 앞에 내보내고 여자는 검은 벨벳 배경 뒤로 모습을 감추는 원리였다.

지로는 그걸 알면서도 눈앞에 보이는 나체 인형의 세공이 너무 정교해서 자신의 눈을 의심하지 않을 수 없었다. 비록 사람이 조종하는 인형일지라도 분라쿠 인형에서 숨결이 느껴지는 것처럼 이 등신대 인형도 분명히 숨을 쉬고 있다. 지금 푸르스름한 스포트라이트가 가늘게 떨리고 있는 것일까, 인형의 가슴이 고동치는 것일까. 환각일 테지만 양쪽 젖가슴이 살짝살짝 움직이는 것 같았다.

지로는 두 눈을 부릅뜨고 나체 인형을 응시했다. 그동안 머릿속에는 뭉게뭉게 무시무시한 상상이 피어났다. 저 인형은 진짜 사람 아닐까. 혹시 가면처럼 기분 나쁘게 웃고 있는 어릿광대가 살아 있는 여자를 매일 아무렇지도 않은 얼굴로 한 명씩 죽이는 것 아닐까.

그뿐 아니다. 인형의 저 허벅지 선, 풍만한 가슴, 목에서 턱까지의 윤곽 같은 특징은 처음 보는 것이 아니다. 어디선가 저 몸을 본 것 같다고 생각하는데 인형이 점점 누군가와 닮아간다.

'아, 내가 아직도 악몽을 꾸고 있나 보다.'

지로는 걸핏하면 그런 생각이 들었다. 조금만 방심하면 현기증이 나는 것처럼 눈앞에 고무풍선 같은 것이 마구 날아다녔다.

드디어 미인 해체가 시작되었다. 어릿광대는 우스꽝스러울 정도로 커다란 검을 들고 정면을 향해 휘두르더니 기합소리를 내며 나체 인형의 허벅지에 냅다 꽂았다. 새빨간 액체가 확 솟구쳤고, 무대 앞쪽으로 미인의 한쪽 다리가 데굴데굴 굴러갔다. 재갈 밖으로 어렴풋이 비통한 신음소리도 새어 나왔다.

인형이 신음할 리 없었다. 검은 막 뒤에서 누군가가 소리를 내는 것이리라. 하지만 지로는 그 신음소리를 듣고 소스라치게 놀랄 수밖에 없었다. 이제 알겠다. 저 몸, 저 목소리. 나체 인형은 하나조노 요코와 판박이였다.

이미 양 다리를 절단한 마술사의 검이 오른쪽 팔에 닿는 순간, 지로는 자제력을 잃었다. 하마터면 좌석에서 벌떡 일어나 어릿광대에게 돌진할 뻔했지만 얼른 정신을 차렸다.

잔혹한 마술을 보고 정신이 혼미해진 사람은 비단 지로만이 아니었다. 여성 관객들은 대부분 비명을 지르고 손으로 얼굴을 가렸다. 기절할까봐 자리를 뜨는 사람도 있었다.

무대 위에서는 미인 해체 작업이 척척 진행되었다. 양쪽 팔다리 절단이 끝나자 옆쪽에서 무거운 검이 잠시 번쩍하더니 미인의 머리가 공처럼 공중에 날아올랐다. 절단면에서는 붉은 잉크가 급류처럼 쏟아져 내렸다.

식인종의 방처럼 붉은빛으로 물든 머리와 양쪽 팔다리가 무대 여기저기에 데굴데굴 굴러다녔다.

머리도 팔다리도 없이 의자 위에 남겨진 몸통은 오도카니 앉아 있는 약국 밀랍인형처럼 오싹했다.

그 끔찍한 모습을 보니 마치 하나조노 요코가 그런 꼴을 당한 것 같았다. 지로는 두렵고 안쓰러운 나머지 입술에 핏기가 빠지고 몸이 후들거렸다. 그런 어처구니없는 일이 일어날 리 없다고 스스로 꾸짖기도 했지만 가슴속에서 치미는 전율까지 막을 수는 없었다.

마술사도 관객들에게 너무 심한 공포감을 주는 것은 원치 않는지 순식간에 잔혹한 해체 장면을 끝낸 후 활기차게 미인 조립 작업을 시작했다.

느닷없이 반주석에서 들려오는 화려한 행진곡. 어릿광대는 쿵쿵거리는 악대의 북소리에 맞춰 우스꽝스러운 몸짓으로 무대에 굴러다니던 인형 머리와 팔다리를 주워 의자 위의 몸통에 던졌다. 그러자 다리는 다리대로, 팔은 팔대로 척척 원위치에 붙어 토막 난 몸은 다시 하나가 되었다.

마지막으로 머리가 올라갔는데, 별안간 그 머리가 방긋방긋 웃었다. 어릿광대가 밧줄을 풀고 재갈을 빼자 여자가 벌떡 일어서더니 야무진 발걸음으로 무대 앞쪽으로 나와 스스로 눈가리개를 풀고 생기 있게 인사했다. 얼굴을 보니 처음에 나왔던 후미요가 틀림없었다.

지로는 미인 조립의 트릭도 알고 있었다. 의자가 회전할 때 배경과 똑같은 검은 벨벳 천으로 머리와 팔다리를 가린 여자가 몸통만 보이게 앉아 있으면 마술사는 토막 난 팔다리를 던진다. 그러면 그때 여자가 팔 다리를 가렸던 검은 천을 하나씩 떨어뜨려 마치 손발이 나타나는 것처럼 보이게 하는 원리다.

지로가 놀란 것은 트릭 때문이 아니었다. 방금 벌떡 일어나 인사했던 여자와 마찬가지로, 혹시 아까 큰 검으로 사지를 난도당한 인형도 진짜 사람 아니었을까. 아까 그 빨간 잉크도 진짜 피고, 신음소리도 진짜 단말마의 고통 아니었을까. 그런 악몽 같은 생각이 들었기 때문이다.

지로는 추운 날씨에도 불구하고 온몸이 끈적일 정도로 땀을 흘리며 막이 내려진 무대를 바라보고 있었다. 무대에 있던 여자가 배경 뒤로 들어갔을 때쯤 두꺼운 막 뒤에서 "꺅" 하는 소리가 들렸다. 젊은 여자의 외마디 비명인 듯했다.

'아, 분명 저 여자가 살해당한 다른 여자의 토막 난 시체를 본 걸 거야. 여자가 공포에 질린 나머지 비명을 지르려는데 누군가 여자의 입을 막아 조용해졌나보군.'

그의 불길한 환상은 대체 어디까지 펼쳐질까.

아직 막이 더 남아 있었지만 지로는 더 이상 마술을 볼 기분이 아니었다. 그는 비틀거리며 일어나 무신경하게 웃고 즐기는 관객들 사이를 지나 출구로 갔다.

극장을 나오니 별이 빛나는 아름다운 하늘 아래 검은 집들이 침묵을 지키며 늘어서 있었다. 인적이 드물어 묘지처럼 음산한 시골 마을이었다.

그는 집으로 돌아가려 했지만 대여섯 걸음도 못가서 멈춰 섰다. 죄악이 숨겨진 극장을 두고 그냥 갈 수는 없었다.

그는 되돌아가서 무엇을 할지 확실히 알지 못한 채 몽유병자처럼 극장 분장실 쪽으로 갔다.

모퉁이를 돌아 건물 뒤편으로 가니 반 간쯤 되는 작은 출입구가 입을 쩍 벌리고 있었다. 어둑어둑한 실내 전등 때문에 땅바닥에 장방형으로 어렴풋이 구획이 지어져 있었다. 그 안으로 오뉴도 같은 이상한 그림자가 비치는 걸 보니 입구 쪽에 누군가가 서 있는 듯했다.

지로는 도둑처럼 발소리를 죽이고 머뭇머뭇 그쪽으로 다가가 판자문에 손을 짚은 채 머리만 살며시 들이밀어 안을 살폈다.

극장과는 달리 분장실을 지키는 사람은 없었다. 텅 비고 누추한 복도만 있을 뿐이다. 다만 출입구 바로 앞에서 무엇을 하는지 한 남자가 등을 돌린 채 인형처럼 미동도 없이 우두커니 서 있었다.

그때 손을 짚고 있던 판자문에 무게가 실려 삐걱거렸다. 지로가 깜짝 놀라 머리를 치우는 순간, 바로 앞에 있던 남자가 소리를 듣고 지로 쪽으로 몸을 돌렸다.

두 사람은 얼굴이 마주쳤다.

지로는 상대의 얼굴을 보자마자 귀신이라도 만난 것처럼 "악"하고 비명을 지르며 뒤돌아왔다. 그리고 귀신이 쫓아오기라도 하듯 마구 뛰어나갔다.

분장실에 서 있던 남자는 뜻밖에도, 아니 너무 당연하게도 그가 며칠간 의심하고 경계했던 정원 청소부 오토키치 할아범이 었던 것이다.

마대 자루

뜀박질이 빠른 걸음으로 바뀌더니 이윽고 보통 걸음으로 돌아왔다. 하지만 방향을 잘못 들었는지 아무리 걸어도 다마무라 저택은 나오지 않았다. 지로는 같은 길을 몇 번이나 돌다가 난생처음 보는 마을 외곽의 어두컴컴한 숲길로 들어갔다.

나무숲 건너편에 인가의 불빛이 반짝이는 것도 보였지만, 밤이 깊은 탓인지 고목이 늘어서 있는 탓인지 지로는 깊은 산속을 헤매는 것 같았다. 야마노테[16]인 오모리에는 숲인지 삼림인지 구분되지 않는 공터가 여러 군데 있었다. 낮에는 아무렇지도 않지만 어두운 밤이 되면 사정이 달랐다. 아까부터 이상한 기분이 들었는데 마치 악몽 속의 무서운 장면 같았다.

....
16_ 山の手. 에도 시대 도쿄 고지대의 고급주택가. 반면, 시타마치下町는 주로 저지대에 형성된 서민 주거지역.

이치로는 아무리 걸어도 끝이 나오지 않는, 괴담에 나오는 숲속 같다고 생각했다. 아니, 사실 더 무시무시한 것이 떠올랐다. 어린 시절 자주 들었던 요괴 이야기로, 한 아이가 컴컴한 길모퉁이에서 슈노본[17]처럼 무시무시한 요괴와 만난다. 비명을 지르며 도망친 아이는 다른 모퉁이에서 마주친 낯선 아저씨에게 요괴를 봤다고 말한다. 그러자 아저씨가 얼굴을 불쑥 들이밀며 "그 요괴가 이런 얼굴 아니었니?"라고 말하는데, 얼굴이 아까 본 슈노본으로 바뀌었다는 이야기 말이다. 지로는 지금 그런 공포가 떠올랐다. 생각만으로도 온몸의 털이 거꾸로 서는 듯했다.

'그놈, 이 숲 어딘가에 숨어 있을 거야. 지금이라도 "까꿍"하며 달려 나올 게 틀림없어.'

그는 아직 꿈이 덜 깼는지 그런 이야기를 철석같이 믿었다. '그놈'이란 물론 오토키치 할아범이었다.

'이제 곧 나올 것 같은데.'

염불하듯 머릿속에서 되뇌며 걷는데 저쪽 나무 그늘에 웅크리고 있는 수상한 그림자가 눈에 띄었다.

'저게 뭘까. 분명 오토키치일 거야.'

어둠을 헤치며 자세히 보았더니 역시 오토키치의 뒷모습이 틀림없었다.

비명이 나오려는 걸 간신히 참고, 점차 사라지는 사고력을 되돌리며 나무 그늘에 몸을 숨겼다. 가만히 동정을 살펴보니

....
17_ 朱の盆. 얼굴이 붉은 요괴로, 마주치면 혼을 빼앗긴다고 전해진다.

오토키치도 큰 나무 너머를 열심히 지켜보는 듯했다.

대체 무엇일까 고심했지만, 오토키치가 방패막이로 삼은 나무줄기가 앞을 막고 있어 보이지 않았다. 게다가 어두운 밤이라 그렇게 멀리까지는 보이지 않아 답답하기만 했다.

잠시 그렇게 참고 있는데 별안간 오토키치가 지켜보던 그림자가 꿈지럭거렸다. 순간, 그림자가 앞으로 움직였다.

잠시 후 엄청난 고함이 들리더니 두 그림자가 어둠 속에서 뒤엉켰다. 오토키치가 그자에게 덤벼든 것이다.

두 사람은 땅바닥을 구르며 엎치락뒤치락했다. 상대도 약하지는 않았지만 오토키치의 완력은 노인임에도 불구하고 놀라울 따름이었다.

얼마 후 오토키치 밑에 깔린 남자가 비명을 질렀다.

사정은 모르지만 오토키치를 도울 이유는 없었다. 게다가 목이 졸린 상대 남자는 지금이라도 죽을 것같이 비명을 질러댔다.

"개자식."

지로는 소리를 지르며 오토키치에게 덤벼들었다.

세 그림자가 나무 밑동에 부딪쳐가며 삼파전을 벌였다.

오토키치가 아무리 강하다 한들 혼자서 두 사람을 당해낼 재간은 없었다. 밑에 깔렸던 남자가 벌떡 일어나 오토키치를 여유 있게 들이받더니 재빨리 뒤로 물러서 어둠 속으로 사라졌다.

아까부터 지로는 성가신 존재였다. 호된 꼴을 당한 오토키치는 사라진 남자 대신 지로를 때려눕혔다. 설마 주인이 이런 곳에 왔다고는 생각지 못했을 것이다.

"너, 뭐 하는 놈이냐."

오토키치는 노인 같지 않은 우렁찬 목소리로 물었다.

"이 손 놔라. 나는 네 주인 다마무라 지로다."

"뭐라고? 지로 님이라고?"

깜짝 놀란 오토키치는 지로를 누르던 손을 놓고 일어섰다.

"어째서 이런 곳에 계시는 거예요?"

"자네야말로 왜 여기 있지? 아까 그 남자는 어쩔 생각이었어?"

지로는 오토키치가 도망갈지 몰라 멱살을 잡고 힐책했다.

"아무것도 아닙니다."

오토키치는 시침을 뗐다.

"아실 필요 없는 일입니다. 이 손 좀 놓으세요."

"안 돼."

"그럼 이 노인네를 어떻게 하시려고요."

"잘 알잖아. 경찰에 끌고 가야지."

"경찰이라고요? …… 뭘 잘못 알고 계신 것 같은데요."

"잘못 알다니. 난 똑똑히 알고 있어. 네놈이 범인이잖아. 후쿠다 숙부님을 살해한 것도, 다에코나 형을 다치게 한 것도 요코를 유괴한 것도 모두 네놈 짓이라는 거 다 알아."

"그러니까 잘못 아시는 거라고요. 저는 도련님이 무엇을 의심하는지 대충 알고 있어요. 하지만 이렇게 밑도 끝도 없이 방해하실 줄은 몰랐습니다."

"방해라니. 내가 무슨 방해를 했다고. 아까 그 남자를 죽이려는 걸 방해했다는 말인가?"

"아, 지금부터 쫓아가봤자 놓치겠네. 놈들은 어디론가 몸을 숨겼을 거 아냐. 쳇, 이렇게 어처구니없는 일이 생길 줄이야."

오토키치는 아쉽다는 듯이 혀를 차다가 갑자기 마음이 바뀐 듯 말했다.

"도련님이 의심을 해소할 수 있게 보여드릴 것이 있습니다. 이쪽으로 오세요. 저도 확인해봐야 하니까요."

지로는 그 말도 트릭일지 모른다고 생각해 오토키치의 소매를 붙든 채 그를 따라갔다.

"성냥을 가지고 계시면 좀 켜주세요."

지로는 소매를 붙들지 않은 손으로 주머니 속의 라이터를 꺼내 점화시켰다.

오토키치는 흔들리는 라이터 불을 여기저기 비추며 잠시 땅바닥을 살펴보았다.

"아, 여기다."

그렇게 중얼거리고 바닥 한 군데를 가리켰다.

사방으로 3자 정도의 흙이 방금 갈아엎은 듯 색깔이 달랐고, 그 옆에 괭이 한 자루가 팽개쳐져 있었다.

오토키치는 괭이를 들고 느닷없이 땅을 팠다.

뭔가 보여준다는 말이 거짓은 아니었던 모양이다. 지로는 다소 안심하며 그때까지 붙들고 있던 소맷자락을 놓았다. 자신도 땅 파는 일을 도우려고 라이터를 바닥 가까이 댔다.

"거기 뭐가 있나 보군."

"확실하진 않아요. 하지만 제 예상으로는……."

오토키치는 괭이질을 하며 대답했다.

"자네 예상이라고?"

"몹시 무시무시한 거죠."

그는 딱 잘라 말했다. 그리고 다시 입을 꾹 다물고 땅파기에 여념이 없었다.

이윽고 파헤쳐진 땅 속에 마대자루 같은 것이 보였다.

그때, 지로의 머릿속에 별안간 무서운 생각이 스치고 지나갔다.

"설마, 아니겠지."

그는 얼른 부정했지만, 그 추측은 점차 뚜렷해져 그의 마음속에 칙칙한 핏빛이 퍼져나갔다.

"좀 도와주세요."

오토키치가 시키는 대로 지로는 자루를 잡았다. 두 사람이 가까스로 들어 올릴 만큼 무거웠다.

"오토키치, 이게 뭐지? 이 안에 대체 뭐가 든 거야?"

지로는 떨리는 목소리로 물었다.

"아마 제 예상이 맞을 겁니다. 도련님, 안을 들여다볼 용기가 있으십니까?"

지로는 마음 같아서는 자루를 내던지고 얼른 도망치고 싶었다.

"한 번 더 불을 비춰주십시오."

지로가 다시 라이터를 켜자 오토키치는 희미한 불빛 속에서 입구를 찾아 자루를 열었다. 그리고 자루 밑바닥을 잡고 거꾸로 흔들었다. 그때 자루 밖으로 데굴데굴 굴러 떨어진 것은…….

대충 예상은 하고 있었지만 지로도 오토키치도 막상 절단된 팔다리를 보게 되자 엉겁결에 비명을 지르며 뒤로 물러섰다.

"인형이 아니었어. 역시 살아 있는 사람이었어."

지로가 흥분한 목소리로 말했다.

"그래요. 그건 인형이 아니었어요."

오토키치도 미인 해체 마술을 본 것처럼 맞장구를 쳤다.

"이건 대체 누구 시체인 거지?"

"그걸 확인해야죠."

지로와 오토키치는 서로 물끄러미 쳐다보았다. 두 사람 모두 확인하지 않아도 누구의 시체인지 알 것 같았다.

오토키치는 자루 밑바닥에 있던 시체 머리를 찾아 지로에게 라이터 빛을 비추게 했다. 아직 눈가리개를 하고 있었다. 오토키치는 한 손으로 그것을 풀었다. 천을 벗기자 드러난 얼굴은 역시 행방불명되었던 지로의 연인 하나조노 요코였다. 이미 얼굴은 많이 변형되어 있었다.

"미친놈! 미친놈!"

지로는 고함을 질러댔다. 얼핏 보면 제정신이 아닌 것 같았다.

"미친 게 아니라면 누가 이런 어처구니없는 짓을 할까. 대체 무엇 때문에 그 많은 관객들 앞에서 이런 참혹한 꼴을 당하게 한단 말인가. 미친놈이 아니면 살인을 구경거리 삼는 천하의 악당이다."

"복수입니다."

오토키치가 나직하게 말했다.

"잊으셨습니까? 스미다가와의 효수선을요. 그것과 마찬가지 발상입니다. 희생자의 시체를 되도록 많은 사람들 앞에서 최대한 참혹하게 보여주는 것이 범인의 목적입니다."

지로는 오토키치의 조용조용한 목소리가 두려웠다. 현기증이 나게 어지러웠다.

"그러니까 한 번 묻은 요코 씨의 시체를 이렇게 내 눈앞에서 일부러 파헤쳐 보여주는 것도 범인의 목적에 부합하는 일이겠네?"

지로는 남은 정신을 끌어 모아 말했다.

"무슨 말씀이죠?"

"역시 자네가 범인이라는 얘기 아닌가. 그게 아니라면 정원 청소부인 자네가 무슨 목적으로 이 시간에 이런 곳까지 온 거지? 자네는 왜 살인사건이 일어날 때마다 현장 부근을 어슬렁 거리는 건가. 게다가 새총으로 다에코를 맞히거나 현관문의 암호를 지우는 척해서 내 주의를 끈 게 대체 누구지?"

순간 심상치 않은 침묵이 흘렀다. 아직 어찌할지 결정하지 못한 모양이었다. 하지만 잠시 후, 오토키치의 입에서 처음 듣는 목소리가 나왔다.

"아직도 의심하는군요. 어쩔 수 없죠. 하지만 지로 씨, 내 얼굴을 잘 보십시오."

오토키치는 라이터를 든 지로의 손을 끌어당겨 자신의 얼굴을 비췄다.

거기에는 거칠어 보이는 낯선 남자가 서 있었다. 그는 구부정했던 허리를 쭉 펴더니 숙이고 있던 고개를 들었다.

"아직 모르시겠습니까?"

오토키치는 그렇게 말하며 흰머리 가발을 벗어 던졌다. 곧이어 눈썹도 떼어내고 듬성듬성 희끗희끗하게 자란 수염도 잡아 뜯었다. 그러자 그 아래 드러난 것은 (노인 같은 피부의 반점이나 햇볕에 그을린 얼굴색은 씻어낼 수 없었지만) 30대 남자의 예리한 얼굴이었다.

지로는 너무 놀라 상대의 얼굴을 물끄러미 바라보았다. 그리고 그가 누구와 닮았는지 깨닫고는 얼굴이 창백해졌다. 그는 유령이라도 만난 것처럼 비틀비틀 뒷걸음쳤다.

어떤 사람의 사진이 생각났기 때문이었다. 그 사진과 지금 자기 앞에 있는 사람이 동일인 같았다. 지로가 그토록 놀란 것은 그 때문이었다.

아케치 고고로

"아, 당신은 혹시……. 말도 안 돼. 사실이 아닐 거야. 그럴 리 없어."

지로는 유령이라도 만난 듯이 공포에 질린 표정으로 뒷걸음쳤다.

"아시겠습니까?"

지로는 망설였다. 그의 이름을 입에 올리는 것이 왠지 두려웠기 때문이다.

"아케치 고고로……."

지로는 간신히 말했다.

"그렇습니다."

오토키치 할아범이었던 아케치 고고로가 대답했다.

"하지만 믿을 수 없습니다. 당신은 이미 죽었잖아요."

"실제로는 이렇게 살아 있지 않습니까."

"하지만 신문기사는요? 쓰키시마 해안에 떠오른 시체는요? 나미코시 경부의 집에서 한 고별식은요? 그 성대한 장례식은 뭐죠?"

"모두 적을 속이기 위한 비상 대책이었죠. 이번 상대는 범죄 사상 유례가 없을 정도로 무시무시한 놈입니다. 40년 동안 벼르고 벼른 끝에 착수한 일가 몰살 사업이죠. 게다가 나를 유일한 훼방꾼으로 지목하고 범죄도 저지르기 전에 유괴할 정도로 용의주도한 놈입니다. 보통 수단으로는 놈에게 대항할 수 없어요. 비상사건에는 비상대책이 필요합니다. 저는 나미코시 경부와 상의해서 그 괴이한 연극을 한 겁니다. 신문사를 속이고, 세간을 속이고, 그리고 범인을 방심하게 만든 거죠. 다마무라 씨의 저택에 잠입해서 당신들의 신변을 보호하려면 놈에게 내가 죽었다는 것을 어떻게든 보여줄 필요가 있었습니다."

이제 모든 것이 명료해졌다. 범죄가 일어날 때마다 오토키치가 현장을 어슬렁거렸던 까닭은 그가 범인이 아니라 탐정이었기 때문이다. 다에코가 아슬아슬하게 목숨을 구하거나 이치로가 시곗바늘 단두대에서 구조된 것은 모두 아케치 고고로의 빠른 행동 덕분이었다. 그가 새총으로 다에코를 노린 것도 이유가 있었다. 알고 보니 그때 다에코는 하마터면 독약이 든 홍차를 마실 뻔한 것이다. 범인이 어디 숨어 있을지 모르는 상태에서 큰 소리를 내는 것은 유리한 방법이 아니었다. 아케치는 순간적인 기지機智를 발휘하여 손에 든 새총으로 컵을 깨고 차를 마시지 못하게 한 것이다.

"알겠습니다. 제가 말도 안 되는 짓을 했군요. 그런 줄 알았으면 이러질 않았을 텐데요. 빨리 극장으로 가보죠. 경찰에도 알리고요."

지로는 아케치의 침착한 태도에 조바심이 났다.

"아뇨, 안 그러셔도 됩니다. 당신은 댁으로 돌아가세요. 나도 계획을 전면 수정해야 하니."

"이유가 뭐죠?"

"나는 일선 경찰관의 방식을 선호하지 않습니다. 이미 늦었어요. 이제 와서 놈을 쫓아간들 허사죠. 그는 간계에 매우 능합니다. 오늘밤처럼 기가 막힌 모험 뒤에는 도망칠 방법까지 주도면밀하게 준비해 놓았을 겁니다. 지금 그 극장을 포위해봤자 소용없어요. 안이 텅텅 비었을 텐데요."

"그럼 찾을 방법은요?"

"집에 돌아가는 겁니다. 그리고 주무세요. 다만 아케치가 살아 있다는 말은 가족들에게도 절대 하면 안 됩니다. 그게 가장 중요한 포인트죠. 이제 안달복달하실 것 없습니다. 제게 맡겨 주십시오. 오토키치 할아범 변장도 소용없어졌으니 저는 완전히 다른 제2의 수단으로……."

아케치의 말이 갑자기 뚝 끊겼다. 라이터 불빛에 비친 그의 얼굴에 차츰 긴장감이 돌더니 이루 말할 수 없는 기쁨으로 빛나기 시작했다. 그는 긴 몸을 눈에 보이지 않을 정도로 빠르게 굽히더니 펄쩍 뛰었다. 그때 4~5간 뒤편의 어둠 속에서 "으악"하고 외치는 소리가 들렸다. 아까부터 어슬렁거리며 두 사람의 모습을 엿보던 남자에게 아케치가 돌멩이를 던져 명중시킨 것이었다.

"거기 서라."

아케치가 소리치며 달려갔다.

돌멩이에 기가 꺾였는지 남자는 어두운 수풀을 누비며 빠르게 달려갔다. 쫓기는 자나 쫓는 자나 마치 검은 바람처럼 수풀을 벗어나 한밤중의 거리를 달렸다.

"멍청한 놈. ……저 녀석이 지금 숲에 있다는 건…… 아직 희망을 버리기는 이르다. ……어쩌면 두목이 아직 극장에 있을 수도 있다."

뛰어가면서 아케치가 띄엄띄엄 말했다.

두목은 요코의 시체가 발견된 것을 아직 모른다. 대담무쌍한 놈인 만큼 지금도 태연하게 마술 공연을 하고 있을 수도 있다.

연인의 원수를 잡을 수 있다는 희망을 품게 되자 함께 달리던 지로의 가슴에는 새삼 그 괴물 같은 마술사를 향한 증오가 솟구쳤다.

마구 짓밟고, 때려눕히고, 눈알을 도려내고, 이를 하나하나 뽑아도 시원치 않을 듯한 격렬한 증오였다.

경주마처럼 목을 빼고 몸을 45도로 굽힌 채 달리고 또 달렸다. 깊은 밤 시골 같은 동네에서 그런 모습을 이상하게 볼 사람도 없었다.

5간이었던 간격은 4간, 3간, 2간으로 줄어들었다. 하지만 놈도 여간내기가 아니어서 좀처럼 잡히지 않았다. 아케치의 오른손이 가까스로 놈의 어깨에 닿기도 했으나 아쉽게도 결승점에 도달하고 말았다.

극장 출입구는 길 쪽으로 나 있었고, 분장실은 그 옆의 막다른 골목 뒤편에 있었다. 놈은 물론 분장실 쪽으로 뛰어 들어갔다.

그가 극장으로 온 걸 보면 마술사는 아직 극장에 있는 것이다. 이 충직한 부하는 두목에게 상황을 알리기 위해 분장실로 뛰어 들어간 것이 틀림없었다.

"지로 군은 여기서 망을 보세요. 분장실은 막다른 골목입니다. 도주로는 여기밖에 없어요. 마술사 같은 놈이 나오면 가차 없이 잡는 거예요. 그리고 문지기를 시켜 경찰에 전화하세요."

아케치는 지로를 남겨두고 분장실로 달려갔다.

천장 위의 체포극

아케치는 분장실로 들어가 단원들의 방을 닥치는 대로 살펴보았다. 하지만 어디로 도망쳤는지 그림자도 보이지 않았다.

배경 뒤를 살피다가 무대로 나갔더니 이미 막을 내린 상황이었다. 건너편에서 관객들이 술렁였고 여자 비명소리도 들렸다.

"나는 경찰이다. 관람석 쪽으로 도망친 놈은 없었나?"

아케치는 무대에서 막을 정리하고 있는 도구 담당을 붙들고 물어봤다.

"아무도 없었어요. 다들 분장실 쪽으로 뛰어가던데요."

그 남자가 마술사 일행과 관계없다는 것은 한눈에 알 수 있었다. 도구 담당은 극장 소속이었다.

무대에는 검정 벨벳을 씌운 커다란 마술 도구 상자가 있었고, 그 아래쪽 마루에는 혈액 자국이 꽤 많이 남아 있었다. 이 끈적거리는 피를 소품용 붉은 잉크라고 믿다니. 관객들은 물론 도구 담당조차 전혀 의심하지 못한 것은 놈의 기술이 사람들의 상상력을 훌쩍 뛰어넘을 만큼 훌륭했기 때문이리라.

아케치는 혹시 몰라 벨벳을 씌운 마술 도구 상자를 열어보았지만 안은 텅 비어 있었다. 설마 그런 곳에 숨을 리 없었다.

그는 도구 담당을 안내역 삼아 무대 뒤로 들어갔다. 세트를 세워놓은 틈새를 통과하여 배우들이 출입하는 통로로 가니 다른 도구 담당이 기다리고 있다가 귓속말로 보고했다.

"저기로 도망쳤어요. 저기요, 저 마술 도구가 쌓여 있는 곳."

넓은 무대 뒤의 한구석에는 벨벳이나 금사 은사 술로 장식된 마술 도구와 세트들이 바구니, 종이대야, 군데군데 껍질이 벗겨진 거목의 줄기 같은 전통극 소품과 마구 뒤섞여 있었다. 무대 뒤는 높은 천장에 고작 전등 하나만 달려 있어 암흑이나 다름없었다. 이런 어수선한 구석은 최고의 은신처였다.

"이 통로로 도망친 놈은 없었나?"

"없습니다. 제가 여기 계속 있었으니 놓칠 리 없습니다."

아케치는 도구 담당이 가리킨 어두운 구석으로 거침없이 걸어갔다. 두 도구 담당도 뒤따랐다. 활기 넘치는 그들에게 도둑을 잡는 것보다 재미있는 유희는 없을 것이다.

아케치는 마술 도구로 뒤덮인 미로에 발을 들여놓았다. 사형 집행용 톱이 설치된 리어카, 칼날이 번쩍거리는 곡예용 사다리, 유리 수조, 다리에 거울을 붙인 테이블 같은 마술 도구가 그로테스크하고 음산한 그림자를 드리우고 있었다. 은신처는 셀 수 없이 많았다.

"형사님, 있어요, 있어."

한 사람이 옆으로 다가와 소리를 낮춰 말했다. 아케치는 졸지에 형사가 되었다.

"어디?"

"저기요, 저 상자 속이요."

도구 담당은 옆으로 긴 관처럼 생긴 상자를 가리키며 들릴까 말까 한 작은 소리로 말했다.

"뚜껑 틈으로 들여다보았는데 깜짝 놀랐습니다. 그 안에 길게 엎드려 있습니다. 이상한 의상을 걸친 놈이에요."

세 사람은 상자 주위에 둘러섰다. 아케치가 뚜껑에 손을 얹었다. 하지만 놈은 안에서 아무 소리도 내지 않았다. 숨을 죽이고 조용히 있었다. 여는 즉시 뛰어나가려고 준비하는지도 모른다. 손에는 무서운 흉기를 들고 있을 수도 있다.

숨 막히는 순간이었다.

뚜껑을 확 열어젖혔다. 세 사람은 즉시 방어 자세를 취했다. 하지만 아무도 뛰어나오지 않았다. 어두운 상자 안을 들여다보니 누군가 누워 있는 듯했다. 흰 피부, 아주 화려하게 장식된 의상을 보니 여자였다.

"하하하하하, 이런 웃기는 일이."

또 다른 도구 담당이 상자에 손을 넣고 여자를 잡아 올렸다. 팔은 팔대로 다리는 다리대로 떨어져 있는 인형을 옷으로 덮어놓은 것이었다.

"인형이네요. 보세요, 그 '미인 해체 마술'에 나오는 인형 맞네요."

좀 더 안으로 들어가니 목공소 창고처럼 배경용 무대장치를 세워놓은 곳이 나왔다. 더 어둡고 그림자가 많아 은신처도 더 많았다.

세 사람은 무대장치 사이에 나 있는 동굴 같은 틈새를 비집고 들어갔다. 어둠 속에는 오직 거미집과 먼지, 그리고 물감 냄새뿐이었다.

하지만 아케치는 예민한 촉수로 인기척을 포착했다. 그는 손을 뻗어 머리 위에 매달린 봉 두 개를 잡았다. 다리다. 배경 상부에 거미처럼 착 달라붙어 있는 도망자의 다리였다.

힘을 줘서 그를 끌어내리자 배경 천이 찢어지는 소리가 났다. 놈은 소리도 내지 않고 마룻바닥에 착지했다.

밝은 장소로 끌고 가서 모습을 확인하니 어릿광대 복장의 마술사가 아니었다. 복고풍 턱시도를 입은 조수였다.

"단장은 어디 있지?"

아케치가 조수의 팔을 비틀며 물었다. 비상수단이다. 맥없이 항복한 조수는 말을 더듬으며 대답했다.

"저기, 저기."

가리키는 쪽을 보니 무대장치 사이에 생긴 터널 맞은편에 어릿광대가 멍하니 서 있었다.

세 사람은 조수를 버리고 조용히 그쪽으로 다가갔다. 어린 도구 담당이 앞장섰다.

건너편 어릿광대는 계속 같은 위치에 서 있었다. 희한하게도 날개처럼 양손을 뻗어 흔들고 있었다.

"잠깐 기다려."

아케치가 상황을 파악하고 소리쳤다. 하지만 도구 담당은 이미 어릿광대에게 달려든 후였다. 그는 무언가에 이마를 세게 부딪치고 튕겨 나왔다.

마술에 쓰는 큰 거울이었다. 주위가 어두워 비스듬히 놓인 거울에 비친 어릿광대의 모습을 진짜로 착각한 것이었다.

아케치의 시선을 좇아 두 도구 담당도 위를 올려다보았다.

뜻밖에도 놈은 양손으로 장단을 맞추며 무대 천장을 가로지르는 철선 위를 건너가고 있었다. 마술사의 우스꽝스러운 줄타기다.

이 얼마나 기발한 은신처인가. 만약 거울이 없었다면 이렇게 빨리 발견되지 않았을 것이다.

무대 아래쪽 출입구 옆에 천장으로 올라가는 사다리가 있었다. 세 사람은 거기로 달려가 천장으로 올라갔다. 도구 담당에게는 익숙한 일이었고 아케치도 둘째가라면 서러울 정도라서 그들은 마치 세 마리 원숭이 같았다.

아케치의 추격에 놀란 어릿광대는 철선 끝까지 건너가 천장 가로목을 타고 객석 쪽으로 도망쳤다. 세 사람도 지체 없이 같은 구멍으로 들어갔다.

천장 위의 대 추격이다.

소나기가 아래에서 솟구치는 것처럼 격자무늬 반자[18] 틈으로 올라오는 실 같은 광선을 제외하고는 전혀 빛이 없었다. 지독하게 공허하고 드넓은 암흑이었다.

어릿광대는 헐렁한 흰옷을 팔랑이며 흰 실 같은 광선을 통과했다.

오래된 천장이라 곳곳에 다리가 빠질 정도로 큰 구멍이 있었다. 천장 위를 기어가다가 그런 구멍을 만나면 저 아래 아득히 떨어져 있는 객석의 전경이 손에 잡힐 듯 보였다. 이제 객석에 관객은 없었다. 갑작스런 참사에 놀라 앞 다투어 돌아간 것이다.

....
18_ 지붕 밑이나 위층 바닥 밑을 편평하게 하여 치장한 각 방의 윗면.

고작해야 호기심 많은 구경꾼 대여섯 명, 그리고 극장 사무실 직원 몇 명이 천장 위로 누군가 도망쳤다는 이야기를 들었는지 무대 쪽으로 달려오고 있다. 그들 사이로 지로의 모습도 보였다. 경관도 도착했다. 제복 차림의 경관들이 우르르 출입구로 들어오는 모습이 보인다. 제아무리 마술사라 할지라도 이제 독안에 든 쥐다.

마침내 놈은 천장 한구석에 갇혔다. 상대는 세 명, 더 이상 도망칠 곳이 없다. 절체절명이다.

그는 세모꼴의 비좁은 구석에 몸을 수그린 채 움직이지 않았다. 쫓기던 쥐가 도리어 고양이에게 달려들 때의 자세 같았다. 아래에서 실처럼 비추는 광선이 언뜻언뜻 줄무늬를 만들어 한층 으스스한 기운이 감돌았다.

추격자는 세 방향에서 포획물을 향해 천천히 기어갔다.

별안간 놈의 오른손에서 무언가 번쩍였다. 아, 단도다. 쥐가 슬슬 고양이에게 덤벼들 모양이다.

두 도구 담당은 도망칠 기세였다. 아케치는 일단 발판을 다지며 방어태세를 취했다. 그리고 천천히 적에게 다가갔다.

그런데 터무니없이 이상한 일이 벌어졌다. 놈이 단도의 칼끝을 추격자들에게 겨누는 대신 자신의 목에 대고 자살하는 포즈를 취한 것이다. 다들 놀라서 한 걸음 물러서자 단도를 내렸으나 다시 가까이 다가가자 칼끝이 바로 목으로 올라갔다.

아, 이게 무슨 일인가. 놈은 가까이 오면 자살하겠다고 협박하는 것이다. 정말로 숨통을 끊을 용기도 없으면서 말이다. 이게 과연 세상을 떠들썩하게 한 대담무쌍한 괴물이 할 짓인가. 복수를 위해 평생을 바친 사람의 행위가 뭐 이런가. 지금까지의 방약무인한 수법에 비하면 이 무기력한 태도는 너무 딴판이지 않은가.

생각이 거기까지 미치자 아케치의 뇌리에는 무시무시한 의혹이 번뜩였다. 그는 소름이 끼쳤다. 큰일 났다고 생각하니 제아무리 명탐정이라도 가슴과 등에 식은땀이 흘렀다.

아니다. 그럴 리 없다. 여기서 어릿광대 옷을 입은 사람은 단장밖에 없다. 사람도 얼마 없는데 체구가 같은 어릿광대가 둘이나 있을 리 없다. 저 사람이 단장이라며 도구 담당도 의심하는 기색 없이 추격한 것이 증거 아니겠는가.

"이봐, 자네는 단장이 아닌가?"

하지만 그는 공포에 질려 대답조차 하지 못했다.

"자네는 대체 누군가. 단장이 아니면서 왜 그런 복장을 하고 있지?"

"단장이 아닙니다."

드디어 그가 떨리는 목소리로 대답했다.

"곡예사 기노木野라고 합니다."

그 말을 들은 아케치는 상대가 흉기를 든 것도 아랑곳하지 않고 덤벼들어 목덜미를 잡았다. 그리고 얼굴을 광선 쪽으로 세게 비틀었다. 완전히 다른 사람이었다. 별 볼일 없는 애송이다. 기괴한 화장 때문에 생김새는 잘 구별되지 않았지만 얼굴 윤곽이 전혀 달랐다. 어둠 때문에 가까이 와서 확인하기 전까지는 연령

대나 얼굴을 분간할 수 없었다.

아케치는 벌레 떼어내듯 그를 내팽개치고 사다리 쪽으로 되돌아갔다. 이미 늦었지만 다시 한 번 무대 위를 살펴보려는 것이었다.

하지만 입구 쪽으로 가서 아래를 내려다보니 사다리 주변에 사람이 너무 많았다. 경관, 극장 직원, 구경꾼, 게다가 지로까지 모두 하나같이 천장 위를 노리고 몰려든 것이다.

"지로 군, 분장실은 어쩌고요?"

아케치가 격한 어조로 말했다.

"분장실 출입구는 안 지켜도 되지 않나요. 부하들이 도망쳐도 두목만 잡으면 되니까요."

지로는 느긋하게 대답했다. 그러는 것도 무리는 아니었다. 천장 위의 어릿광대는 아케치를 비롯해 세 명에게 포위당했으므로 더 이상 정문과 후문을 지킬 필요가 없다. 그보다는 아케치를 도와 천장 위의 괴물을 잡아야 한다. 한시라도 빨리 연인을 죽인 원수의 얼굴을 보고 싶다. 지로가 그렇게 생각한 것도 당연했다. 지로조차 그럴진대 상황을 모르는 경찰이나 극장 직원들은 이미 범인이 잡혔다고 생각하고 천장 쪽으로 몰려들었을 것이다.

곧바로 극장 안은 물론 문밖 거리까지 샅샅이 수색했지만 때는 늦었다. 두목과 부하들, 그리고 후미요까지 전혀 행방을 알 수 없었다.

어릿광대 차림의 사내를 취조해보니 부모에게 꽤 많은 돈을 훔쳐 달아났다가 최근 악당 무리에 합류한 청년이었다. 미인 해체 마술이 끝나자마자 단장이 말했다고 한다.

"분장실 문 앞에 형사 같은 놈이 와 있어. 혹시 모르니 네가 내 어릿광대 옷을 입고, 얼굴에 흰 분을 칠해 변장을 해줘야겠어."

그래서 시키는 대로 했더니 이런 소동이 되어버렸다는 것이다. 찔리는 구석이 있어 지레 자신을 체포하는 줄 알고 장기인 곡예 기술로 철선을 건너 천장 위로 도망쳤다는데, 그는 도둑치고는 매우 소심한 사람이었다. 단도를 사용한 것도 포박당하는 치욕보다는 차라리 자살이 나을 것 같아서였단다. 막상 닥쳐보니 마음 같지 않아 결국 포박을 피할 수 없었지만, 그의 말을 들어보니 도둑질도 욕심 때문이 아니라 요부에게 돈을 대주기 위한 것이었다.

이 소동은 두목이 사람들을 조롱하며 유유자적 도주하기 위한 트릭이었다. 그가 그렇게 빨리 대책을 마련한 줄도 모르고 아케치가 예상 밖의 실책을 범한 것이었다.

오색五色의 눈

아케치는 입장이 곤란했다. 갖은 고생 끝에 죽음을 가장해 일부러 노인으로 변장까지 하고 다마무라 저택에 잠입했건만 지로 때문에 놈에게 정체가 폭로되고 말았다. 그런 큰 희생을 치르며 추적했는데 보기 좋게 한 방 먹은 것이다. 주위 사람들,

더 나아가 세간에 면목이 없는 것은 잠시 차치하더라도 그런 치욕을 당하다니 자존심이 허락지 않았다. 이렇게 된 이상 무슨 일이 있어도 범인의 소굴을 찾아야 한다. 이런저런 이해타산을 따질 겨를이 없었다. 그는 묵묵히 문 앞에 서서 모든 힘을 두뇌에 집중시켰다. 불가능한 일을 해내야 한다. 그토록 찾았건만 알아내지 못한 놈의 행방을 지금 당장 규명해야 한다.

전에 놈의 증기선 밀실에서 온몸이 꽁꽁 묶여 독약 주사를 맞을 뻔한 적이 있었다. 아케치는 그 위급한 상황을 떠올렸다. 놈의 딸 후미요가 그를 구해주었다. 있을 수 없는 일이었다.

그때도 아케치는 오감을 초월한 감각으로 그 일을 예견했다. 조금도 절망을 느끼지 않았다. 오늘 밤 역시 그런 신비한 예감이 들었다. 정확히는 모르겠지만 누군가가 마음 한구석을 야릇하게 간질이고 있었다. 말하자면 소년 시절 사랑의 추억처럼 아련하고 향긋한 감정이었다.

마구잡이로 주위를 두리번거리던 아케치의 시선이 갑자기 어두운 길바닥에 멈췄다. 그는 아주 오랫동안 거기만 쳐다보았다. 이윽고 경직된 볼 근육이 서서히 풀리고 찌푸렸던 미간이 펴지더니 기쁨의 미소가 얼굴 전체로 퍼져나갔다.

"지로 군, 지로 군이 연인을 잃었을 때의 기분을 이제야 알 것 같군요. 이상한 표정을 지으시네요. 갑자기 왜 그러는가 싶으신 거죠? 제게도 몹시 아름다운 연인이 생겼기 때문입니다."

상황이 이런데도 아케치는 어울리지 않는 감정에 빠져 이상한 말을 했다. 물론 지로는 그 의미를 알 수 없었다. 그러나 나중에 생각해보니, 그때 우리의 아케치 고고로는 극장 문 앞에 서서 어두운 길바닥을 보며 난생 처음 사랑을 느낀 것이다. 대상이 누구냐고? 그건 차차 알게 될 것이다.

"이제부터 놈을 쫓아보죠. 우리는 아마 놈의 소굴을 찾을 수 있을 겁니다."

아케치가 감정을 떨쳐내고 소리쳤다. 지로도 경관들도 그의 정신 상태를 의심하지 않을 수 없었다.

"어디로 간 줄 알고 추적한단 말입니까?"

"아, 제게 맡겨주십시오. 십중팔구 여러분을 실망시키지 않을 겁니다."

말을 끝내기도 전에 그는 거리로 나섰다. 정말 확신이 있는 모양이었다.

유명한 아마추어 탐정이 그렇게 말하니 다른 사람들도 그의 뒤를 따라나섰다. 지로와 경관 네 명, 모두 여섯 명이었다.

갈림길이 나올 때마다 아케치는 전혀 망설임 없이 가야 할 길을 선택했다. 눈에 보이지 않는 길잡이라도 있는 듯했다.

5~6정 정도 걷자 도카이도선東海道線 철도 건널목이 나왔다. 밤이 깊었지만 그 주위의 거리는 밝았다.

"아, 알겠네요. 아케치 씨. 저걸 표식 삼아 따라오신 거죠?"

밝은 거리에서 무언가를 발견한 지로가 소리쳤다. 사람들은 그가 가리키는 곳을 보았다. 그들 앞으로 가루처럼 작은 오색 색종이가 죽 뿌려져 있었다. 지금까지는 도로가 어둡고 종이가 너무 작아 눈에 띄지 않았지만 이제 보니 이미 지나쳐온 길에도 그 같은 종이 눈이 있었던 것 같다.

"아케치 씨, 대체 누가 이런 표식을 남긴 걸까요. 그런데 이게 놈들의 도주로인지 어떻게 아셨습니까?"

지로가 물었다.

"종이테이프처럼 마술에 쓰려고 종이를 찢어 만든 오색 눈이죠. 걸어가면서 조금씩 바닥에 떨어뜨린 겁니다. 이걸 따라오면 놈이 있는 곳에 올 수 있다는 표식입니다. 다행히 오늘 밤은 바람이 불지 않아 흐트러지지 않고 남아 있군요."

"하지만 이상하네요. 놈이 일부러 그런 표식을 남기다니요. 말도 안 됩니다."

"놈이 아닙니다. 딸인 후미요라는 여자가 한 거죠."

"놈이나 놈의 딸이나 마찬가지 아닌가요? 그런 말도 안 되는 일이 있나요?"

지로는 아케치가 제정신인지 진심으로 걱정이 되기 시작했다.

"지로 군이 이상하게 생각하는 것도 당연합니다. 부모 자식의 연 때문에 어쩔 수 없이 악마를 따라다니기는 하지만 아버지와는 딴판으로 마음이 고운 여자입니다. 전부터 아버지의 악행을 증오했는데 오늘 밤에는 도저히 참을 수 없어 경찰에 넘기려고 결심한 모양입니다. 나를 곤경에서 구해주려는 따뜻한 배려이기도 하고요."

아케치는 걸어가며 증기선에서 겪었던 희한한 사건을 간추려 말해주었다.

이번 사건에서 명탐정을 절체절명의 궁지에서 구한 사람은 괴물 같은 범인의 친딸이었다. 참으로 희한한 인연이 아닐 수 없다. 아, 그렇구나. 좀 전에 아케치가 말한 연인이 바로 후미요였구나. 그 사실을 알게 되자 지로는 눈물이 날 것 같았다. 아케치의 얼굴을 보니 그의 눈도 유독 촉촉하게 빛났다.

서둘렀더니 어느덧 마을을 벗어나 을씨년스러운 해안에 도착했다. 잔잔하기는 해도 바닷바람은 뺨을 때렸고, 밀려왔다가 다시 밀려가는 파도소리가 들렸다. 표식으로 삼았던 오색 눈은 더 이상 주위에 남아 있지 않았다.

앞을 보니 언덕 위에 집 한 채가 홀로 서 있었다. 오모리의 마을에서 벗어나 모리가사키森ヶ崎 가까이 오긴 했지만, 뜻밖에도 묘한 곳에 양옥집이 있었다. 고독을 즐기는 자의 별장인가, 화가의 아틀리에인가. 하여튼 고풍스럽게 지어진 아담한 목조 건물이었다.

가까이 가서 낌새를 살펴보니 창이 모두 밀폐되어 있었다. 어쩐지 수상한 기운이 돌았다. 게다가 지금 걸어온 길로 갈 수 있는 곳은 이 집밖에 없었다.

경관들은 각자 흩어져 건물을 포위했다. 아케치와 지로는 입구에서 태연히 문을 두드리며 주인을 불렀다. 등불이 희미하게 새어 나오는 걸 보면 사람이 있는 듯했지만 아무리 두드려도 대답이 없었다. 쥐 죽은 듯 조용한 걸 보니 안에서는 놈들이 침묵한 채 서로 눈치를 살피며 바깥 동정에 귀를 기울이는 듯했다.

"눈치 챘을까요?"

"우리인 줄 모를 겁니다. 하지만 상황이 상황이니 만큼 주의하
겠죠."

두 사람은 실내에서 눈치 채지 못하게 문 바로 옆에 웅크리고
앉아 조심스레 엿보며 동정을 살폈다.

잠시 후 어둠 속에서 희미한 빛줄기가 보이더니 서서히 굵어졌
다. 누군가 입구 문을 살짝 열고 밖을 내다보려는지 집안의
희미한 빛을 등지고 어두운 그림자가 나타났다. 점차 문틈이
넓어지자 양장 차림의 여자라는 것을 알 수 있었다.

"누구세요?"

뭔가 기대하는 듯한 나지막한 소리였다. 후미요가 틀림없었
다.

어둠 속에 쭈그리고 있던 아케치가 벌떡 일어서 그녀와 1자
거리에서 얼굴을 마주했다. 어두웠지만 얼굴 형체를 알아보지
못할 정도는 아니었다. 그녀는 흠칫 물러섰지만, 상대가 예상했
던 인물이라는 것을 확인하자 형언할 수 없이 복잡한 표정을
지었다. 금방이라도 울 것 같은 얼굴이었는데, 잠시 망설이더니
살며시 목례를 했다.

이 무슨 심상치 않은 대면인가. 참으로 기묘한 인연이다.
한 사람은 쫓는 자, 또 한 사람은 쫓기는 자, 그들은 영원한
적이며 동지다. 얼굴을 마주하는 것도 이번이 두 번째일 뿐,
친밀하게 대화한 적도 없다. 하지만 그녀는 실행에 옮겼다.
말보다 백 배는 설득력 있는 행동으로 보여준 것이다. 한 번도
아니고 두 번씩이나, 게다가 적의 딸이라는 걸 고려하면 아케치

는 어디에도 견줄 수 없는 그녀의 순정에 감동할 수밖에 없었다.

"얼른요, 얼른."

그녀는 바짝 마른 혀로 속삭였다. 아케치와 지로는 그녀를 따라 집 안으로 들어갔다. 들어가 보니 3평 남짓한 홀이 있었다.

"괜찮을까요? 우리가 따라온 걸 알아채지 못했겠죠?"

"아직 괜찮습니다. 안에는 두 사람밖에 없어요. 아버지, 그리고 숲속에서 당신에게 발각된 남자죠. 나머지 사람들은 뿔뿔이 흩어져 도망갔어요. 안에서는 술을 마시고 있어요. 얼른 체포해 주세요. 이번에야말로 아버지가 도망치지 못하게 해주세요."

후미요는 그녀의 애달픈 심정을 구구절절 이야기하고 싶었다. 다마무라 일가를 구하기 위해서는 혈육이지만 극악무도한 아버지를 경찰에 넘길 수밖에 없다. 그런 용단을 내리기까지 그녀가 겪은, 차마 말할 수 없는 고통과 슬픔에 대해 속속들이 들려주고 싶었다. 그러나 위급한 상황이라 그럴 여유가 없었다.

"우선 나를 포박하세요. 나는 악인의 딸입니다. 그들과 한패예요."

그녀는 아케치에게 몸을 들이대며 강한 어조로 속삭였다.

"무슨 말씀이세요? 당신은 이미 우리 편이잖습니까."

"그래도 포박해주세요. 그러지 않으면 내가 소리 지를 거예요. 아버지를 팔아넘기는 딸은 포박당해도 싸죠."

가엾은 후미요는 지금이라도 울음을 터뜨릴 듯한 목소리였다. 아케치도 지로도 그녀의 마음을 충분히 알 것 같았다. 일단 포박해주는 것이 오히려 자비를 베푸는 셈이었다. 후미요가 시키는 대로 아케치는 가는 허리띠를 풀어 홀 기둥에 그녀를 대충 묶었다.

마침 그때 놈의 부하(요코의 사체를 묻었던 남자다)가 슬그머니 방에서 나와 현관 옆의 작은 방 문 뒤에서 그 모습을 엿보았지만, 현관에 있던 세 사람은 전혀 눈치 채지 못했다. 작은 방에는 마술 도구나 관 같은 검은 상자가 있었는데, 거기 무엇이 들어 있는지 후미요는 알지 못했다. 만약 알았다면 아케치에게 지침을 내리는 어리석은 짓은 하지 않았을 것이다.

후미요를 포박한 아케치와 지로는 밖에 있는 경관을 부르기 전에 도둑처럼 발소리를 죽이고 안으로 잠입해 놈의 동정부터 살폈다.

갈고리처럼 굽은 복도는 캄캄했다. 양쪽 방에는 등불도 없이 복도 끝 환기창에서만 빛이 비칠 뿐이었다. 놈은 그 방에 있는 걸까.

문 앞에 다다른 아케치는 열쇠구멍에 눈을 대고 안을 살폈다. 있다. 복장이 아까와 달랐고 얼굴 분장을 지웠지만 테이블에 팔꿈치를 괴고 술을 마시고 있다. 분명 놈이다. 시야가 좁아 또 다른 남자는 보이지 않았지만 아마도 놈과 마주앉아 술을 마시고 있으리라.

하지만 이상했다. 놈은 그저 술만 마실 뿐 아무 이야기도 하지 않았다. 두 사람은 왜 저렇게 서로 노려만 보고 있는가. 그렇다면 설마…….

"방심해서는 안 될 놈이지."

중얼거리며 일어서는데 이미 때는 늦었다. 뭔가 딱딱한 것이 등을 지그시 누르고 있었다.

"손들어."

강압적인 목소리가 들렸다. 언제 왔는지 양손에 권총을 든 놈의 부하가 아케치와 지로의 등에 총부리를 대고 있었다.

허를 찔린 두 사람은 다른 생각을 할 겨를 없이 그의 명령대로 손을 들 수밖에 없었다.

"이제 나오셔도 됩니다. 두 놈 다 포로가 되었습니다."

부하가 외치자 문이 열리고 괴물이 모습을 드러냈다. 악마와 명탐정의 두 번째 대면이다. 하지만 두 사람 모두 딱히 감정을 드러내지 않고 태연한 표정으로 서로를 바라보았다.

"잘 오셨습니다. 혹시 이런 일이 생기지 않을까 생각하긴 했습니다."

놈은 싱글벙글 기분 나쁘게 웃으며 인사했다.

아케치는 대답하지 않았다. 농담에 대꾸하기에는 너무 불리한 입장이었다.

"그런데 당신을 뭐라고 불러야 하죠?"

놈은 자못 유쾌하다는 듯이 한 마디 한 마디 곱씹듯이 말했다.

"오토키치 할아범이신가요, 아케치 고고로신가요 아니, 그런 건 됐고, 오랜만에 방문하셨으니 제 장기인 마술을 보지 않으시렵니까. 별로 대접할 것도 없는데 식사 대신 말입니다."

"그럼 이쪽으로 안내해드리죠."

부하들도 두목을 따라 정중하게 말했다. 하지만 안내는커녕 여전히 두 포로의 등 뒤에 총부리를 겨누고 입구 쪽으로 소 몰듯이 내몰았다.

아케치와 지로는 그 상태로 홀까지 되돌아갔다. 두목도 그 뒤를 따라갔다.

"아케치 씨. 여기입니다. 당신이 아까 포박한 제 여식의 얼굴이나 보시죠."

등 뒤에 권총이 바짝 닿은 상태였기에 몸을 앞으로 숙이고 걷던 아케치는 후미요와 부딪칠 뻔했다. 그 순간, 총부리가 등에서 멀어졌다. 이때다. 아케치는 후미요 뒤로 몸을 날려 그녀를 방패막이로 삼았다. 그리고 주머니에서 권총을 꺼내더니 순식간에 후미요의 머리를 겨눴다. 안타깝지만 갑작스런 상황이라 다른 방법이 없었다.

물론 쏠 생각은 없었다. 다만 놈과 대등한 입장을 만들어야 했을 뿐이다.

역시 무시무시한 놈이었다. 괴물은 그 모습을 보고 깔깔 웃기 시작했다.

"하하하하하하, 쏴보시죠. 그 여자가 죽더라도 나는 전혀 아픔을 못 느낄 것 같군요. 아니, 오히려 감사하고 싶을 따름입니다."

"내가 총을 쏘면 여자만 다칠 거라고 생각하나보군. 혹시 밖에 있는 경찰들이 달려올 거라는 건 계산에 넣지 않았나?"

아케치는 처음으로 입을 열었다. 그의 눈은 증오로 활활 탔다. 짐승만도 못한 악당의 태도에 그는 격해질 수밖에 없었다.

"물론 그걸 모를 리 없지. 경관이 수백 명인들 상관없어. 자네가 그녀를 죽이면 나를 도와주는 것이나 다름없거든. 자네도 내 편인 줄 알고 체포당하지 않겠나. 크하하하하하하하. 아케치 군, 진정하고 여자 얼굴이나 보라고."

그 말을 들은 아케치는 깜짝 놀랄 수밖에 없었다. 그는 어슴푸레한 빛을 통해 포박된 여자를 보았다. 이상하다. 확실히 기억나지는 않았지만 옷이 다른 것 같기도 했다. 하지만 이게 대체 무슨 의미일까. 단 2~3분 내에 무슨 일이라도 일어난 걸까. 그는 위축된 마음을 다잡으며 고개 숙이고 있는 여자의 얼굴을 들여다보았다. 아, 역시 그렇구나. 그녀는 후미요가 아니었다. 아케치도 지로도 잘 아는, 전혀 다른 여자였다.

마술사의 기막힌 솜씨였다. 어느새, 어떻게, 게다가 그녀가!

제아무리 명탐정이라도 별수 없었다. "헉"하는 신음만 날 뿐 이제 어떻게 할지 대책을 세울 기력도 없었다.

기묘한 거래

다른 사람이다. 후미요가 아니다. 어스름해서 방금 전까지 눈치 챌 수 없었지만 후미요와 같은 옷을 입은 다른 여자였다. 어느새 다른 사람으로 바꿔치기한 듯했다.

하지만 더 놀라운 건 모르는 여자가 아니라는 점이다. 여자는 바로 오모리 외과병원 병실에 누워 있어야 할 다마무라 다에코였다.

다에코는 아케치가 후미요에게 해놓은 것처럼 몸이 묶여 움직이지 못할 뿐 아니라 재갈까지 물려 아무 말도 못 한 채 창백한 얼굴로 눈물만 흘리며 두 사람을 바라보았다.

아케치와 지로도 그 모습을 보고 놀라기만 할 뿐 꼼짝할 수 없었다.

"하하하하, 마술사의 솜씨를 보셨군요. 명탐정도 별수 없나보죠, 당황하신 듯합니다."

악마는 흉측하게 얼굴을 찡그리며 표독스럽게 웃었다. 그의 권총이 순식간에 다에코의 옆구리로 향했다. 형세가 바뀌어 이번에는 아케치가 위협당할 차례였다.

나중에 알게 되었는데 그날 다에코는 병원 정원을 산책하고 있었다고 한다. 부상이 거의 회복된 상태라 무료함을 달래려 병실에서 나온 것인데 간호사가 잠시 다른 곳에 정신이 팔린 사이 사라졌다는 것이다.

저녁에도 그녀가 돌아오지 않아 병원에서는 다마무라 저택에 전화해 집에 가지 않은 걸 확인하고 경찰에 신고했다. 경찰은 수색대를 파견해 사방팔방으로 찾아나서는 등 소동을 벌였는데 그때 다에코는 이 해안가 집에 와 있었다.

다에코는 현관 옆 작은 방에 놓인 관처럼 생긴 상자 속에 갇혀 있었는데, 아케치 일행이 집 안쪽으로 들어가는 걸 확인한 후 놈의 부하가 기둥에 묶여 있던 후미요와 재빨리 바꿔치기한 것이다. 명탐정의 허를 찔러 당황케 하려는 마술사의 허영심이었다.

"대단하군. 과연 마술사답게 훌륭하네. 그에 비해 내 속임수는 어린애 장난인걸."

아케치는 이 연극이 재미있어 견딜 수 없다는 듯 싱글벙글 웃으면서 손에 들고 있던 권총을 바닥에 내던졌다.

그러자 놈의 부하가 재빨리 권총을 주워 주머니에 넣었다.

"이봐, 뭘 그렇게 소중히 챙기나. 그건 자네들 분장실에서 주워온 장난감 권총이야."

부하는 그 말을 듣고 순간 주춤했으나 곧 태연하게 맞받아쳤다.

"마술 소도구라도, 없어지면 내일부터 공연을 할 수 없잖아."

"이봐, 그런데 우리 승부 말이야. 지금 형세로는 어느 쪽에 승산이 있는 것 같나? 너도 바보는 아니니까 그 정도는 전망할 거 아냐."

아케치는 더 이상 부하를 상대하지 않고 두목을 향해 대담무쌍하게 대응했다.

"우리한테는 무기가 있다. 인질도 있고. 하지만 자네는 빈손이지."

상대도 대범하게 대답했다.

"이 집을 포위하고 있는 경찰을 잊은 모양이군."

"그들이 안으로 들어오기 전에 다에코는 죽겠지. 이 여자의 목숨과 바꾸는 것도 나쁘지 않은 거래야."

"하하하하하, 거짓말해도 소용없어. 이봐, 당신 얼굴이 벌써 창백해졌잖아. 설마 겨우 다에코 씨 한 명 없애려고 40년이나 고생한 거였나? 네 목적은 다른 데 있잖아. 그걸 허사로 만들고 교수대에 오를 정도로 체념이 빠른 사람이었나? 하하하하하, 그런 거래는 네게 나쁘지 않기는커녕 아주 큰 손해일 텐데."

놈은 급소를 찔리자 움찔했다. 그의 얼굴에는 점차 괴로운 기색이 보였다.

"좋다, 거기까지 알고 있으니 오기는 그만 부리지. 이제 막판인 것 같으니 거래나 하자. 사실 나는 네 기습에 깜짝 놀랐다. 다에코를 여기에 데려다놓지 않았으면 파멸할 뻔 했는데, 이 여자가 있어 얼마나 다행인지 모르겠다. 다에코를 팔겠다. 이제 진정하고 가격을 매겨라."

역시 악당이었다. 미련하게 주저하지 않았다.

"누구 맘대로? …… 내가 싫다면?"

"내가 빵 하고 총을 쏘면 너는 다에코와 저승 가는 길동무가 되는 거야. 세상 끝나는 거지."

"비싼 거래군. 하지만 다에코 씨의 목숨과 바꿀 수는 없지. 알았다. 맘대로 해라."

"절대 비겁한 짓 하지 마라."

"하하하하하, 다에코 씨를 인도받고 너를 체포하는 거? 안심해라. 아무리 너 같은 악당을 상대한다 해도 난 결벽증이 있다고 내 스스로가 그런 짓은 허락할 수 없어. 그럼 밧줄을 풀어줘라."

"하지만 밖에서 기다리고 있는 사람들을 어떻게 이해시킬 건가. 경찰 놈들이 이 거래를 알 리가 없잖아."

"하하하하하, 점점 약한 소리를 하는군. 그 사람들은 내게 맡겨두고 너희들은 뒷문으로 도망가기만 하면 돼. 경찰들은 내가 앞문에 모이게 할 거야."

기이한 거래가 성사되었다.

다에코는 자유의 몸이 되어 오빠인 지로의 품에 안겼다. 두 부하는 별실에 숨겨놓은 후미요를 데리고 뒷문으로 달아났다.

"후미요 씨에게 잘해줘야 해. 네게는 과분한 사람이니까."

아케치는 놈의 뒤에서 소리쳤다. 유감스럽게도 후미요를 놈에게 보내게 되었으나 친딸이니 무리하게 떼어놓을 수도 없는 노릇이었다.

놈들 일당이 뒷문으로 나가기 전에 아케치는 대문으로 달려가 휘파람을 불었다. 그 신호를 듣고 건물을 포위했던 경찰들이 빠짐없이 모였다.

"제군들, 그놈은 방 안에 들어가 있을 거다. 어느 방인지는 어두워서 확실히 모른다. 상대는 권총을 가졌으니 다가갈 때 주의하도록."

경찰들은 공격태세를 갖추고 방들을 차례로 수색했다.

그 틈에 놈들은 뒷문을 통해 어두운 바깥으로 도망쳤다. 이후 그들의 행방이 묘연해진 것은 당연지사다.

다이아몬드

최근 다마무라 상점 보석부의 가장 큰 단골은 우시하라 고조牛

原耕造라는 자산가였다. 이른바 벼락부자로 미국에서 2년 전쯤 귀국해 사교계에서는 그다지 유명하지 않았다. 하지만 보석에 심취한 그가 지난 두세 달 동안 다마무라 상점에서 사들인 보석의 금액만 해도 유서 깊은 귀족이나 부호들을 능가했다.

그렇게 사들인 보석을 누구에게 주려는 걸까. 우시하라는 독신으로 자녀도 없었다. 그는 고이시카와구小石川區에 있는, 과거 하타모토[19] 소유의 오래된 저택을 사서 하인들과 함께 살았다.

우시하라는 미국식이었다. 그는 격식을 따지지 않는 스타일이기에 다마무라 상점에도 직접 차를 운전해서 놀러오곤 했다. 이야기하는 걸 좋아하는 데다 사교적인 성격이라 주인인 다마무라와도 서로 집을 오갈 정도로 친하게 지냈다.

일련의 사건 이후 한 달쯤 지났을 때였다. 해가 바뀌어 1월 말경이었는데, 다마무라 젠타로는 이치로와 지로, 다에코 삼남매를 데리고 우시하라가 초대한 만찬에 갔다.

이미 서너 달 전에 한 약속이었지만, 후쿠다의 변사 이후 연이은 흉사 때문에 만찬뿐 아니라 한동안 모든 일정을 미뤄왔다. 그래도 최근 한 달간 큰 변고도 없고 악마가 물러났나 싶을 정도로 무사태평한 날의 연속이라 이제 약속을 지켜야 했다.

젠타로는 조심하라는 아케치 고고로의 당부를 따랐다. 별반 위험해 보이지 않는 만찬이었지만 호위를 위해 힘센 서생 몇 명을 대동했다.

....
19_ 旗本. 에도 시대에 장군에 직속된 무사로서 직접 장군을 만날 자격이 있는, 녹봉 1만 석 미만 5백 석 이상의 자.

약속은 저녁 6시, 으리으리한 두 대의 자동차가 고이시카와의 한적한 주택가에 있는 우시하라 저택 현관 앞에 멈춰 섰다.

기분 좋게 활짝 웃는 얼굴로 하인들과 함께 마중 나온 우시하라는 다마무라 가족을 안쪽 응접실로 안내했다. 서생들은 따로 술상을 준비했다고 해서 별실로 갔다.

응접실 역시 주인처럼 격식을 따지지 않는 스타일이었다. 다다미 위에 양탄자를 깔고 의자와 테이블을 놓아 양실처럼 꾸며 놓았다. 천장이 낮고 장식단[20]이 있는 다다미방과 럭셔리한 서양식 가구가 묘하게 부조화를 이루고 있어 메이지 초기의 니시키에[21]에 등장하는 방 같았다.

가운데 큰 테이블에는 다섯 사람 분의 식사가 준비되어 있었다.

"앉으세요. 별로 차린 게 없습니다. 오늘 밤은 요리보다는 다에코 씨의 피아노, 그리고 약속대로 제 비장의 다이아몬드를 보여드리는 것이 특별 메뉴겠네요."

우시하라가 넉살 좋게 말했다.

젠타로가 오늘 밤 초대에 응한 것은 무엇보다 우시하라가 자랑하는 보석을 보고 싶었기 때문이다. 최근 어느 외국인에게 입수한 보석이라는데 말만 들어도 그 진귀함을 상상할 수 있었다. 우시하라에게 꼭 한번 보고 싶다 하니, 만찬에 오면 보여주겠

....
20_ 床の間. 다다미방에서 바닥을 한층 높게 만든 곳. 주로 벽에는 족자를 걸고 인형이나 꽃꽂이로 장식한다.
21_ 錦絵. 에도 시대에 확립된 우키요에 목판화의 최종 판형.

다고 해서 오늘 밤 억지로 나오게 된 것이다.

처음에는 자녀들까지 동반하는 건 사양했지만 우시하라가 납득하지 않았을 뿐 아니라, 한동안 소식이 잠잠했어도 복수마가 언제 마수를 뻗칠지 모르기에 가족들이 떨어져 있는 걸 피하려고 다 함께 방문하게 되었다.

만찬은 우시하라의 독무대였다. 그의 이야기를 경청하며 웃다보니 어느새 식사가 끝났다.

"그럼 다이아몬드를 보도록 하죠."

흰 식탁보까지 치워지자 우시하라는 별실로 가서 작은 벨벳 상자를 가져왔다.

"이겁니다. 감정 부탁드립니다."

젠타로는 기다렸다는 듯이 상자를 받아 뚜껑을 열었다.

다섯 사람의 머리가 상자 위로 모여들었다.

전등 빛을 받아 번쩍번쩍 불같이 타올랐다. 콩알만 한 보석이 정말 멋졌다. 고풍스럽게 로제트형으로 커트된 10캐럿 이상의 다이아몬드였다.

"와, 아름답다."

다에코가 가장 먼저 감탄했다.

"근사하네."

"멋진 보석이다."

"훌륭한 다이아몬드다."

모두들 칭찬을 아끼지 않았다.

하지만 전문가인 젠타로는 보석을 들여다보기만 할 뿐 쉽사리 입을 열지 않았다.

"어떠세요? 다마무라 씨, 1만 엔이면 너무 비싸게 산 걸까요?"

"비싸기는요, 아주 좋은 가격에 사셨습니다. 분명 배 이상의 가치가⋯⋯."

젠타로는 말을 하다 말고 입을 다물었다. 손가락으로 집었던 보석이 탁상 위에 톡 떨어졌다. 그는 몹시 놀란 듯했다.

"다마무라 씨, 왜 그러십니까. 얼굴이 창백하네요."

깜짝 놀란 우시하라가 물었다.

"나는 이 보석을 알아요. 확실히 기억납니다. 이걸 누구에게 사신 겁니까?"

"미국인 상인입니다. 지금은 본국에 돌아갔어요."

"그 사람이 이걸 본국에서 가지고 왔을 리 없어요. 일본에서 입수한 거겠죠?"

"본인은 본국에서 가져왔다고 하던데요."

"거짓말입니다. 육안으로는 잘 보이지 않지만 뒤에 흠집이 있습니다. 흠집까지 똑같은 보석이 또 있을 리는 없잖습니까. 이건 확실히 도난품입니다."

"무슨 말씀이십니까? 이게 도난품이라고요?"

"그렇습니다. 이 보석에는 살인죄도 따라다니죠."

"언제, 어디서요? 누가 도둑맞은 겁니까?"

"작년 11월이요. 제 동생이 도둑맞았습니다."

"그럼 그 효수선 참살 사건 때 말입니까?"

우시하라가 놀라며 큰 소리로 물었다.

"그렇습니다. 도쿠지로가 그 마술사라는 놈에게 참살 당했을 때 로제트형 다이아몬드가 분실된 사실은 당시 신문에도 보도되었습니다. 저희 상점 지배인이 프랑스 동업자에게 사온 물건인데 동생이 너무 갖고 싶어 하기에 양도해준 것입니다. 우시하라 씨. 이건 범인을 찾는 데 매우 중요한 단서입니다. 혹시 본국으로 돌아간 미국인이 이걸 누구에게 양도받았는지 아십니까?"

"그런가요? 이게 그때 그 다이아몬드군요. 알겠습니다. 찾아보죠. 본인은 본국으로 돌아갔지만 친하게 지내던 친구가 있을 겁니다. 내일 당장 그를 찾아 물어보죠."

좌중에는 그 보석이 돌고 돌아 우시하라의 손에 들어온 기이한 인연에 대해 놀라움을 표하는 말들이 한바탕 오갔다.

"이제 그 이야기는 그만하죠. 제가 반드시 보석을 양도한 사람을 찾아 눈앞에 데려올 테니 안심하세요. 그건 그렇고 모처럼 나오셨으니 오늘 밤은 즐겁게 보내셔야죠. 다에코 씨의 피아노를 꼭 듣고 싶습니다."

우시하라는 화제를 바꿔 다시 흥을 돋우려고 애썼다.

하지만 다에코는 놈 때문에 두 번이나 호된 꼴을 당했다. 아직 그 기억이 채 가시지 않았는데 섬뜩한 보석까지 보니 더더욱 피아노와 마주하고 싶지 않은지 시무룩한 얼굴로 거듭 사양했다.

"하하하하하, 분위기가 완전히 가라앉아버렸네요. 그건 어쩔 수 없고 교환 조건을 하나 내걸죠. 제가 요즘 16밀리 소형 활동사진에 심취해 있어요. 직접 각본을 써서 서생들에게 배우를 맡기고 그들이 연기하는 걸 촬영하죠. 그걸 한 편 보여드리겠습니다. 대신 영화를 보신 후에 피아노를 꼭 좀 들려주세요. 괜찮을까요?"

소형 영화, 게다가 우시하라의 자작 영화라니 금시초문이었다. 삼 남매는 물론이고 젠타로까지 흥미를 보이며 한창 유행하는 소형 영화에 관해 이런저런 질문을 할 정도였다.

살인 영화

결국 우시하라의 제안대로 다 함께 소형 영화를 보게 되었다.

"이 방에서는 못 봐요. 스튜디오가 따로 있습니다. 움막이라고 하면 좀 음산하게 느끼실지 모르지만, 이 집에는 전 주인이 만들어 놓은 작은 지하실이 있거든요. 낮에도 암흑처럼 컴컴해서 스튜디오로는 안성맞춤이죠. 영화 도구도 모두 거기 있고, 벽에 스크린도 설치해 놓았습니다."

지하실이라는 말을 듣자 호기심은 더 커졌다. 별세계를 들여다볼 수 있지 않을까 하는 기대감이 젊은 남매들을 유혹했다.

앞장선 우시하라가 손님방 옆의 빈방으로 들어가서 벽장을 열었다. 바닥의 판자를 뚜껑처럼 들어 올리니 지하로 내려가는 계단이 나왔다.

"왠지 기분이 꺼림칙하군요."

젠타로가 웃으며 말했다.

"좀 별난 사람이었던 것 같습니다. 어쩌면 이 집에 노름꾼이 살았는지도 모르겠네요."

우시하라는 별일 아니라는 듯 대답하고 빠르게 계단을 내려갔다. 사람들은 그의 선선한 태도에 다소 안심했다. 좀 꺼림칙한 기분이긴 했지만 설마 깊은 음모가 도사리고 있는 줄은 상상도 못 한 채 그의 뒤를 따라 지하실로 내려갔다.

계단을 내려가니 튼튼한 철문이 보였고 바깥쪽으로 벽돌이 많이 쌓여 있었다. 대체 벽돌은 왜 가져다 놓았을까.

지하실은 6조[22]쯤 되는 좁은 공간이었는데, 천장과 바닥, 사방의 벽이 모두 고풍스러운 붉은 벽돌이었다. 벽 한 면에는 영사용 흰 천이 설치되어 있었고, 기계류나 간이의자, 테이블 등이 어수선하게 놓여 있었다.

우시하라는 소형 테이블에 기계를 올려놓았다. 영사 준비가 끝나고 사람들이 의자에 앉자 그가 말했다.

"그럼 시작합니다."

그는 전등을 껐다.

형체도 알아볼 수 없이 컴컴했다. 어둠 속에서 찰칵찰칵 크랭크 소리만 들리는 가운데 정면 스크린에 흐릿한 화면이 나타났다.

자세히 보니 우시하라의 저택이 배경이었다. 집 안 곳곳이 화면에 담겨 있었고, 처음 보는 등장인물들이 사건의 줄거리를

………
22_ 약 3평. 다다미 1조률의 크기는 180cm×90cm.

전개해나갔다.

아마추어가 현상한 탓인지 화질이 선명하지 않아 이상하게 으스스한 분위기가 났다. 어쩐지 무시무시한 악몽을 꾸는 것 같았다.

음악이나 설명이 전혀 없는 침묵의 영화. 소리라고는 크랭크 회전음이 전부였다. 등장인물은 침묵 속에서 울고, 웃고, 말했다. 팬터마임이나 다름없었다.

배경은 지금 이 저택이지만 이야기 속의 시대는 메이지 초기인 듯했다. 인물의 머리 모양이나 의상의 차림새가 니시키에처럼 고풍스런 모습이다.

야카이마키[23]를 한 아름다운 여자가 나왔다. 어떤 남자의 애첩이다. 두 사람의 색정적인 장면이 몇 번이나 등장한다.

그런데 이 여자에게는 소꿉친구인 정부가 있다. 남편이 없는 틈을 타서 그가 몰래 찾아온다. 간통하는 모습이 몇 장면 그려진다.

하지만 결국 남편이 내연남을 발견한다. 엄청나게 분노하는 형상. 번민과 고뇌로 고통스러워하는 모습. 남편은 여자를 마음속 깊이 사랑했던 것이다.

그는 연줄을 동원해 아무 내색 없이 내연남에게 접근한다. 여자의 남편은 마흔 정도, 내연남은 그보다 네댓 살 어리다. 두 사람 모두 아내와 아이도 있고, 멀쩡히 잘살고 있다.

....
23_ 夜会卷き. 뒷머리에서 좌우로 고리를 만들어 감아 올린 속발.

원한을 품고 음침하게 웃는 얼굴. 상대의 진의를 헤아리지 못하고 불안하게 흠칫거리는 표정.

남편은 그 기묘한 교제를 이어가는 한편 넓은 저택을 사들인다. 그리고 지하에 벽돌을 쌓아 움막 같은 방을 만들라고 한다. 그가 사들인 저택은 바로 우시하라의 저택이다. 지하의 움막은 바로 지금 영화를 보고 있는 이 지하실이다.

그때부터 관객들의 머릿속에는 으스스한 착란이 일어나 영화와 현실이 야릇하게 교차되었다.

화면에는 일꾼들이 움막을 거의 완성시켰다. 이제 반 평 정도만 벽돌 벽을 쌓으면 된다. 그런데 무슨 까닭인지 남편은 별안간 일을 중지시키더니 일꾼들을 돌려보낸다.

그는 괭이를 들고 아직 완성되지 않은 벽에 동굴을 파기 시작한다. 차츰 동굴이 만들어진다. 그 시대에는 흔치 않던 지하실. 이국적인 붉은 벽돌. 거기에 기묘한 동굴을 파는 메이지 시대의 긴 머리 남자. 말로 표현하기는 힘든 음산한 풍경이다.

드디어 한 사람 정도 들어갈 수 있는 동굴이 생긴다.

그 동굴을 들여다보고 오싹하게 웃는 40대 남자의 얼굴.

그는 움막에서 나와 옷을 갈아입고 응접실에서 묵묵히 기다린다. 응접실은 영화를 보는 관객들이 아까 식사를 했던 방이다. 서양식 가구 대신 방석과 담배 쟁반으로 바뀌어 있었지만 같은 방이었다.

약속을 했는지 그곳으로 내연남이 들어온다. 그들 앞에 술상이 차려진다. 형태는 달랐지만 오늘밤과 마찬가지로 만찬을 대접하는 것이다.

'아, 분명 식사 후에 지하실로 안내하겠지. 같은 일이 일어날 것이다.'

예상은 적중했다. 남편은 자리에서 일어나서 원한 많은 내연남을 옆방으로 데려가 오늘처럼 벽장을 연다. 그리고 뚜껑을 열어 지하와 통하는 계단으로 내려간다. 스크린 속의 사건은 오늘 그들이 겪은 현실과 똑같은 순서로 진행되었다. 고의인가 우연인가. 너무도 의심스러운 일치 아닌가.

실내 장면에서는 프로처럼 라이트를 능숙하게 사용했는지 지하실이 암흑처럼 컴컴한데도 잘 보였다.

남편과 내연남이 둘 다 취해서 비틀거린다. 남편이 무시무시한 의도를 품고 껄껄 웃는데, 아직 아무것도 모르는 내연남도 껄껄 웃는다. 잔뜩 취한 두 사람의 으스스한 모습 클로즈업.

남편이 아까 판 동굴을 가리키자 그곳을 통로라고 오인한 내연남은 거침없이 동굴로 들어가 흙 속에서 나뒹군다.

하하하하. 크하하하하하하. 흙 속에서 뒹굴면서도 참을 수 없다는 듯이 웃어대는 가련한 내연남의 클로즈업.

순간 남편의 태도가 돌변한다. 그는 정말 취한 것이 아니다. 남편은 놀랄 만큼 민첩하게 앞에 놓인 벽돌을 집어 들고 흙손으로 회반죽을 쌓아 동굴 앞에 이중으로 쌓아올린다.

벽 안쪽에는 주정뱅이가 아무것도 모르고 웃고 있다. 바로 앞에서 무서운 속도로 벽돌 벽이 쌓이는 광경을 얼빠진 눈으로 바라보고만 있다.

벽돌을 쌓는 단조로운 장면이 한동안 이어진다.

드디어 무시무시한 작업이 끝나간다. 이제 벽돌 대여섯 장만 쌓으면 된다.

"아하하하하하, 못 참겠네. 무슨 이런 우스꽝스런 장난이 다 있어. 어이, 발상이 기막힌데. 자네, 훌륭한 생각이야."

벽 안쪽 동굴 클로즈업. 배를 잡고 웃는 내연남이 분명 그런 말을 외치고 있으리라 상상할 수 있었다.

밖에서는 마침내 마지막 벽돌까지 다 쌓은 남편이 옷에 묻은 흙을 탁탁 턴다. 그는 만족한 듯 슬쩍 웃더니 움막을 나간다. 그리고 철문을 닫고 가벼운 발걸음으로 계단을 올라가 응접실로 들어간다. 그는 남아 있는 술을 벌컥벌컥 마시고 입맛을 다시더니 몸까지 떨어가며 맘껏 웃는다.

장면이 다시 움막으로 바뀐다.

완전히 봉인된 벽 안쪽의 칠흑 같은 동굴 클로즈업. 술에 취한 내연남은 평생 거기에서 나가지 못하리라는 걸 모르는 듯 여전히 껄껄 웃고 있다. 아, 이 얼마나 전율할 만한 웃음인가.

순간 그 장면이 사라지더니 시간의 경과를 보여주려는지 암전 화면으로 바뀐다. 잠시 후 동굴이 다시 나타난다.

남자는 더 이상 웃지 않는다. 완전히 술이 깬 모습이다. 공포에 질려 튀어나올 것 같은 눈. 무언가를 외치느라 커다랗게 벌어진 입술. 단말마의 고통 때문에 허공을 부여잡는 손가락.

그는 모든 것을 깨닫는다. 여자의 남편이 그의 부정을 알아채고 무시무시한 복수를 했다는 것을. 아무리 소리를 지르고 발버

등 치더라도 생매장을 당해 영원히 나갈 수 없다는 것을. 벌써 회반죽이 굳었는지 아무리 두드리고 밀어보아도 두꺼운 벽돌 벽은 끄떡하지 않는다.

아무 소용없다는 걸 알아도 그는 발버둥 칠 수밖에 없다. 보기만 해도 잔혹함이 느껴지는 동굴. 그는 망에 걸린 쥐처럼 벽을 긁어대며 미친 듯이 돌아다닌다.

이 세상에 존재하지 않을 듯한 공포의 표정이 클로즈업되었다가 서서히 페이드아웃…….

무시무시한 영화가 끝났다. 암흑처럼 어두운 지하실, 사람들은 압도된 나머지 아무도 입을 열지 못했다. 몇 초간 죽음과 같은 침묵이 흘렀다.

마침내 어둠 속에서 우시하라의 잔뜩 잠긴 음성이 들렸다.

"다마무라 씨, 이 영화의 의미를 아시겠습니까?"

젠타로는 무서운 예감 때문에 몸이 떨려 대답할 기력조차 없었다.

"아직도 모르시겠습니까? 그럼 제가 가르쳐드리죠. 지금부터 50년 전, 비참하게 이 움막에 갇힌 남자가 제 아버지입니다. 그리고 저렇게 무시무시한 복수를 한 사람이 다마무라 씨, 그러니까 당신 아버지인 고우에몬幸右衛門입니다. 당신은 이런 사건이 있었다는 걸 몰랐을 수도 있겠죠. 하지만 밀통자인 오쿠무라 겐지로奧村源次郎가 처자를 남겨놓고 행방불명되었다는 이야기는 들은 적 있으시겠죠. 세간에는 겐지로가 뭔가 나쁜 짓을 하고 숨었다고 말이 많았습니다. 아무도 그 무시무시한 복수 때문에 희생된 건 몰랐죠. 하지만 단 한 사람은 진실을 알고 있었습니다. 고생 끝에 가까스로 이 움막의 비밀을 알아낸 그는 겐지로의 시체를 발견합니다. 그리고 겐지로가 벽돌을 긁어 써놓은 괴상한 유서를 읽고 나서 복수를 위해 일생을 바칠 결심을 하죠. 그게 누군지는 말하지 않아도 아시겠지요. 오쿠무라 겐지로의 아들 겐조源造, 그러니까 저인 거죠."

어둠 속에서 들리던 음성이 뚝 끊겼다.

"우시하라 씨, 농담은 적당히 하시죠. 장난이 너무 심하지 않습니까. 우리를 공포에 몰아넣고 즐기시는 겁니까. 하하하하하. 그럴 수는 없습니다."

젠타로는 떨리는 목소리로 애써 부정했다. 그걸 믿는 게 너무 두려웠기 때문이다.

"농담이라고 하셨습니까?"

어둠 속에서 섬뜩한 음성이 들렸다.

"농담이 아니라는 걸 잘 아시지 않습니까? 아까 다이아몬드를 보실 때부터 마음 한구석으로는 저를 의심하셨잖아요. 혹시 이 자가 그 마술사라는 놈 아닐까 하고요. 맞습니다. 제가 도쿠지로 씨를 살해한 사람이니 그 보석을 가지고 있겠죠. 저는 복수를 위해 제 반평생을 바쳤어요. 오직 아버지의 유지를 완수하기 위해 살아온 겁니다. 그리고 오늘 밤, 겨우 그 목적을 이루게 되었죠. 다마무라 일가를 멸망시킬 때가 온 겁니다. 다마무라 씨, 제 마음이 얼마나 기쁜지 아시겠습니까? 기뻐서 미칠 지경입니다."

"전혀 모르겠습니다. 제 자식들은 조금도 관계가 없습니다. 왜 아버지의 원한을 그 아들과 손자손녀가 감수해야 합니까? 당신은 지금 너무 흥분했습니다. 제정신이 아닙니다. 아무 상관 없는 저희를 괴롭혀 어쩌시려는 겁니까?"

젠타로는 필사적으로 항변했다.

"이유를 알고 싶으십니까? 알고 싶으면 스크린 뒤의 벽돌 벽 안쪽을 살펴보세요. 제가 어째서 그런 마음이 들었는가, 충분히 아실 수 있을 테니까요."

말이 끝나기 무섭게 사라지는 발소리. 꽝하고 닫히는 철문. 그리고 밖에서 들려오는 악마의 소름끼치는 웃음소리.

이치로와 지로는 어둠 속에서 문을 향해 돌진했다. 문을 열려고 안간힘이었지만 굳건한 철판은 두세 사람의 힘으로는 끄떡도 하지 않았다.

전등을 켜려 했지만 바깥 스위치가 끊겼는지 켜지지 않았다.

"소용없어요. 아버지, 우리는 갇혔어요."

"아버지, 오빠들. 어디 계세요? 저는 무서워요!"

"정신 똑바로 차려라. 모두 정신줄을 놓으면 안 돼. 구출될 수 있어."

아버지와 자식들은 무시무시한 어둠 속에서 서로를 찾았다.

50년 전 다마무라 고우에몬이 한 일이 문밖에서 똑같이 반복되었다. 악마는 철문 밖에 벽돌을 쌓아올리고 있었다. 쿵쾅거리는 소리가 들리는 걸 보니 틀림없었다. 들어올 때 어깨너머로 보인 벽돌산은 이러려고 준비해 놓았을 것이다.

"이렇게 어두워서는 아무것도 할 수 없다. 성냥 없나?"

젠타로의 말에 이치로는 갖고 있던 라이터를 켰다.

검붉게 보이는 벽돌 움막. 어두울 때보다 훨씬 음침한 광경이었다.

아무리 마음이 급해도 금방 나가지 못하리라는 건 알 수 있었다. 그보다는 오쿠무라 겐조가 남긴 말이 생각났다. 벽 안쪽을 살펴보자. 그쪽의 흙을 파면 밖으로 빠져나갈 수 있을지 모른다.

젠타로는 이치로의 라이터에 의지해 벽으로 다가갔다. 그리고 걸려 있던 스크린을 잡아당겼다.

스크린 뒤의 벽에 군데군데 회반죽이 떨어져 나간 걸 보니 벽돌이 쉽게 빠질 것 같았다.

세 남자는 힘을 합쳐 벽돌을 빼냈다. 한 장 한 장 벽돌을 제거하고 나니 지옥의 입구 같은 어두운 동굴이 나타나기 시작했다.

얼마 후 동굴은 2자 정도로 커졌다.

"그걸 좀 줘봐라. 안을 들여다보게."

젠타로는 이치로에게 받은 라이터로 앞을 비추며 안으로 고개를 들이밀었다. 하지만 어두운 동굴을 들여다보기 무섭게 그는 소리를 지르며 허겁지겁 고개를 뺐다. 이루 말할 수 없이 두려운 표정, 흙빛이 된 얼굴, 콧잔등에 맺힌 땀방울. 지금껏 아버지가 그토록 두려워하는 모습을 본 적이 없었다.

이치로와 지로도 지레 겁을 먹고 뒷걸음쳤다.

다에코도 공포를 참지 못하고 천이 찢어지는 듯한 비명을 내질렀다.

무시무시한 유서

"뭐예요? 뭐가 있기에 그러세요."

이치로와 지로가 거의 동시에 소리쳤다.

"해골이다. 50년 전에 생매장 당한 남자의 해골. 그 놈 말이 거짓은 아니었나보다."

젠타로가 경악을 금치 못하며 말했다.

하지만 해골을 봤다고 그 정도로 놀랄까. 뭔가 이상했다. 혈기왕성한 형제는 바로 벽으로 돌진하여 벽돌 틈에 손을 넣고 힘을 합쳐 벽을 부수기 시작했다.

벽돌은 와르르 무너졌고 그 뒤로 깊은 동굴이 나타났다. 미리 그 부분만 빼놓았는지 언제라도 쉽게 부서질 듯이 벽돌이 쌓여 있었다.

동굴 안에는 해골이 너덜너덜하게 찢긴 기모노를 걸치고 단말마의 고통에 괴로워하던 모습 그대로 굳어 있었다.

뼈만 있는데 어떻게 원형을 보존하고 있는 걸까. 흙이 지탱하고 있어 가능했나. 아니면 복수마인 겐조가 그런 모습으로 뼈를 맞춰 놓았나. 어느 쪽이든 기모노를 입은 해골이 마치 살아 있는 것처럼 고통스런 형상을 하고 있는 모습을 보니 소름끼칠 정도로 무시무시했다.

흙속에 파묻힌 두 손가락, 괴이한 모습으로 굽은 양쪽 다리, 뒤틀린 몸통, 악물고 있는 치아, 동굴같이 푹 들어간 무서운 두 눈. 마치 단말마의 고통에 정신이 나가 광란의 춤을 추는 듯했다.

두 형제도 아버지와 마찬가지로 소리를 지르며 얼굴을 돌릴 수밖에 없었다. 다에코는 그 모습을 보기도 전에 얼굴을 바닥에 묻고 몸을 웅크린 채 부들부들 떨고 있었다.

자신들은 추호도 모르는 일이라고 했지만 아버지, 또는 조부에게 생매장 당한 남자라고 생각하니 젠타로도, 두 형제도 이루 말할 수 없이 이상한 마음이 들었다.

어찌 이리 무서운 일이 있을까. 얼마나 고통스러웠을까. 벽돌에 갇힌 지하의 어둠. 영원히 빠져나갈 수 없는 묘지. 점점 공기가 희박해지는 가운데 이 남자는 흙을 박박 긁으며 숨이 끊어질 때까지 고통에 발버둥친 것이다.

젠타로는 자기도 모르게 동굴 앞에 무릎을 꿇었다. 그리고 망자의 고통을 누그러뜨리는 한편 돌아가신 아버지의 죄를 빌기 위해 염불을 외웠다. 그러다 문득 바닥에 어지럽게 흩어져 있는 벽돌 조각을 보게 되었는데 거기에 글씨가 쓰여 있었다.

아, 이게 바로 아까 오쿠무라 겐조가 말한 거군. 벽돌에 새긴 유서. 젠타로는 두려움에 온몸이 떨렸지만 그럴수록 내용을 읽어봐야 할 것 같았다. 그는 여기저기 흩어져 있는 벽돌 조각을 모았다. 긁힌 자국은 글자인지 그림인지 분간하기 힘들었지만

(아마도 품안에 지니고 있던 칼을 꺼내 어둠 속에서 쓴 글 같았다)
고민하며 읽어보니 모골이 송연한 내용이었다. (미사오操란 그
와 부정을 저질렀던 고우에몬의 첩 이름이다.)

미사오, 미사오, 미사오.
한 번만 더 얼굴을 보고 싶소.
하지만 난 이제 못 나가. 평생 못 나갈 거야.
괴로워. 숨이 막혀.
컴컴해. 아무것도 보이지 않아.
미사오, 미사오, 미사오.
나는 죽어. 곧 죽어.
미사오, 원수를 갚아줘.
나를 생매장한 놈은 다마무라 고우에몬이야. 원수를 갚아줘.
그놈이, 그놈의 자식이, 그놈의 손자가 나 같은 꼴을 당하게
해줘. 그놈의 일가가 번영한다면 나는 죽어도 눈을 감지 못할
거야.
숨을 쉴 수 없어. 괴로워. 가슴이 찢어지는 것 같아.
미사오, 미사오, 미사오.

물론 벽돌을 긁은 자국은 정렬되어 있지 않았다. 어떤 건
크고 어떤 건 작고, 어떤 건 세로로, 어떤 건 비스듬히, 또 어떤
건 가로로, 단말마의 고통이 그대로 느껴질 만큼 엉망진창으로
쓰여 있어 어슴푸레한 라이터 불빛을 비춰가며 고심 끝에 겨우

읽을 수 있었다.

"너희들 할아버지가 얼마나 잔혹한 복수를 했는지 이제 알겠느냐?"

오싹한 음성이 울려 퍼졌다. 겐조가 철문에 나 있는 작은 구멍에 대고 말하는 소리였다.

"이 악마야! 당신 아버지는 부정을 저질렀다. 남의 애첩을 도둑질한 것이다. 그 대가를 치르는 것은 당연하지 않겠나. 우리가 이런 불합리한 보복을 당할 이유는 없다. 당신은 너무 흥분했어. 제정신이 아니야. 문을 열어! 어서 이 문을 열라고!"

혈기왕성한 지로가 참지 못하고 철문을 마구 치며 외쳤다.

"크하하하……. 부정을 저질렀다고? 남의 첩을 도둑질한 거라고? 모르면 지껄이지나 말아라. 도둑은 너희들 할아버지인 고우에몬이다. 내가 확실히 조사했다. 돈을 써서 남의 연인을 가로챈 거다. 가로챈 주제에 부정이라고 하다니, 그러니깐 이런 잔혹한 꼴을 당하지. 증거가 있으니 봐라. 연인이 행방불명되었다는 것을 알게 된 미사오는 이름 모를 병에 걸렸다. 고우에몬은 하루하루 여위어가는 그녀를 첩 구실도 못 한다며 집에서 쫓아냈다.

그때 미사오는 임신한 상태였다. 고우에몬은 부정을 저지른 겐지로의 자식이라고 생각했다. 그건 사실이었다.

일가친척도 없는 미사오는 뒷골목 나가야에서 비참하게 아이를 낳고 얼마 후 병으로 죽었다. 부모 없는 아이는 여러 사람의 손을 거치며 자랐다.

부모형제도 친척도 없는 외톨이 어린아이가 이 세상에서 어떤 대우를 받았는지 너희들이 알기나 할까. 학교에도 가지 못하고 변변히 먹지도 못한 채 아침부터 밤까지 혹사당하며 호된 질책을 받았다. 그 고아가 바로 나다. 나는 겐지로와 미사오 사이에서 태어난 저주의 자식이다.

　나는 세상을 저주한다. 특히 우리 부자에게 그런 짓을 한 고우에몬을 저주한다. 그렇지만 나는 이 넓은 세상에서 오직 나 혼자뿐이라는 사실이 견딜 수 없게 외로웠다. 행방불명된 아버지를 찾기 위해 얼마나 고생했는지 모른다.

　이 움막을 가까스로 발견해 아버지의 무참한 해골과 대면한 것이 열일곱 살 때다. 나는 벽돌에 남겨진 유서를 읽었다. 그리고 고우에몬이라는 놈이 어머니와 나를 끔찍한 상황으로 몰아넣었을 뿐 아니라 아버지 겐지로를 생매장시킨 살인자라는 것을 알게 되었다. 나는 아버지의 해골 앞에서 복수를 맹세했다. 그때 고우에몬은 이미 죽은 다음이었지만 상대가 죽었다고 깊은 원한이 없어질 리 없다. 아버지가 죽으면 아들, 아들이 죽으면 손자손녀, 한 사람도 남기지 않고 다마무라 일가 모두에게 이 원한을 갚아주겠다고 맹세했다. 나는 내 평생을 복수에 바치겠다고 결심했다. 너희들에게 내 아버지가 받은 것과 마찬가지로 고통을 준 다음 모두 죽여 버리기로 한 것이다. 한때는 독약 연구에 몰두했다. 권총 사격도 연습했고, 마술사의 제자로도 들어갔다. 곡예도 익혔다. 몸을 단련하고 지혜를 연마하는 한편 복수 자금을 모으려고 온갖 고생을 다 했다.

이제 드디어 40년의 노력을 보상받게 되었다. 나는 세간에서 마술사라고 불릴 정도로 실력을 갖췄다. 자금도 충분히 모았다. 그래서 슬슬 복수에 착수한 거다. 나는 자신 있었다. 계획은 조금도 빈틈없이 실행될 거라 믿었다.

하지만 겨우 복수에 착수하려는 바로 그때, 전혀 생각지도 않은 걸림돌이 생겼다. 아마추어 탐정 아케치 고고로다. 귀국하자마자 '거미남' 사건으로 훌륭한 실력을 보여준 그놈 말이다. 나는 그런 엄청난 놈과 대결해야 했다. 나는 그와 싸웠다. 하지만 그놈 때문에 내 계획의 반 이상이 어그러졌다. 언제나 이슬아슬할 때 그놈이 나타났다. 다에코의 경우가 그랬다. 이치로도 마찬가지다. 나는 그러고 싶지 않았지만 그놈의 허를 찌르기 위해서는 다마무라 일가 이외의 사람까지 습격해야 했다.

아니, 차질이 생긴 것은 단지 계획만이 아니었다. 내 신변도 위험했다. 우물쭈물할 수 없었다. 그래서 나는 계획을 앞당겼다. 미리 막을 내려 연극을 끝내기로 한 것이다. 솔직히 말하자면 네 자식들 한 명 한 명을 파멸시켜 지독한 공포와 슬픔을 맛보게 하고 나서 마지막 남은 너를 이 움막에 끌어들일 생각이었다. 하지만 그런 유장한 절차를 다 밟을 여유가 없다. 내 즐거움은 줄었지만 어쩔 수 없다. 오늘밤 이 연극을 끝내는 거다.

그럼 이만 말을 마친다. 이제 남은 건 50년 전 너희 할아버지가 한 것처럼 이 문밖에 벽돌을 쌓아 너희들을 생매장시키는 것뿐이다.

꽤 고생스러울 거다. 내 아버지가 얼마나 고통스러웠을지

속속들이 맛 좀 봐라."

악마의 긴 연설이 끝나자마자 찰칵하며 구멍의 뚜껑이 닫혔다. 그리고 밖에서는 또다시 벽돌 쌓는 소리가 들렸다.

이로써 악마가 왜 복수를 하려는지 동기가 밝혀졌다. 40년간의 노고도 밝혀졌다. 하지만 악마는 어쩐 일인지 그의 결혼과 아내의 죽음, 남겨진 외동딸 후미요에 대해서는 한마디도 하지 않았다. 물론 움막에 갇힌 네 사람은 그런 걸 의아하게 여길 겨를이 없었다. 하지만 생각해보자. 아무리 복수가 중요하다지만 사랑스런 외동딸을 악행에 끌어들이는 겐조의 마음을 이해할 수 있겠는가. 그는 딸을 사랑하지 않는 걸까. 아니면 다른 깊은 사연이 있는 걸까. 바늘로 찔러도 피 한 방울 나지 않을 악마다. 혹시 딸인 후미요, 더 거슬러 올라가 그의 결혼 자체에 깊은 계략이 숨겨져 있는 것 아닐까.

불타는 해골

젠타로와 삼 남매는 있는 대로 소리치고 욕을 퍼부었다. 하지만 복수마는 더 이상 상대해주지 않았다. 그는 묵묵히 벽돌만 쌓았고, 얼마 후에는 그 소리조차 나지 않았다. 문밖에 벽돌벽이 완성된 것이다.

지하실이 좁긴 했지만 6조 크기였다. 과거 오쿠무라 겐지로처럼 단시간에 질식할까 봐 걱정할 필요는 없었다. 하지만 위아래,

사방 모두 두꺼운 벽돌로 밀폐된 상태라 언젠가는 산소가 부족해질 것이다. 아니, 그보다도 공복이 먼저 올 것 같았다. 하여간 그대로 있으면 죽을 수밖에 없었다.

벽돌 벽을 깰 만한 예리한 무기도 없었다. 밖으로 빠져나갈 곳은 단 한 군데, 겐지로가 있는 동굴밖에 없다. 하지만 그쪽 흙을 파기 위해서는 무시무시한 해골에 손을 대야 한다. 모두들 망자의 원한이 두려워 동굴로 들어갈 용기가 나지 않았다.

그들은 어슴푸레한 라이터 불에 의지해 아무 말 없이 서로 얼굴만 쳐다보며 차가운 바닥에 앉아 있었다. 침묵하면 할수록 바닥의 차디찬 냉기와 함께 생매장의 두려움이 서서히 몸에 스미는 듯했다.

"큰일 났다. 라이터 기름이 거의 다 닳았다."

이치로가 깜짝 놀라 소리쳤다. 라이터의 빛이 거의 남아 있지 않아 반딧불처럼 깜빡였다.

"이 빛마저 없어지면 못 견딜 것 같은데."

지로가 신음하듯 말했다.

"어떻게 해요? 무서워요."

다에코는 아버지의 무릎에 매달렸다.

하지만 꺼져가는 불을 어찌 멈출 수 있겠는가. 반딧불이 두세 번 더 깜빡이더니 빛이 사라져버렸다.

어둠과 추위, 그리고 묘지처럼 무서운 정적 속에서 그들은 혼자가 아니라는 것을 확인하기 위해 서로 몸을 맞대고 있었다. 어찌하면 좋을지 생각이 떠오르지 않아 모두 잠자코 있었다.

"누구 성냥 가진 사람 없을까? 한 개비라도 좋아. 너희들 얼굴이 보이지 않으니 이러고 있기도 힘들구나."

젠타로가 참다못해 입을 열었다.

그 말을 듣고 이치로와 지로는 주머니란 주머니는 다 뒤졌다.

"아, 있다. 그런데 세 개비밖에 없어요."

지로가 맥 빠진 목소리로 말했다.

"있구나. 빨리 켜봐라. 어서 암흑을 쫓아내자."

성냥 켜는 소리가 나자마자 해가 뜬 것처럼 방 안이 밝아졌다. 어둠에 익숙해진 탓에 고작 성냥불에도 눈이 부셨다.

그들은 이번이 마지막이라는 듯이 불빛에 의지해 서로 얼굴을 바라보았다.

그때였다. 성냥이 끝까지 다 타기 직전에 정말 괴이한 일이 일어났다.

"오빠, 잠깐만. 저거 움직이고 있지 않아? 맞네, 움직이네."

소름끼칠 듯한 다에코의 속삭임에 모두 동굴 쪽을 보았다. 불빛이 흔들리는 탓은 아닌 듯했다. 분명히 기모노를 걸친 겐지로의 시체가 움직였다.

"어, 이쪽으로 걸어온다. 저것 봐."

다에코의 비명에 남자들도 깜짝 놀라 일어섰다.

해골은 단말마의 고통에 몸부림치던 자세 그대로 동굴을 걸어 나왔다. 한 걸음, 두 걸음. 걷는 것도 부유하는 것도 아닌 상태로 그들에게 다가오고 있다. 환각은 아닌 듯했다. 50년간 응어리진 집념이 생명 없는 해골을 걷게 만든 걸까.

그 모습이 너무 괴상하고 무서워서 다들 주춤주춤 뒷걸음을 쳤다. 그때 손가락에 힘이 빠지는 바람에 지로는 타고 있는 성냥을 바닥에 떨어뜨리고 말았다.

순간 엄청난 소리와 함께 방 안이 대낮처럼 밝아졌다.

바닥에 있던 필름에 불이 붙은 것이다.

짧은 영화이긴 했지만 상영을 끝낸 필름 십여 롤이 대팻밥처럼 말려 여기저기 산더미처럼 쌓여 있었다. 그것들이 순식간에 타오르는 광경은 도저히 말로 표현할 수 없을 정도였다.

좁은 밀실 안은 소용돌이치는 연기로 가득 차서 질식할 것 같았다. 나선형 필름을 빠르게 태우고 있는 불길은 마치 새빨간 뱀들이 괴로움에 몸부림치는 것 같았다.

화산의 분화구나 용광로 한가운데 떨어진 듯했다. 눈이 부셔 눈을 뜰 수 없었고, 코를 찌르는 냄새에 숨이 막혔다. 숨이 끊기는 듯한 초열지옥焦熱地獄이었다.

"아버지. ……왜 그러세요. ……어떻게 된 거예요?"

공포에 휩싸인 지로가 기침을 하며 숨 가쁘게 외쳤다.

이치로와 다에코도 고통스러워하며 아버지의 무시무시한 모습을 비몽사몽 바라보았다.

젠타로는 벽돌 벽에 기대어 온몸을 비틀며 양손으로 허공을 부여잡았다. 이마에는 정맥이 지렁이처럼 튀어나온 채 금방이라도 질식할 듯이 고통스러워했는데, 소름끼치게도 겐지로의 해골과 자세가 같았다.

이미 동굴 밖으로 나온 해골은 젠타로의 그림자인 양 그와

한 치도 다르지 않은 자세로 바로 옆의 벽에 기대어 있었다.

"까악."

다에코가 비명을 질렀다. 이치로와 지로도 뜻 모를 소리를 주절주절 외치며, 기묘한 자세를 하고 있는 아버지에게 달려갔다. 사령의 원혼을 쫓아내는 주술인 듯했다.

세 부자는 서로 몸을 포갠 채 방구석에 넘어졌다. 그때 눈앞으로 새카만 구슬이 엄청나게 많이 몰려오는 것이 보였다. 뭐가 뭔지 영문을 알 수 없었다.

얼른 정신을 차려보니 산더미 같은 필름이 다 타고 자욱한 연기도 거의 가라앉은 상태였다. 하지만 의자와 테이블에 옮겨붙은 불은 아직 활활 타고 있었다.

비틀거리며 일어나 그쪽으로 간 이치로와 지로는 의자와 테이블을 던지고 발로 짓밟아 불을 끄려 했다. 질식할 것 같은 연기를 조금이라도 줄여보려는 안간힘이었다.

불이 거의 꺼진 것 같아 제자리로 돌아와 기진맥진 쓰러졌는데, 이건 또 웬일인가. 아직 방 안에 불빛이 남아 있는지 자신들의 그림자가 어른거리는 것이 보였다.

이상하다는 생각이 들어 그쪽을 돌아보니 왜 그런지 원인을 알 수 있었다. 겐지로의 시체가 걸치고 있던 나달나달한 기모노에 불이 옮겨 붙어 도깨비불처럼 홀홀 타는 것이다.

기모노가 습기를 머금고 있어 세차게 타오르지는 않았다. 푸른 불꽃이 기모노 옷단과 소매에 붙어 도깨비불처럼 기분 나쁘게 퍼져갈 뿐이었다.

명멸하는 불꽃이 아래쪽에서 비췄기에 음영이 지는 방향에 따라 어떤 때는 해골이 웃고, 어떤 때는 울고, 또 어떤 때는 움푹 팬 눈을 부라리며 당장이라도 잡아먹을 듯이 분노에 찬 것처럼 보였다.

다에코는 마치 실신한 것처럼 엎드려 있었기 때문에 그 무시무시한 광경을 볼 수 없었지만, 나머지 세 사람은 그 광경을 보지 않으려 해도 사령의 원한이 그들을 끌어당기고 있는 것처럼 눈을 돌릴 수 없었다. 그들은 호흡이 멎은 듯이 그 모습을 바라볼 수밖에 없었다.

그런데 돌연 지로가 이를 악물고 화를 내기 시작했다.

"이런 짐승 같은 놈."

그 말을 내뱉고 지로는 광분한 듯 시체로 돌진했다. 차마 눈뜨고 보기 힘들었다. 두려우면 두려울수록 상대와 맞장을 떠야 할 것 같은 이상한 충동에 사로잡힌 것이다.

지로는 마구 울부짖으며 못 이길 상대에게 달려드는 어린아이처럼 두 팔을 흔들며 죽자 사자 불타는 해골과 눈에 보이지 않는 사령을 향해 돌진했다.

심야의 여자 손님

이야기를 옮겨보겠다. 고이시카와의 저택 지하실에서 무시무시한 지옥의 광경이 펼쳐지던 바로 그때, 우리의 아마추어 탐정

아케치 고고로는 최근 새 보금자리가 된 오차노미즈お茶の水의 '개화 아파트'에서 생각에 잠겨 있었다.

그가 빌린 집은 2층 정문 쪽의 방 세 개짜리 집이었다. 응접실, 서재, 침실로 나뉜 구조였는데, 그는 지금 서재의 커다란 안락의자에 몸을 파묻고 좋아하는 궐련담배 '피가로'를 연달아 피웠다.

작가는 7년 전쯤 「D자카 살인사건」이라는 소설에서 독자들께 서생 시절의 아케치 고고로를 소개한 적이 있다. 당시 그는 담배 가게 2층의 4조 반짜리 좁은 셋방에 책을 산더미처럼 쌓아놓고 매일같이 책에 파묻혀 살았다. 책을 좋아하는 건 지금도 변함없다. 그는 외유하는 동안 친구에게 맡겼던 장서를 찾아와 '개화 아파트' 서재의 네 벽에 전부 책장을 설치하고 잡다한 국내외 서적으로 빼곡히 채워놓았다. 비단 책장만이 아니었다. 테라스, 안락의자 팔걸이, 전기스탠드가 놓인 테이블뿐 아니라 바닥의 양탄자에도 읽다만 책이 이삿짐처럼 널려 있었다.

그건 그렇고, 데스크 위의 탁상시계가 벌써 11시를 가리키는데 그는 잠자리에 들지 않고 대체 무슨 생각에 빠져 있는 걸까. 틀림없이 마술사처럼 다마무라 보석왕 일가를 습격한 범인 생각을 할 것이다.

오모리 해안의 외딴집에서 다에코를 떠나보낸 지 벌써 한 달이 지났다. 그 동안 탐정 일에서 손을 놓은 적이 없었지만 희한하게도 행방이 묘연해진 범인은 소식을 끊은 채 어디에도 얼씬거리지 않았다.

해안 외딴집을 비롯해 마술 공연을 하던 극장이나 해안 일대의

증기선 등 심증이 가는 곳은 빠짐없이 모두 조사했지만, 용의주
도한 범인은 터럭만큼도 단서를 남겨놓지 않았다. 40년이라는
긴 세월 동안 준비에 준비를 거듭한 일이었기에 아무리 사소한
행동이라도 충분히 검증한 프로그램에 따랐을 것이다. 그건
결국 온갖 상황을 다 고려했다는 말이다. 아케치가 아무리 명탐
정이라도 그런 상대와 대적하면 쉽게 이기기는 힘들다.

마술사 생각을 하다 보니 어느새 머릿속에 두 여성이 떠올랐
다. 다마무라 다에코와 겐조의 딸 후미요다.

다에코와는 S호반의 호텔에서 친해졌다. 그가 이번 사건에
관여한 것도 반은 다에코 때문이다. 하지만 굳이 따지자면 교제
할 때도 그녀가 먼저 접근했다. 달콤한 눈빛과 말로 아케치를
사로잡은 것이다. 이야기가 장황해지므로 자세한 설명은 생략하
지만, 사건이 일어난 후에도 아케치는 이따금 다에코와 단둘이
이야기를 나눌 기회가 있었다. 그런데 이상하게 두 사람의 교제
가 깊어질수록 아케치의 가슴속에서는 애틋한 감정이 사그라졌
다. 그는 다에코와 친구 이상의 관계로 진행되지 않은 걸 오히려
다행스럽게 생각했다.

아주 미미하긴 했으나 다에코와는 어쩐지 기질이 맞지 않는
부분이 있었다. 하지만 더 큰 원인은 후미요의 출현이었다.
악인인 아버지와는 딴판으로 아름다운 얼굴과 아름다운 마음씨,
타오르는 순정. 요전에 지로에게 털어놓았듯이 아케치는 범인의
딸을 사랑하게 되었다. 후미요도 아케치를 연모하는 듯했다.
그건 시나가와 앞바다의 증기선 사건 때부터 충분히 확인했다.

참으로 희한한 인연 아닌가. 명탐정은 적의 딸을 사랑했다. 그녀 역시 아버지까지 배신하고 아케치에게 호의를 보이느라 애처롭도록 괴로워했다.

'후후후……. 넌 참 바보 같은 놈이다. 상대는 살인마의 딸이다. 말도 안 되는 고민이다. 그런 망상은 깨끗이 서해바다에 날려버려야 한다.'

아케치는 푸른 피가로 연기를 뿜으며 쓸쓸하게 중얼거렸다.

그런데 바로 그때, 무슨 우연인지 똑똑 노크소리가 들렸다.

11시가 넘은 시간인데 손님이 온 것이다. 누구인지 전혀 짐작이 가지 않았다. 그는 내키지 않았지만 일어나 문을 열었다.

복도에는 한 여자가 힘없이 서성이고 있었다. 양장 차림의 여자는 외투에 달린 모피 칼라에 얼굴을 감추고 있었다.

"잘못 찾아오신 것 아닌지요. 저는 아케치라고 하는데요."

"아뇨."

여자의 대답이 모피에 묻혀 희미하게 들렸다.

"그렇다면 저를 찾아오셨다는 말씀인데, 누구신지요."

여자가 망설이자 아케치는 결심이 섰는지 다급히 말했다.

"어쨌든 안으로 들어오세요. 누가 보면 안 되니까요."

직업상 그다지 놀라운 일도 아니었다. 범죄에 관계된 일인 것 같아 집 안에 들인 것이다. 그는 문을 닫고 난방장치 옆에 있는 의자로 안내했다.

"밤중에 실례인 줄 알지만 큰일이 생겨서요."

여자는 양해를 구한 후에야 외투를 벗었다.

"아, 당신은 후미요 씨 아니십니까."

아케치는 여자의 얼굴을 보고 깜짝 놀라 소리쳤다. 방금 전까지 마음속으로 생각하던 후미요가 틀림없었다.

"네, 여기까지 가까스로 빠져나왔어요. 빨리 외출 준비를 해주세요. 다마무라 씨 가족들의 목숨이 달린 중요한 일입니다. 아버지를 체포해 악행을 응징해주세요."

후미요는 금방이라도 울음을 터뜨릴 듯이 말했다. 딸이 아버지를 체포해달라니 부득이한 사정이 있을 것이다.

이야기인즉슨, 후미요는 스미다가와 하구에 정박해 있는 증기선에 감금되어 있던 중 바로 옆방에서 부하들이 하는 이야기를 들었다고 한다. 고이시카와의 저택에서 일어난 음모(이에 대해서는 간추려 이야기했다)를 알게 된 그녀는 고심 끝에 증기선을 빠져나와 택시를 타고 아케치의 집에 왔다는 것이다. 아케치가 '개화 아파트'로 이사한 사실은 이미 놈들이 알고 있어 자연히 후미요의 귀에도 들어간 듯했다.

전에 대대적인 수색을 벌일 때 증기선을 빠뜨린 것은 배 외부를 도색해 화물선으로 가장한 후인 데다 한 항구에 반나절 이상 머무르지 않고 해상 여기저기를 떠돌았기 때문인 듯했다.

"그 얘기를 들은 건 저녁 5시 무렵이었는데요, 아버지 부하들을 속이고 빠져나오느라 지금에야 도착했어요. 정말 고생이 이만저만이 아니었어요. 너무 늦어서 사후약방문일 수도 있지만 정작 두려운 일은 지금부터 시작인지도 몰라요. 그래서 선생님께 부탁하러 온 거예요. 도와주세요. 아무리 아버지라도 네 사람이나 목숨을 잃는 걸 그냥 보고 있을 수는 없었어요."

"정작 두려운 일이 뭐죠?"

아케치의 질문에 후미요는 말하는 시간조차 아깝다는 듯이 급히 말했다.

"지하실을 빠져나가려면 해골이 있는 곳으로 가야 해요. 벽돌이 빠져 있는 곳이죠. 그곳의 흙을 파서 지상으로 나오는 수밖에 없는데, 네 사람은 분명히 그 방법을 찾았을 거예요. 하지만 그건 아버지가 파놓은 함정이에요. 그걸 예측하고 무시무시한 속임수를 마련해 놓은 거죠. 그 흙을 위쪽으로 파게 되면 웅덩이의 바닥과 만나게 돼요. 그 웅덩이는 정원의 큰 연못과 통하기 때문에 일단 흙이 무너져 지하로 연못의 물이 흘러 들어가게 되면 안에 있는 사람들은 모두 익사할 거예요. 우리가 이러고 있는 동안 벌써 물 공격을 받고 있는지도 몰라요. 얼른 가야 해요."

아케치는 그 말을 듣고 한 치의 망설임도 없이 서재로 달려가 경시청 나미코시 경부의 자택으로 전화를 걸었다.

범죄 수사를 목숨처럼 중하게 여기는 나미코시 경부는 베개 밑에 경찰 제복과 전화기를 두고 자는 버릇이 있어 기다릴 필요가 없었다. 수화기 너머에서는 곧바로 익숙한 목소리가 들렸다. 아케치는 자초지종을 간추려 말했다. 그리고 고이시카와 저택의 위치를 알려준 후 거기서 만나기로 약속하고 전화를 끊었다. 경부는 전화로 고이시카와 경찰에 수배를 의뢰한 후 경찰 몇 명을 데리고 바로 현장으로 출발했다.

아케치는 전화를 걸어 근처의 택시를 부르고 응접실로 돌아갔다.

"들으신 대로입니다. 곤란하시면 당신은 여기서 기다리시죠."

"아니에요. 그 집의 구조를 잘 아니까 제가 안내해드리죠."

후미요는 눈썹을 치켜 올리며 굳은 결심을 보였다. 육친을 체포하기 위해 스스로 안내를 맡을 수밖에 없는 딸의 애달픈 심정. 이 얼마나 가련한 운명인가.

깊은 밤, 두 대의 자동차가 오차노미즈와 마루노우치에서 각각 출발하였다. 한 대는 아케치와 후미요, 또 한 대는 나미코시 경부와 네 명의 부하를 태우고 고이시카와의 고지대로 달렸다.

"늦지 않게 도착할까요? 전 가슴이 두근거려서……."

후미요가 애태우는 것과 마찬가지로 다른 차에 타 있던 나미코시 경부도 땀이 밴 손으로 주먹을 불끈 쥐었다.

"이번에야말로 그 흉악한 놈을 꼭 잡아야 해."

지하 폭포

지하실에서는 지로가 겐지로의 해골에 달려들어 사정없이 난타하기 시작했다. 마침내 해골이 쓰러지고 기모노에 옮겨 붙었던 화염도 사라지자 지하실은 다시 앞이 보이지 않는 암흑이 되었다.

실내의 독한 연기가 수그러지고, 반쯤 광란에 휩싸였던 마음이 진정되기까지 30분 정도 걸렸다.

그동안 다마무라가 네 사람은 살았는지 죽었는지 모를 상태로 어둠 속에 쓰러져 있었다.

간신히 정신을 차린 젠타로가 어둠 속에서 말했다.

"이치로, 지로, 다에코. 모두 정신 똑바로 차려라. 우리는 어떻게든 이 지하실을 빠져나가야 한다. 계속 생각해봤는데 그러려면 방법이 하나밖에 없는 듯하구나. 해골이 감금되었던 동굴 말이다. 그 흙을 파서 땅 위로 빠져나가자. 그렇게 깊지 않을 테니 모두 힘을 합치면 빠져나갈 수 있을 거야."

"아, 저도 지금 그 생각을 했어요. 타다 남은 의자 다리로 흙을 파는 게 좋겠어요."

이치로가 대답했다. 지로 역시 이견이 없었다.

소중한 두 번째 성냥이 켜졌다. 다에코를 제외한 세 남자가 의자 다리를 하나씩 손에 들고 동굴로 모였다.

그들은 어둠 속에서 약 30분간 동굴을 팠다. 추운 날씨에도 땀까지 흘려가며 무지막지하게 움직인 보람이 있어 생각보다 일이 빨리 진행되었다.

"이제 한숨 돌렸다. 천장의 흙이 부드러워진 걸 보면 곧 지면이 나올 거야."

한층 더 기운을 북돋아 일하는데 갑자기 천장에서 물방울이 똑똑 떨어졌다.

이상하다는 걸 감지할 새도 없이 물방울은 비가 되어 쏟아졌고, 다들 깜짝 놀라 뒤로 물러섰을 때는 흙탕물이 급류로 변해 우레처럼 쏟아져 내렸다.

세 남자는 지하실 쪽으로 나가 동굴에서 가장 멀리 떨어진 구석으로 피신했다. 그들은 귀를 기울이며 물소리가 그치기를 기다렸지만, 그치기는커녕 점점 폭포소리가 커졌다.

굉음을 내며 동굴 전체를 가득 채운 물은 어느덧 발이 잠기더니 눈 깜짝할 새에 무릎 언저리까지 차올랐다.

"지로, 성냥. 성냥을 켜라"

아버지의 지시에 지로는 마지막 성냥을 켜고 안을 들여다보았다.

동굴에는 여전히 엄청난 기세로 폭포수가 떨어지고 있었다. 동굴 전체가 물결치는 수영장이었다.

"다에코는 어디 있냐."

정신을 차려보니 동생의 모습이 보이지 않았다. 성냥을 흔들어가며 혹시 물에 빠지지 않았는지 여기저기 둘러보는 사이 딱하게도 성냥개비가 다 타고 말았다. 설상가상으로 물은 금세 무릎 위로 올라오더니 바로 허리까지 차올랐다. 다에코를 찾을 여유가 없었다.

이 기세로 폭포가 멈추지 않는다면, 머지않아 물은 배에서 가슴, 가슴에서 목으로 올라와 종국에는 전신이 다 잠길 것이다. 물이 빠져나갈 곳도 없는 밀실이다. 익사할 운명을 피할 수 없었다.

그런데 대체 이 엄청난 양의 물은 어디서 떨어지는 걸까.

"아, 알았다. 우리가 놈의 계략에 넘어갔다. 동굴 위에 큰 연못이 있어 우리가 여기서 구멍을 파면 그 바닥에 다다를 수밖에 없나보다."

다마무라 부자는 가엾게도 시궁창 쥐처럼 덫에 걸린 것이다. 물이 덫이었다.

"제기랄, 도대체 얼마나 집념이 강한 악당인 건가. 우리가 초조해할수록 스스로 최후를 앞당기게 된다."

하지만 아무리 분개한들 물이 없어질 리 없었다.

물은 이미 허리까지 차올랐다. 게다가 요란하게 떨어지는 급류는 언제 그칠지 몰랐다.

지상과 지하

아케치와 후미요가 고이시카와의 저택에 도착했을 때, 이미 관할 경찰서에서 파견한 형사들이 집안에 잠입해 방마다 수색하고 있었다.

나미코시 경부에게 미리 지시를 받았는지 아케치가 들어갔는데도 형사들은 별 이의를 보이지 않았다. 오히려 그를 환영하는 듯했다.

"이미 범인이 빠져나간 후인가 봅니다. 고양이 한 마리 얼씬하지 않습니다."

우두머리인 듯한 사복형사가 보고했다.

"다마무라가 네 사람은 지하실에 갇혀 있습니다. 지하실은 조사해보셨습니까?"

아케치가 물었다.

"그런데 지하실을 찾을 수 없습니다. 입구가 어디 있는지 전혀 모르겠어요."

형사가 곤혹스럽게 대답했다.

"아, 그런 거라면 우리한테는 안내자가 있습니다. 기묘한 인연이죠. 범인의 딸이 이 사건을 밀고했거든요. ……후미요 씨, 지하실은 어디 있습니까?"

아케치가 찾자 후미요가 정원 쪽 툇마루에서 달려왔다.

"큰일입니다. 서두르지 않으면 늦을지도 몰라요. 지금 정원 연못을 보고 왔는데 물이 점점 줄고 있어요. 다마무라 씨가 예상대로 흙을 파고 도망치려 한 듯해요. 악인의 덫에 걸린 거죠."

그녀는 새파랗게 질린 얼굴로 급히 말한 후 응접실 옆방으로 달려갔다. 모두 그녀를 뒤따랐다.

"이 벽장 안에 지하실 입구가 있습니다."

설명을 하던 후미요는 직접 벽장문을 열었다. 하지만 그 안을 들여다보고는 비명을 지르며 뒤로 물러섰다.

아, 이 얼마나 대담무쌍한 괴물인가. 그는 이미 경관들이 들이닥칠 걸 예측하고 혼자 지하실 입구에 엎드려 기다리고 있었던 것이다.

벽장 안의 뚜껑을 2~3치 열자 그 밑으로 한쪽 팔이 머리를 쳐든 뱀처럼 나타났다. 무시무시한 브라우닝 총구가 이쪽을 노리고 있었다. 아케치도, 형사들도, 필사적인 괴물의 저항을 보니 너무 소름이 끼쳐 꼼짝할 수 없었다.

* * *

어두운 지하실에는 세 부자가 서로 손을 잡고 서 있었다. 시시각각 불어나는 물속에서 그저 서 있는 것 외에는 아무 방법이 없었다.

다에코는 이미 익사했는지 아무리 불러도 대답이 없었다. 찾아보려 해도 어두운 물속이었다. 짐작조차 할 수 없는데 무턱대고 돌아다닐 수 없었다.

허리에서 배로, 배에서 가슴으로, 무시무시한 속도로 수면이 높아져 까딱 잘못하면 소용돌이에 발이 빠질 듯했다.

마침내 가슴에서 고개까지 물이 차올랐다. 몸이 자꾸 떠올라 이제 서 있는 것조차 힘들었다. 겨울이라 혹한에 얼어붙은 물이 몸에 닿으니 예리한 칼처럼 느껴졌다.

"아버지 괜찮으십니까?"

연로한 아버지가 걱정되었는지 형제는 양쪽에서 아버지의 비대한 몸을 끌어안고 안부를 물으며 기운을 북돋았다. 젠타로는 이미 체념했는지 나직한 목소리로 처량하게 염불을 외었다.

* * *

지상에서는 눈치 빠른 형사 하나가 어디선가 굵은 장대를 찾아와 끝에 적당한 크기의 돌을 동여 맸다. 권총에 맞지 않도록 벽장 밖에 몸을 숨긴 채 장대로 괴물의 손을 때려 권총을 떨어뜨릴 심산인 듯했다.

사람들이 사정권 밖으로 나가 숨을 죽이고 있는 사이 형사는 벽장 천장까지 장대 끝을 들어 올려 표적을 확인하고 괴물의 팔을 조준해 아주 세게 두들겨댔다.

쿵쾅쿵쾅 소리가 났다.

얼굴을 돌리고 귀를 막고 있던 후미요는 비명을 질렀다. 아버지가 팔을 두들겨 맞고 있다 생각하니 고통스러워 참기 힘들었던 모양이다.

괴물은 팔에 힘이 빠진 듯했다. 권총이 괴물의 손을 떠나 벽장 밖으로 떨어졌다.

사람들은 우르르 벽장 앞으로 몰려갔다. 순간 폭소가 여기저기서 터져 나왔다.

"제기랄, 당했다."

장대를 든 형사가 분한 듯이 으르렁거리며 외쳤다.

괴물의 팔이라고 생각했던 것은 장갑에 막대를 끼워 만든 모조 팔이고, 권총은 아이들이 가지고 노는 장난감에 불과했다. 벽장 속이 어두워 확실히 보이지 않았던 것이다.

"어처구니가 없군. 이런 허수아비 때문에 20분이나 허비했으니."

겐조가 의도한 대로 만일 구하러 오는 사람이 있다면 잠깐이라도 시간을 번 것이다. 그 근소한 차이가 지하실의 다마무라가 사람들에게는 생사의 갈림길이 된다. 놈은 여러 상황을 고려하여 준비한 것이다.

허수아비라는 것을 알게 되자 형사들은 벽장 안의 뚜껑을 완전히 열고 앞 다투어 지하실로 내려갔다.

하지만 그 계단 아래는 제2의 관문이 기다리고 있다. 아직 완전히 굳지는 않았지만 벽돌을 제거하려면 꽤 수고를 해야 한다. 그러고 나면 자물쇠가 채워진 철문이 있다. 과연 형사들의 힘으로 이 난관을 타개할 수 있을까.

* * *

지하실의 물은 벌써 목까지 차올랐다.

이치로와 지로는 발이 바닥에 닿지 않아 헤엄치고 있었다. 젠타로는 두 아들의 도움으로 가까스로 떠 있었다.

언제까지나 어둠 속에서 수영하고 있을 수는 없었다. 물이 얼어붙어 점점 몸이 무감각해졌다.

"더 이상 안 되겠다. 이제 못 참겠다."

이치로가 잠꼬대하듯 무참하게 소리쳤다.

"이제 힘이 하나도 없어. 차라리 죽는 게 낫겠어."

지로도 흐느끼며 형에게 매달렸다.

젠타로는 아까부터 죽은 사람이나 다름없었다. 너무 기진맥진해서 말할 기력조차 없었다.

후미요의 순수한 마음도, 아케치와 형사들의 노력도 근소하게 어긋나 도리어 화가 되고 말았다. 아, 결국 다마무라 부자는 이 지하실에서 얼어 죽을 운명이란 말인가.

사라진 아가씨

복수마의 입장에서 보자면 악마는 악마 나름의 논리가 있겠지만, 정작 그 표적이 된 다마무라가 사람들은 자신들이 무고하다고 생각했다. 조상이 젊은 혈기에 아무리 몹쓸 짓을 했어도 그 때문에 아들이나 손자까지 모조리 고통 받는 것은 도리가 아니었다.

젠타로는 어쩔 수 없이 부모의 업보를 치른다 해도 사랑스러운 자녀들까지 이런 괴로운 일을 겪다니 너무 잔혹했다. 그뿐 아니다. 이치로와 다에코는 이미 한 번씩 큰 상처를 입었다. 젠타로의 동생 도쿠지로도 무참한 최후를 맞았으며, 지로의 연인 하나조노 요코는 팔다리가 모두 잘렸다.

아, 너무 탐욕적인 복수마다. 다마무라가의 마지막 한 명까지, 아니, 가족뿐 아니라 가까운 친지에게까지 손을 뻗쳐 잔학무도한 살육을 하려는 것이다. 이쯤이면 복수 때문이 아니라 명실상부하게 살인광이다. 하늘은 언제까지 악마가 함부로 날뛰는 것을 보고만 있을 것인가.

아니, 그러지는 않을 것이다. 자연의 섭리란 의외로 공정하다. 아무리 계획적인 악행일지라도 예기치 못한 빈틈이 있는 법이다.

마술사의 경우 그 빈틈은 후미요의 내통이었다. 다마무라가 사람들을 지하실에 가둬 물 공격을 한다는 흉계를 엿들은 후미요가 스미다가와 하구에 정박해 있던 증기선을 빠져나와 명탐정 아케치 고고로에게 위험을 알린 후 서둘러 고이시카와의 저택으로 그를 안내했다.

아케치는 이 사실을 즉시 경시청 나미코시 경부에게 전화로 알렸다. 밤이 깊었지만 경시청과 고이시카와 경찰서에서는 경관을 여러 명 파견하였다. 다마무라 가족들을 따라와 별실에서 대기하던 서생들도 힘을 합쳐 피해자를 구출하기 위해 노력했다.

지하실 입구는 비밀 계단으로 황급히 뛰어 내려간 사람들로 북새통이었다. 단단한 철문뿐 아니라 벽돌 벽까지 쌓여 있어 부수기가 쉽지 않았다.

그때 만약 한두 사람밖에 없었다면 다마무라가 가족들은 살아 있는 상태로 구조되지 못했을 것이다. 하지만 많은 사람이 힘을 합치니 작업 속도는 엄청났다. 각자 도구를 찾아들고 이음새에 틈을 내면서 벽돌을 두들기고 발로 차느라 다들 땀투성이가 되었다. 그렇게 분투한 끝에 간신히 벽을 무너뜨리고 철문의 자물쇠를 부술 수 있었다.

문이 열리자 흙탕물이 일시에 흘러넘쳤다. 앞에 있는 경관들은 그 물에 휘말려 계단까지 밀려갈 정도였다. 한바탕 소동이 있었지만 어쨌든 성공적으로 세 부자를 구출할 수 있었다.

지상으로 옮겼을 때 세 사람은 시체나 다름없이 축 늘어진 모습이었다. 하지만 평소 건강하던 사람들이라 모닥불을 피우고 뜨거운 물을 끓여 정성스레 간호하자 금세 기력을 회복했다.

"다에코는, 다에코는 어떻게 되었습니까?"

의식을 찾은 젠타로는 사랑하는 딸의 안부부터 물었다.

사람들은 암흑 같은 물속에서 다에코가 없어졌다는 말을 듣고 곧바로 지하실로 내려가 구석까지 샅샅이 수색했다. 하지만 희한하게도 아무 흔적이 없었다. 문이 단단히 닫혀 있었고, 물이 떨어지는 구멍을 통해 지상으로 나가는 건 힘센 남자라도 힘든 곡예였다. 다에코는 대체 어디로 사라졌단 말인가.

아니다. 사라진 사람은 다에코만이 아니었다. 마술사인 오쿠무라 겐조도 어디로 도망쳤는지 아무런 단서도 남기지 않고 사라졌다. 더 이상한 것은 아케치 고고로와 겐조의 딸인 후미요도 언제 사라졌는지 아무리 찾아도 모습이 보이지 않았다.

그들은 대체 어디에서 무엇을 하는 걸까. 다마무라 부자가 용케 위기에서 벗어났으므로 그 이야기는 일단 접어두자. 작가는 이제부터 독자들께 아케치와 후미요가 그 후 어떤 행동을 했는지 알려드리겠다.

다마무라 부자를 구출할 전망이 보이자 아케치는 더 이상 꾸물거리지 않았다. 그는 다에코의 모습이 보이지 않는다는 걸 깨닫고 후미요에게 물었다.

"아, 생각났어요. 그 사람들, 다에코만 살려서 배에 데려올 거라고 말했어요."

후미요가 대답했다.

"그렇다면 지하실에서 어떻게 데리고 나갔을까요. 특별 통로라도 있습니까?"

"네, 그것도 알아요. 지하 벽에 작은 비밀 문이 있어요. 거기를 통해 저택 밖의 공터로 나왔을 거예요."

나중에 조사해보니 지하 벽돌 몇 장이 창고 문처럼 밖으로 열리는 구조로 되어 있었다. 겐조는 밖에서 호시탐탐 노리다가 다에코를 어두운 지하실에서 빼온 것이 틀림없었다. 당시 상황이 너무 급박했던지라 아버지와 오빠들은 그걸 알아채지 못한 것이다.

"그럼 얼른 거기로 앞장서세요. 왜 빨리 말하지 않은 겁니까?"

후미요는 아케치의 타박에 뭐라 대답해야 할지 몰랐다. 사실 처음부터 알고 있었다. 하지만 아버지가 아직 잠복하고 있을지 모르는데다 아무리 정의와 사랑 때문이라지만 아버지를 팔아넘기는 걸 망설이지 않을 딸이 어디 있겠는가. 그만큼 괴로운 일이었는데 배려도 없이 다그치는 아케치가 야속하기만 했다.

하지만 이미 여기까지 왔다. 지금 새삼스레 아버지를 감쌀 수는 없었다.

"네, 안내해드리죠."

그녀는 안쓰럽게 결의를 보이며 대답했다.

동굴 입구는 무성한 잡초로 덮여 있어 언뜻 봐서는 비밀

통로를 전혀 눈치 챌 수 없었다.

잡초를 헤치고 준비해간 소형 회중전등에 불을 밝혔다. 안에 들어가니 얼핏 예상한 대로 아무 흔적도 남아 있지 않았다.

"아, 이런 게 떨어져 있네요."

후미요가 얼른 흙 속에 있던 은제 머리핀을 주워들었다. 처음 보는 물건이었지만 다에코의 머리핀인 듯했다.

"역시 그러네요. 이미 지금쯤은 놈이 배로 데려갔을지도 모르겠군요. 그럼 배로 갈까요. 설마 당신을 놔두고 출항하지 않았겠죠. 배로 안내해주세요."

"네. 전 이미 각오를 했지만, 당신 혼자서……."

"그건 걱정하지 말아요. 꾸물거리다가는 늦을 겁니다. 게다가 여러 사람이 몰려가는 것보다는 나 혼자 가는 게 차라리 일 처리가 편해요. 벌써 확실한 대책을 생각해뒀거든요."

두 사람은 손을 잡고 큰길까지 나가 택시를 잡아타고 스마다가와 하구로 갔다.

후미요의 안내로 차가 멈춘 곳은 인적 없는 쓰키시마月島 해안의 휑뎅그렁한 벌판이었다. 하구의 항로를 피해 저 멀리 소형 증기선 한 척이 어정쩡하게 떠 있었다. 돛대 위의 희미한 장등檣燈 빛으로 소재를 알 수 있었다.

"신호가 있겠죠?"

증기선에서 보트를 띄우게 하려면 정해진 신호를 보내야 할 것이다.

"네."

후미요는 대답을 하고 주머니에서 성냥을 꺼내 불을 붙였다. 두세 번 흔들더니 타고 남은 성냥개비를 바다에 던졌다.

잠시 기다리니 삐걱삐걱 노 젓는 소리가 났다. 소형 보트가 흰 물결을 일으키며 해안으로 다가왔다.

아케치는 재빨리 해안 돌담에 숨었다.

"후미요냐."

보트에서 나직하게 물어보았다.

"네, 산지三次 씨?"

"그래. 아버지는 벌써 돌아오셨어. 후미요는 어디 갔냐고 엄청 찾으시던데."

"아버지 혼자 돌아오셨어요?"

"아니, 어떤 아가씨랑 둘이 왔던걸."

나직한 음성이었지만 대화 내용이 아케치에게도 똑똑히 들렸다.

"산지 씨, 이리 좀 와주실래요. 짐이 있거든요."

후미요는 미리 의논한 대로 산지를 육지로 끌어냈다.

"짐이라니 뭘 사온 거야?"

사람 좋은 산지는 아무것도 모르고 보트에서 내려 태평하게 돌계단을 올라왔다.

"후미요, 짐은 어디 있어?"

"여기요."

"어디? 어딘데?"

산지가 돌담 쪽으로 고개를 돌리자 불쑥 검은 그림자가 나타났다.

"어, 너는 대체 누구냐?"

"하하하하하하, 그렇게 놀랄 필요 없어. 소리가 나면 무조건 총을 쏠 거니까."

아케치가 조용히 말했다. 오른손에 쥔 번쩍번쩍 빛나는 권총 총구가 산지의 가슴을 겨누고 있었다.

마술사의 격노

그다음에는 어떤 일이 일어났을까. 잠시 후 후미요와 산지가 본선으로 돌아가는 걸 보니 안타깝게도 우리의 아케치 고고로가 산지에게 당한 모양이다. 아니면 일부러 두 사람을 본선으로 돌려보낸 후 천천히 놈을 체포할 책략일까.

한편, 다에코와 함께 본선에 돌아온 마술사 오쿠무라 겐지는 아주 기분이 좋았다. 경관들이 다마무라 부자를 구출하러 오기 전에 이미 저택을 나왔기에 소동이 일어난 것도 몰랐다. 젠타로도, 이치로도, 지로도, 지하실 흙탕물에 빠져 죽었을 거라 믿어 의심치 않았다.

지하실은 경계가 철저해서 다에코를 밖으로 빼낸 구멍을 아무도 알아챌 리 없었다. 만약 알아챈다 해도 밖에서 확실히 단속해 놓았기에 부수지 못할 것이다. 다마무라 부자는 천재지변이 일어나지 않는 한 죽음을 면치 못할 운명이다. 설사 구조하러 오는 사람이 있다 해도 지하실로 통하는 벽장에는 권총 든 허수아비를 세워놓았다. 만에 하나라도 실패할 리 없었다. 오쿠무라 겐지가 마음을 푹 놓은 것도 무리는 아니었다.

그는 부하들을 모아 선상 술 파티를 열었다.

"모두 기뻐해라. 나는 드디어 염원을 이루었다. 그놈의 가족들을 모두 죽였다. 많이 마셔라. 내일 아침 한 번 더 육지로 가서 오늘 밤 한 일의 결과를 확인하면 우리 일은 다 끝난다. 어디 먼 해안으로 도망쳐 거기서 해산할 것이다. 제군들에게는 톡톡히 사례한다. 평생 궁하지 않을 정도는 줄 생각이다. 그 후 나는 오늘 밤 유괴해온 다마무라의 딸과 함께 외국으로 날아갈 예정이다. 하하하하하하하, 아주 유쾌하다. 드디어 무거운 짐을 내려놓았다. 태어나서 이렇게 기쁜 일은 처음이다."

겐조는 혼자 떠들며 마셨다.

펑펑. 경쾌하게 샴페인 터지는 소리가 연이어 들렸다.

부하들도 뛸 듯이 기뻐했다. 부하들은 다마무라 일가에게 원한이 없었으며 그들이 죽어 딱히 기쁜 건 아니었지만 사례금을 평생 궁하지 않게 준다니 고마울 따름이었다. 그들은 취기가 돌기도 전에 눈앞에 뿌려진 돈다발에 취해버렸다.

부하들은 깊은 사정을 알지 못한 채 엄청난 사례금에 눈이 멀어 오쿠무라 겐조를 두목으로 추앙한 것이었다. 그들은 돈을 위해서라면 스스럼없이 악행을 저지를 수 있는 전과자들이었다.

점점 취기가 돌자 고래고래 소리 지르며 노래 부르는 사람도 생기고 양복 차림으로 괴상한 춤을 추는 사람도 있었다. 장소는 해안에서 떨어진 배 안이었다. 아무리 소란을 피워도 거리낌 없었다.

후미요와 산지가 돌아왔을 때 분위기는 마침 절정에 달했다.

"후미요가 돌아왔네."

한 부하가 들어와 보고했다.

"후미요가?"

지금까지 흥겨워 웃던 겐조가 갑자기 불쾌한 듯 얼굴을 찡그렸다. 번번이 일을 방해한 후미요가 증오스러워 견딜 수 없었던 것이다.

"여기로 데려와라. 잠시 할 말이 있다. 모두들 잠시 다른 방에 가서 술을 마셔라."

"후미요를 꾸짖지 않는 게 어떨까요? 축하할 날입니다. 좀 봐주세요."

분위기를 수습해보려고 한 부하가 말했다. 그들은 아름다운 후미요에게 호의를 가지고 있었다. 차라리 그녀를 이 자리로 불러 술을 따르게 하는 편이 나을 텐데. 모두 그런 표정이었다.

"알았으니까 잠시 저쪽에 가 있어. 꾸짖으려는 게 아니야. 은밀히 할 이야기가 있어서 그래."

겐조는 취해 얼굴이 시뻘겠다. 이마에는 지렁이처럼 정맥이 불거졌고, 충혈된 눈은 번뜩이고 있었다.

그 모습을 보자 모두들 의기소침해져 슬금슬금 다른 방으로 물러났다. 두목이 한 번 말하면 물러서지 않는 옹고집이라는 것을 잘 알기 때문이다.

문이 열리고 겐조의 외동딸 후미요가 혼자 들어왔다.

"너, 어디 갔었느냐."

겐조가 버럭 소리를 질렀다. 술 냄새가 풍겼다.

"잠시 화장도구를 사러……."

"거짓말 마라. 이렇게 밤늦게까지 여는 가게가 어디 있냐? 너, 아케치 녀석과 몰래 만난 거지."

정곡을 찌르며 딸의 얼굴을 매섭게 쏘아보았다.

"무슨 말씀을 하시는 거예요. 그런 일은……."

"역시 그런 거군. 당황하는 것 봐라. 드디어 꼬리를 잡았다. 이실직고해라. 언젠가 아케치를 이 배에서, 아 그렇군. 바로 이 방에서 도망치게 한 것도 바로 너였다."

걷잡을 수 없이 짜증이 난 겐조는 손에 들고 있던 컵을 딸에게 던졌다. 후미요의 뺨을 스쳐 등 뒤로 날아간 컵은 벽에 맞고 산산이 깨졌다.

"어머!"

후미요는 소리를 지르며 도망치려했다. 하지만 겐조가 후미요의 팔을 끌어당겨 쓰러뜨리고는 옆에 있던 삼노끈을 채찍 삼아 세게 내리쳤다.

"어서 자백해라. 너는 아비가 목숨 걸고 하는 일을 방해하는 불효자다. 그 자식이 그렇게 좋았느냐. 어서 자백해."

삼노끈 채찍은 마치 칼처럼 후미요의 넓적다리를 파고들었다.

"아무리 부모라도 한편이 되어 악행을 저지를 수는 없어요."

후미요는 고통을 참아가며 아버지를 노려본 채 똑똑히 말했다.

"네 이놈, 말 한번 잘 했다. 그래, 어떻게 될지 보자."

젠조는 머리끝까지 화가 났다.

그는 채찍을 던져버리고 다리를 들어 올려 단단한 구두 뒤꿈치로 후미요의 옆구리를 마구 걷어찼다.

후미요는 신음소리를 내며 꼼짝도 못 했다.

취한 젠조는 적당히 멈추지 못했다. 딸이 기절한 것을 보고 그제야 놀랄 정도였다. 하지만 딸의 몸을 챙길 사람이 아니다.

"꼴좋게 됐군. 이제 너를 육지에 데려다준 놈 차례다. 거기 누구 없느냐. 산지를 불러와라. 산지 녀석을 이리 끌고 오라고."

두목의 호통에 부하들이 달려왔다. 그들은 후미요가 쓰러져 있는 것을 보자 얼굴빛이 변했다. 그저 꼼짝 못 하고 서 있었는데 젠조가 화를 내면 얼마나 무서운지 잘 알기 때문이다.

"산지는 어디 있나. 그 녀석을 끌고 와라."

그들은 두목의 명령에 방을 나섰지만 잠시 후 의아한 표정으로 돌아왔다.

"어디로 갔는지 산지의 모습이 보이지 않습니다. 기관실이나 창고도 찾아봤는데 아무 데도 없었습니다."

"뭐야? 없다고? 그게 말이 되나. 보트는 있고?"

"예, 보트는 뱃고물에 매어 있습니다."

"설마 그 녀석이 바다에 몸을 던졌을 리 없고 좋다, 너희들이 녀석을 감싸주면 내가 직접 찾으러 가지. 만약 녀석이 있으면 가만 안 둘 테다."

겐조는 딸이 기절한 까닭에 더 화를 냈다. 상황을 보아하니 산지도 무사하지 못할 듯했다.

그는 비틀거리는 발로 배 안을 여기저기 찾아다녔다. 부하들도 이를 방관할 수는 없어 회중전등을 비추며 그의 뒤를 따랐다.

역시 산지는 어디서도 찾을 수 없었다.

"고얀 놈, 상황이 안 좋은 걸 알고 어디 숨은 거다. 하지만 언제까지 숨어 있을 수는 없을 거다. 녀석, 아침이 되면 어떻게 되나 보자."

겐조는 주먹을 마구 흔들어대며 선실로 돌아왔지만, 안에 발을 들여놓는 순간 소스라치게 놀라 소리를 질렀다.

산지가 거기 있었던 것이다. 아무리 찾아도 그가 보이지 않은 것은 당연했다. 그는 겐조가 나가는 걸 보고 몰래 들어와 기절한 후미요를 돌봐주었던 것이다. 후미요도 정신을 차렸는지 산지와 소곤소곤 이야기를 나누고 있는 것 아닌가.

겐조는 잠시 할 말을 잃을 정도로 놀랐다. 그 사이 분노도 두 배 세 배가 되어 폭발하고 말았다.

"산지, 그렇게 일러두었는데 그걸 잊어버린 거냐. 왜 내게 허락도 받지 않고 후미요를 육지에 데려다 주었느냐."

겐조는 호통을 치며 산지에게 달려들어 얼굴에 주먹을 날렸다. 산지가 쓰러진 줄 알았지만, 겐조의 철권鐵拳보다 산지가 빨랐다. 산지는 몸을 피해 공중으로 뛰어오르더니 태연한 얼굴로 착지했다.

때 묻은 작업복에 구겨진 헌팅캡을 깊게 눌러쓰고 있었는데

챙 아래로 기계 기름이 새카맣게 묻은 얼굴이 보였다.

겐조는 한 방 먹은 기분이었다. 평소 사람 좋고 우둔한 산지가 두목에게 작정하고 덤벼들었기 때문이다.

"너, 나와 맞설 생각이냐."

호통을 쳐도 상대는 어디서 바람이 부냐는 듯 태연한 표정으로 끝내 대답하지 않았다.

이상하다. 말도 안 되는 일이 일어났다. 이 녀석은 평소의 산지가 아니다. 빛이라고는 어스름한 석유램프가 고작이고 그림자 때문에 얼굴이 확실히 보이지 않았다. 겐조는 산지의 헌팅캡을 벗겨 얼굴을 확인했다.

"뭐냐, 너, 너는. 대체 누구냐."

겐조의 입에서 느닷없는 외침이 흘러나왔다. 산지가 아니었다. 복장은 산지였으나 알맹이는 다른 사람이었다.

"하하하하하하하, 기억이 안 나십니까."

그는 히죽 웃었다.

"누구냐. 이름을 대라."

겐조는 완전히 술이 깨서 창백한 얼굴로 비틀거렸다.

"잘 보십시오. 접니다."

겐조는 자세히 보았다. 검은 때가 묻은 얼굴 밑으로 진짜 얼굴이 보이기 시작했다. 굽실거리는 머리카락, 예리한 눈빛. 틀림없이 그 녀석이었다.

"아케치 고고로……."

그는 신음하듯 중얼거렸다.

"드디어 내 염원이 이루어졌나 했는데……."

아케치는 웃으며 말했다.

"이번이야말로 빠져나갈 수 없을 겁니다."

그는 재빨리 몸을 돌려 입구 문을 잠그고 겐조 앞을 가로막아 섰다. 부하들이 방해하지 못하게 미리 대비하는 것이다. 부하들은 산지를 찾으러 배 안을 어슬렁거리고 있는 듯했다. 아직 아무도 모습을 드러내지 않았다.

정의의 거인과 사악한 괴물은 세 번 만났다. 그리고 네 번째는 서로 불꽃 튀게 노려보고 있다. 말로 표현하기 힘든 살기殺氣가 넘실거렸다.

8 대 1

"크하하하하하하하하하하."

갑자기 웃음이 폭발했다. 오쿠무라 겐조가 배를 부여잡고 웃기 시작했다.

"이봐, 탐정 선생. 당신 참 유쾌하군. 하지만 한발 늦었어, 시간도 못 맞추는 탐정 선생. 크하하하하하하, 나는 이미 일을 다 끝냈어. 네가 막으려고 안달하던 일이 다 끝났다고 알겠나? 다마무라 일가가 어디서 무엇을 하고 있는지 알기나 하나?"

겐조가 우쭐대며 정신 나간 사람처럼 떠들었다.

"저택 지하실에서 물 공격을 당한 거 말입니까?"

그는 비아냥거리며 대답했다.

"뭐야? 그럼 네, 네놈이 그걸······."

젠조는 극도로 당황하며 말을 잇지 못했다. 금세 이마에는 구슬땀이 맺혔다.

"안심하세요. 다마무라 부자는 무사히 구출되었습니다. 지금 쯤 집으로 돌아가 따뜻한 스토브 앞에서 뒤늦게 만찬을 즐길 시간입니다."

그 말을 들은 젠조는 절망감에 얼굴을 찌푸렸다. 잠시 핏기가 사라지는가 싶더니 순식간에 얼굴이 퍼렇게 변하고, 이마에는 정맥이 벌레처럼 꿈틀거렸다. 그런 무시무시한 표정은 난생 처음이었다.

절망한 악마는 양손으로 머리를 감싸 안고 비틀거리며 의자에 쓰러졌다. 그는 충혈된 눈으로 불안하게 두리번거리더니 대처할 방안이 떠올랐는지 서서히 안심하는 기색을 보였다. 격정에 겨운 나머지 그 생각이 이제야 떠오른 것이다.

"맞다, 탐정 선생."

젠조는 에둘러 말했다.

"모리가사키의 양옥집을 잊었나 보네. 생각해봐, 거기에서 어떤 일이 있었지? 우리가 기이한 거래를 한 적이 있지 않나?"

그 말에도 아케치는 놀라지 않았다.

"네, 생각납니다. 그때는 당신에게 다에코 씨라는 인질이 있어 결국 내가 패했죠."

아케치는 동요하지 않았다. 젠조는 다소 불안했지만 아랑곳

196

하지 않고 지껄였다.

"생각해봐. 그때와 지금이 뭐가 다르지? 다에코가 지금 어디 있는지는 아나?"

"물론 압니다."

아케치가 히죽 웃었다.

"저쪽 작은 방에 갇혀 있겠죠. 그런데 나는 그 방 열쇠를 손에 넣었습니다. 다에코 씨에게 권총 두 자루를 주고 안에서 문을 잠그라고 했죠. 누군가가, 이를테면 당신 부하가 거기에 들어가려 해도 문이 잠겨 있을 텐데요. 설사 문을 부순다 해도 다에코 씨의 권총에 죽겠죠. 사연인즉슨 그렇습니다."

겐조는 마음을 가라앉히기 위해 한참을 침묵했다. 이런 강적을 만나면 당황할 수밖에 없다. 천천히 생각해 최선의 방법을 선택해야 했다.

"그럼 나를 어떻게 할 건가. 자네는 혼자다. 내게는 일곱 명의 부하가 있고 이 배는 어디든지 갈 수 있다. 게다가 인질은 다에코만 있는 게 아니다."

악마는 기분 나쁘게 조소를 날리더니 갑자기 검지손가락으로 아케치를 가리켰다.

"너 말이야. 너도 인질이지. 부나방처럼 죽을 줄 알면서도 불 속에 뛰어든다는 옛말도 있잖아. 호호호호호호호호."

그는 웃음을 참으며 구석의 책상으로 다가갔다. 그리고 서랍을 열고 뭔가를 꺼내려 했다. 하지만 아무리 찾아도 그 물건이 없는 걸 깨닫고 화들짝 놀라 아케치의 얼굴을 바라보았다.

"이걸 찾고 계신 거 아닌가요. 당신이 안 계신 사이에 좀 빌렸습니다. 제 목숨은 소중하니까요."

아케치는 그렇게 말하며 주머니에서 권총을 꺼내 상대를 겨눴다.

"제기랄."

또 선수를 빼앗기자 겐조는 발을 구르며 분해했다. 하지만 권총을 가진 상대에게 덤벼들 수는 없었다.

"그럼 후미요 씨. 밖으로 나가죠. 우리는 아직 할 일이 남았잖 아요. 아버지요? 아버지는 잠시 이 방에서 휴식을 취하시라고 하고요."

아케치의 말에 후미요는 머뭇머뭇 일어서 입구로 향했다.

"이봐, 후미요. 너는 부모를 배신할 생각이냐."

겐조는 무서운 눈으로 찌를 듯이 쏘아보았다.

"아버지. 저도 함께 감옥으로 가겠습니다. 사형당할 운명이라 면 저도 함께 죽겠어요. 저를 용서해주세요."

후미요는 흐느끼며 아버지를 남겨놓고 방을 나왔다. 아케치 는 밖에서 자물쇠를 채웠다(자물쇠는 권총과 함께 미리 입수했 다). 겐조라도 상대가 총을 가지고 있으니 어쩔 수 없었다.

"그럼 당신은 이걸 가지고 계십시오. 그리고 놈들이 다가올 것 같으면 주저 말고 쏘세요."

아케치는 권총을 후미요에게 건네고 부하들을 체포하기 위해 갑판으로 올라갔다.

그리고 바로 부하 한 명과 마주쳤다.

"어이, 산지 아니야. 어디 있었어. 모두 한참을 찾았어."

희미한 장등 빛으로 어스름한 모습을 보고 부하가 소리쳤다.

"응, 나 여기 있어. 너희들을 소집하려고 왔지. 산지가 발견되었다네."

목소리도 다르고 말하는 내용도 이상했다. 하지만 눈치 채지 못한 부하가 큰 소리로 외쳤다.

"모두 여기 와 봐. 산지가 나타났어. 여기 있어."

이윽고 하나둘씩 일곱 명의 전과자가 모였다. 모두 거나하게 취했지만, 그 중 비교적 제정신인 부하가 아케치의 모습이 의심스러운지 성큼성큼 다가왔다.

"산지라고? 이봐, 산지가 아니잖아. 이 녀석은 대체 누구야?"

"그러네. 산지가 아니네. 넌 누구냐?"

다른 사람이라는 걸 알자 저마다 한마디씩 했다.

"나는 아케치 고고로다."

아케치가 온화한 음성으로 대답했다.

주위가 술렁였다. 일곱 명의 부하는 빈틈없이 공격태세를 갖추었다.

"누구라도 저항하면 쏠 거예요."

아케치의 뒤에서 후미요가 권총을 조준하며 나타났다.

"후미요 아니야? 대체 왜 그러는 거야."

한 부하가 아직 취기가 가시지 않았는지 탁한 목소리로 물었다.

"아무것도 아냐. 한 명도 남김없이 너희들을 체포해서 감옥에 가두려는 거지."

아케치가 쾌활하게 말했다.

술자리가 절정에 달했을 때라 일곱 부하는 몸에 무기를 지니고 있지 않았다. 무기는 모두 선미 쪽 방에 있었다.

무기가 있는 방으로 가야 한다. 굳이 말하지 않아도 모두 한마음이었다. 그들은 방을 향해 한 걸음 한 걸음 뒷걸음을 쳤다.

아케치와 후미요도 그들을 따라 한 걸음 한 걸음 움직였다.

일곱 명 중 가장 뒤에 있던 부하의 손이 선미에 있는 방 문고리에 닿았다. 그는 얼른 문을 열고 안으로 튀어 들어갔고, 뒤이어 한 사람씩 방으로 들어갔다.

그 모습을 지켜보던 아케치는 마지막 한 명이 안에서 문을 잠그려 하자 한쪽 발을 나는 새처럼 재빨리 문틈에 들여 놓았다. 그리고 온몸으로 문을 밀어젖히더니 후미요와 함께 방 안으로 들어갔다.

아케치의 행동치고는 너무 무모하지 않는가. 그러면 적의 생각대로 되는 것 아닌가. 아니나 다를까, 일곱 부하가 권총을 손에 들고 방에 들어오는 아케치와 후미요를 겨누고 있었다.

"내가 너희들 계략에 빠진 것 같군. 권총이 일곱 자루네. 그럼 어디를 겨눌 텐가. 이마? 가슴? 아니면 이렇게 웃고 있는 입에 처넣을 건가?"

아케치는 손가락으로 이마와 가슴, 그리고 입을 가리키며 말했다.

일곱 부하는 아케치의 대담함에 기가 질려 잠시 멈칫했다. 하지만 한 명이 소리쳤다.

"쏜다."

그가 말하기 무섭게 방아쇠를 당기자 모두 정신 차리고 총을 발사했다.

"이봐, 이상하지 않나? 탕탕 소리만 나고 총알이 안 날아오잖아. 하하하하, 한 번 더 쏴보지."

"네 이놈."

모두들 소리를 내지르며 다시 방아쇠를 당겼지만 역시 소용없었다.

"제기랄."

"내가 이 배에 와서 지금까지 아무것도 하지 않을 정도로 멍청한 것 같나? 아직도 무슨 말인지 모르겠지? 이미 전투 준비를 다 해놓았어. 나 혼자 배 한 척을 납치할 거라고는 아예 생각조차 못 했겠지."

무슨 이런 무시무시한 탐정이 다 있나. 혼자 힘으로 증기선을 포획하겠다니.

"여기 삼노끈이 쌓여 있어. 이걸로 지금부터 너희들 몸을 묶을 거야. 이 방으로 들어올 걸 예상하고 포승줄까지 다 준비해 뒀거든."

부하들은 너무 놀라 입을 다물지 못했다. 악인일수록 한 수 위의 상대를 만나면 오히려 무기력하게 무너지는 법이다. 일곱 부하는 뱀을 만난 개구리처럼 조용했다.

장황하게 떠들 필요도 없었다. 후미요의 권총이 두려워 모두 꼼짝 못 하고 눈 깜짝할 새에 포박 당했다.

아케치는 포로들을 방에 가둬두고 다시 두목이 있는 방으로 갔다.

겐조를 감금한 방으로 돌아가 보니 매우 소란스러웠다. 바람을 잔뜩 머금은 돛처럼 불룩해진 문에서 엄청나게 큰 소리가 났다. 격노한 맹수가 포효하며 감옥을 부수려는 것이다.

"어떻게 하죠?"

아무리 아버지라도 너무 두려운 나머지 아케치의 팔에 매달린 후미요가 소리쳤다.

"상관하지 마세요. 지칠 때까지 내버려두죠. 걱정하지 않으셔도 됩니다."

과연 걱정하지 않아도 될까. 이미 문짝이 부서졌다. 우지끈 우지끈. 기세등등해진 맹수는 난폭하게 문을 때려 부수었다. 이제 드나들 수 있을 만큼 큰 구멍이 났다.

눈 깜짝할 사이, 그 구멍에서 겐조가 총알처럼 뛰어나왔다. 아케치가 후미요의 손에 있던 권총을 빼 들고 공격할 틈도 없이 악마는 거대한 박쥐처럼 바람을 가르며 갑판으로 달려갔다.

가망이 없다고 판단해 바다로 뛰어들 생각인가. 하지만 여기서 도망치면 애써 고심한 것들이 물거품이 된다. 마술사라고 불리던 괴물이다. 어떤 무시무시한 계략으로 역습할지 모른다. 그런데 아케치는 왜 이렇게 태평할까. 놈을 쫓아 뛰지 않고 뒤에서 느릿느릿 따라갔다.

이미 동녘 하늘에는 먼동이 터서 갑판은 어스레해졌다.

갑판에 올라가기 무섭게 뱃전으로 달려간 겐조는 뛰어내릴 태세였다. 하지만 그는 바다를 내려다보는 순간 무심코 "으악"하고 비명을 질렀다.

"하하하하하하하, 어떻습니까. 이번에야 말로 제가 완벽히 승리했죠?"

아케치의 웃음소리가 새벽하늘에 드높게 울려 퍼졌다.

바다에는 만반의 준비를 마친 해양경찰의 대형 경비정이 희뿌연 아침 안개를 가르며 기다리고 있었다. 배 위에는 권총을 든 경관들이 있었고, 그들 사이로 경시청 나미코시 경부도 보였다. 아케치는 경비정이 막 도착한 것을 알고 있었기에 뛰어가는 겐조를 서둘러 잡지 않은 것이다.

진퇴양난에 빠진 괴물은 주변을 두리번거리다가 마침내 맹수처럼 소리를 질렀다. 그리고 주변에 열려 있는 승강구를 통해 선창으로 황급히 달려갔다. 대체 무슨 생각일까.

아케치는 이번에도 서두르지 않고 느릿느릿 놈의 뒤를 따라갔다.

겐조는 컴컴한 배 바닥에 여러 번 성냥을 켜댔다. 이윽고 기름이 스민 천 조각에 불이 붙자 한쪽 구석에 놓인 상자 속에 그걸 던졌다.

"아, 위험해요. 폭약이에요."

찢어지는 듯한 후미요의 비명이 들렸다.

최후의 무기가 남아 있었던 것이다. 악마는 절망한 나머지 원망스런 아케치를 길동무 삼아 배까지 모두 박살내기로 결심한 것이다. 진정 평생의 흉계에 어울리는 최후였다.

하지만 이 얼마나 비참한 일인가. 우스꽝스럽게도 폭약이 터지지 않았다. 한참을 기다렸지만, 하다못해 폭죽소리조차 나지 않았다.

"제가 그걸 놓쳤을 거라고 생각하십니까. 만져 보세요. 화약이 물에 젖어 있습니다. 여기 이 양동이로 바닷물을 퍼부어놓았죠. 아무리 기다려도 폭발하지 않을 겁니다."

명탐정이 마지막 숨통까지 끊어놓은 것이다.

"아, 나는, 나는……."

겐조는 미치광이처럼 자신의 머리카락을 쥐어뜯었다. 그리고 갑자기 아케치에게 달려들었다.

"부탁이다. 죽여줘라. 제발 죽여줘. 더 이상 살아서 이런 수모를 당할 수 없다. 못 참겠다."

그는 횡설수설 외쳤다.

"아버지, 아버지."

너무도 비참한 아버지의 모습에 후미요도 소리 내어 울었다.

가련했다. 하지만 죄인을 용서할 수는 없었다. 그렇다고 무턱대고 죽일 수도 없었다.

"무슨 추태입니까. 악인이라면 악인답게 정당한 심판을 받으시죠."

아케치가 뿌리치자 겐조는 바닥에 쓰러졌다. 잠시 후 무슨 생각인지 벌떡 일어난 겐조는 반쯤 미친 것처럼 황급히 계단을 올라가 자기 방으로 들어갔다.

찬장을 뒤졌다. 있다, 있다. 노란색 미니 약병. 이것만 있으면 더 이상 수모를 당하지 않아도 된다.

그는 눈을 질끈 감고 약을 마셨다. 그리고 기진맥진 의자에 앉아 얼빠진 눈으로 먼 곳을 바라보았다.

"아, 드디어 그걸 마셨군요."

방에 들어간 아케치는 여전히 웃으며 말했다.

"어떠십니까, 쓴가요? 그 약, 무슨 맛인가요? 이상하지 않습니까. 샴페인 같은 맛이 나지 않나요?"

겐조는 그 말을 듣자 섬뜩한 표정을 지으며 히죽히죽 웃기 시작했다. 너무 엄청나 더 이상 놀랄 기운도 없었던 것이다. 웃다가 갑자기 얼굴에 양손을 대더니 하염없이 울부짖었다.

"아, 너무하다. 이건 심했다. 내가 이런 업보까지 치러야 하는가. 마지막 독약까지 샴페인으로 바꿔놓다니. 너는 악마다. …… 악마야."

아케치도 그 모습을 보고 약간 후회했다. 빈틈을 좀 남겨둘걸 그랬나. 아무리 직무라고 하지만 너무 무자비하지 않았나 스스로 질문할 정도였다.

하지만 악마는 어디까지나 악마였다. 겐조는 더 이상 울지 않았다. 울기는커녕 얼굴에 힘을 주고, 코웃음을 치며 입을 일그러뜨리고 무시무시한 저주를 퍼부었다.

아케치는 겐조의 저주를 듣고 비로소 안도했다. 역시 자신이

올바른 일을 한 듯했다. 그 정도로 악마의 저주는 무시무시한 증오로 차 있었다.

단말마

그는 격노했다. 반쯤 미친 것 같았다. 끝내는 하염없이 울기도 했다. 얼굴을 양손으로 가리고 주저앉아 피눈물을 흘렸다.

독자 여러분, 피눈물을 흘렸다는 건 단지 작가의 비유가 아니다. 얼굴을 가린 그 울퉁불퉁한 손가락 사이에서 정말로 새빨간 핏방울이 뚝뚝 흘러내렸다.

아케치도 후미요도 그 모습을 보고 깜짝 놀랐다. 분해서 입술을 깨문 것치고는 피의 양이 너무 많았기 때문이다.

"무슨 일입니까? 이봐요, 무슨 일이죠?"

아케치가 겐조에게 달려가 얼굴에서 양손을 떼려 했다. 하지만 겐조의 손은 아교로 붙인 듯이 떨어지지 않았다.

겐조는 주저앉은 자세 그대로 피를 뚝뚝 흘리면서 상처 입은 야수처럼 울부짖었다. 참다못한 후미요도 아버지 옆에 쭈그리고 앉아 얼굴을 들여다보며 소리 내어 울었다.

"아버지, 아버지. 어떻게 하신 거예요. 그렇게 울지 마세요. 제가 나빴어요. 제가 배신해서 아버지를 이 꼴로 만들었어요. ……하지만 어쩔 수 없었어요. 기꺼이 사형장으로 가셔야 해요. 아버지가 사형당하는 날, 저도 반드시 죽겠어요. 그리고 저

세상으로 가서 효도할게요. 저를 용서해주세요. 제발 용서해주
세요."

고함치듯 쉴 새 없이 말을 쏟아냈다. 비통해하는 딸의 음성이
귀에 들어간 걸까. 겐조는 드디어 양손을 떼고 얼굴을 들었다.
하지만 그의 격노는 결코 가라앉지 않았다. 그는 얼굴을 들자마
자 오른팔을 후미요 쪽으로 날렸다.

후미요는 비명을 지르며 한쪽 구석으로 나가떨어졌다.

"바보 같으니. 여기저기 바보 천지군. 크하하하하하."

욕설이 맹수의 포효처럼 방 안에 울려 퍼졌다.

겐조는 장승처럼 우뚝 서 있었다. 얼굴은 붉은 도깨비처럼
피로 물들었다. 입에서 흘러내리는 피가 양손에 고여 있다가
얼굴 전체로 퍼진 것이다. 그는 혀를 깨물어 자살하려 했으나
기력이 모자라 실패한 듯했다. 분노에 찬 그의 말소리가 제대로
들리지 않는 것은 그 때문이었다.

"어떠냐? 나는 이렇게 죽을 거다. 이것만큼은 방해할 수 없을
거야. 탐정 선생, 왜 멍청히 있나. 애써 잡은 범인이 시체가
되어버리는 건데. 이봐, 내가 한 번 더 혀를 깨물면 괴로움에
몸부림치며 죽게 될 거야."

크게 소리를 지르자 상처 난 입에서 피가 새어나와 턱으로
줄줄 흘렀다.

"아버지, 저를 용서하세요."

나가떨어졌던 후미요가 일어서서 반미치광이가 된 아버지에
게 매달렸다.

"시끄럽다. 네까짓 게 뭘 안다고."

겐조는 무섭게 고함치며 다시 그녀를 내동댕이쳤다.

"탐정 선생, 내가 혀를 깨물어 괴로워하는 거나 보라고 하지만 그 전에 말해두고 싶은 게 있는데, 괜찮겠지? 나를 이겼다는 생각에 득의양양한 모양이지만, 이봐, 얼치기 탐정 선생. 나는 아직 진 게 아니야."

겐조는 입 주위의 피거품을 핥아가며 불같은 숨을 내뿜으면서 계속 고함쳤다.

"내가 죽어주지. 네 눈앞에서 시체가 되는 걸 보여줄 거야. 하지만 어림없어, 그걸로 안심한다면 큰 착오지. 다마무라 부자에게 이렇게 전해. 내 몸은 죽지만 원한으로 불타는 원령은 그놈들을 몰살할 때까지 살아 있을 거라고. 그놈들 곁에서 한 치도 떨어지지 않고 꼭 붙어 다닐 거라고."

피로 물든 입이 초승달 모양으로 점점 커졌다.

"히히히히……."

그는 아직 살아 있었지만 이미 원령이 된 것처럼 소름끼치는 소리를 내며 웃었다.

그 엄청난 모습에 모골이 송연해져 아케치도 할 말을 잃을 정도였다.

"거짓말이라고 생각하는 거지? 얼굴에, 얼굴에 다 쓰여 있다."

피투성이가 된 겐조가 갑자기 손을 올리더니 아케치의 얼굴을 가리켰다.

"요즘 세상이 어떤데 원령의 혼 같은 게 있냐고? 우습게보지 마라, 탐정 선생. 나는 마술사다. 살아 있는 동안 다른 사람들이 흉내 낼 수 없는 곡예를 한 나다. 죽더라도 안심할 수 없을 거다. 내 원혼은 나와 마찬가지로 요술을 부리니까. 히히히…….거짓말 같지? ……히히히. ……거짓말이라고 생각할 테지. 하지만 똑똑히 봐라. 다마무라 일가가 어떤 꼴로 멸족되는지 잘 봐둬라."

하고 싶은 말이 끝났는지 그는 잠시 무시무시한 눈초리로 허공을 노려보았다.

"그럼 잘 봐둬."

그의 목소리가 이상하게 갈라지더니 이마의 혈관이 어마어마하게 부풀어 오르고 얼굴에 힘줄이 섰다. 그는 얼굴을 무참하게 일그러뜨리더니 갑자기 이를 악물고 그 자리에서 혼절했다. 혀를 깨문 것이다.

다들 주위로 몰려들었으나 이제 손쓸 방법이 없었다.

겐조는 큰대 자로 뻗어 거북이처럼 손발을 버둥거리며 단말마의 고통에 빠져 있었다. 이미 눈은 뒤집혀 흰자위밖에 보이지 않았고, 콧구멍을 벌렁거리며 코를 떨었다. 숨도 쉴 수 없는 고통에 이가 다 드러나고 입술이 찢겼으며, 입은 더 이상 벌어지지 않을 정도로 크게 벌어진 채 목구멍에는 피범벅이 된 살덩이가 코르크 마개처럼 딱딱하게 굳어 있었다. 절단된 혀가 오그라들어 숨통을 막은 것이다.

선혈은 입에서 턱으로, 턱에서 바닥으로 샘처럼 흘렀다. 세상에 이보다 무참한 죽음은 없을 듯했다. 아케치도 견딜 수 없을 정도였다. 아케치가 그럴진대 딸인 후미요가 두려움을 견디지 못하고 기절하는 것은 당연했다.

후미요는 아버지가 겪는 단말마의 고통과 피범벅이 된 형상을 보자마자 신음을 하며 쓰러져 그대로 정신을 잃었다.

그때 아케치의 등 뒤에서도 울음소리와 함께 사람이 쓰러지는 소리가 들렸다. 깜짝 놀란 아케치가 뒤돌아보니 거기에도 정신을 잃고 쓰러진 여자가 있었다. 다에코였다. 밖에서 들리는 소란스런 소리를 따라 여기까지 온 것이다. 비록 적이지만 겐조의 고통스런 모습에 충격 받아 졸도한 듯했다.

아케치는 당혹스러웠다. 한 사람은 빈사 상태, 두 사람은 정신을 잃은 채 삼인삼색으로 쓰러져 있는데 아케치를 도와줄 사람은 아무도 없었다.

잠시 당혹스럽게 서 있는데 겐조가 더 이상 움직이지 않았다. 다리를 벌리고 손은 허공을 부여잡은 채 창백한 밀랍인형처럼 굳어 있었다. 푸른색에 가까워진 얼굴과, 그 위에 망처럼 결결이 흘러내리는 선혈이 소름끼칠 정도로 끔찍했다.

방 안에는 움직일 수 있는 사람이 한 명도 없었다. 후미요와 다에코는 죽은 사람이나 마찬가지였고, 아케치 역시 당혹감에 이키닌교24처럼 꼼짝할 수 없었다.

·········
24_ 生人形. 실제로 살아 있는 인물처럼 보일 정도로 세공이 정교한 인형 전시물. 주로 설화, 역사 속 인물, 불상, 유녀遊女, 요괴 등 기이한 인물들을 형상화했으며, 에도 말기부터 메이지 시대에 이르기까지 오사카와 도쿄 아사쿠사를 중심으로 성행했다.

창으로 들어오는 새벽빛에 흐릿하게 바랜 석유램프는 벌레 울음 같은 소리를 내며 깜박였다. 방 안에 새벽의 어스름이 깔리자 음침한 정경이 한층 더 음침해졌다.

얼룩 뱀

사건이 벌어지기 전, 해양경찰의 대형 경비정은 놈들의 증기선 옆에 정박해 있었다.

경비정에 탄 나미코시 경부는 증기선에 있는 아케치를 줄기차게 불렀지만 대답이 없었다. 아무리 기다려도 갑판 위에 사람이 나타나지 않자 그는 속을 끓이다가 직접 증기선으로 가보기로 했다.

나미코시 경부 일행이 어떻게 새벽부터 증기선을 습격하게 되었을까. 또한 아슬아슬한 순간, 범인이 바다로 몸을 던져 도망치는 것을 어떻게 막을 수 있었을까. 우연치고는 너무 잘 맞아떨어지는 이야기 아닌가.

그 전날 밤 3시경, 한 경관이 쓰키시마 해안 근처를 순찰하던 중 해변의 돌담 쪽에서 이상한 소리를 들었다. 아무래도 비명 같았다.

수상하게 여긴 경관이 가까이 가보았는데, 양팔과 양다리가 등 뒤에 묶인 사람이 새우처럼 돌담 위를 구르며 비명을 지르고 있었다.

회중전등으로 비춰보니, 양복을 잘 차려 입긴 했으나 인상이 험악한 남자가 포박의 고통을 참지 못하고 엉엉 울고 있는 것 아닌가.

"무슨 일이야. 싸움이라도 했나?"

경관이 남자의 행색을 살피는데, 양복 가슴에 수첩을 찢은 듯한 종이 한 장이 여자 머리핀으로 꽂혀 있는 것이 보였다.

"뭐야, 이상한 것이 있네."

떼어내 보니 연필로 갈겨쓴 쪽지였는데 내용이 이상했다.

> 이 사람은 마술사와 한편인 좀도둑이므로 즉시 경시청 나미코시 경부에게 인도할 것.
>
> 아케치 고고로

'마술사'라는 글자를 본 경관은 깜짝 놀랐다. 게다가 그 유명한 아케치 고고로가 쓴 편지였다.

경관은 즉시 가까운 파출소로 달려갔다. 그리고 경시청에 연락해서 나미코시 경부에게 내용을 전달했다. 밤이 늦었지만 지체 않고 현장으로 출동한 경부는 수상한 남자를 호되게 취조했다. 이 경우는 고문을 쓸 수밖에 없었다. 그 결과, 도둑이 자기 입으로 진상을 털어놓았다.

아케치는 딱히 경찰의 지원을 원치 않는 듯했다. 하지만 이 사소한 행동이 의외로 효과가 있었다.

나미코시 경부는 해양경찰에 상황을 알리고 대형 경비정의 출동을 요청했다. 그리고 자신도 형사들을 인솔하여 해양경찰들과 함께 경비정에 올랐다. 새벽 동이 트기 전에 스미다가와의 검은 물결을 가르며 서둘러 놈들의 증기선을 찾아간 것이다.

아까 하던 이야기로 돌아가자. 나미코시 경부는 증기선에서 대답이 돌아오지 않자 이상하게 여기고 증기선의 뱃전으로 기어 올라가 형사들과 함께 갑판을 수색했다. 그러다가 우연히 선실 쪽으로 가게 되었다. 한 사람은 죽어 있고, 두 사람은 기절했으며, 아케치 고고로는 이키닌교처럼 꼼짝 않고 서 있는, 무시무시한 침묵이 흐르는 그 방말이다.

"헉, 뱀이다."

형사 한 명이 난데없이 소리를 지르는 바람에 놀라 그의 시선을 좇아보니 열린 문틈으로 적갈색 얼룩 뱀이 꿈틀꿈틀 기어 나오고 있었다.

사람들은 소름이 끼친 나머지 꼼짝하지 못했다.

예기치 않게 배 위에서 뱀과 마주친 데다, 뱀의 머리가 마름모 꼴로 부풀어 있어 독사 같았기 때문이다. 하지만 그들이 그토록 놀란 이유는 따로 있었다.

작은 뱀이었지만 그 뒤에 오뉴도처럼 거대한 그림자가 보이는 듯했기 때문이다. 요괴를 만난 것처럼 말로는 표현할 수 없는 이상한 전율이 사람들의 등줄기를 타고 올라왔다.

뱀은 꼼짝하지 못하는 사람들을 힐끔 쳐다보며 흉측하게 머리를 쳐들더니 춤추는 듯 좌우로 몸을 흔들어대면서 방 밖을 돌아 어디론가 사라졌다.

뱀이 나온 방으로 두세 걸음 다가가니 열려 있는 문을 통해 이상한 광경이 눈에 들어왔다.

"아, 아케치 씨, 여기 계셨군요 …… 그런데 그 모습은……."

나미코시 경부는 더 이상 말이 나오지 않았다.

이 무슨 비참한 활인화[25]란 말인가. 창백한 밀랍인형처럼 바닥을 구르는 두 여자. 단말마의 고통을 느끼는 듯 피투성이가 된 손가락으로 허공을 긁고 있는 괴물의 시체. 꿈을 꾸는 듯이 멍하게 서 있는 아케치 고고로.

"아케치 씨, 접니다. 나미코시."

어깨를 툭툭 치자 겨우 아케치의 정신이 돌아왔다. 아케치는 지금까지 일어난 일들을 경부에게 전했다.

"아, 고생 많으셨습니다. 대성공입니다. 주모자가 죽은 것은 좀 아쉽지만 뭐, 천벌을 받은 거죠. 부하들을 모두 방에 묶어두신 거네요. 일망타진하셨군요."

경부는 그렇게 말하고, 기절한 두 여자를 침대가 있는 방으로 옮겨 인공호흡을 하도록 형사들에게 지시했다. 얼마 후 두 사람 모두 의식이 돌아왔다. 선미의 방에 있던 일곱 좀도둑은 경찰 경비정에 태워 연행했다.

일련의 조치가 일단락되었을 때, 경부는 불현듯 무슨 생각이 떠올랐는지 선실로 돌아와 아직 멍한 표정을 짓고 있는 아케치에

<hr>

25_ 活人畫. 살아 있는 사람들이 분장을 하고 정지된 모습으로 명화나 역사적 장면들을 연출하는 놀이. 19세기 유럽 사교 모임이나 연회에서 유행했으며, 타블로 비방Tableaux Vivant이라고도 한다.

게 물었다.

"이 배에 뱀이 있던데, 놈이 뱀을 키웠습니까?"

그 말에 아케치는 안색이 변했다.

"뭐라고요? 그 뱀을 보셨습니까?"

너무 놀란 목소리라서 이번에는 경부가 깜짝 놀랐다.

"보았습니다. 작았지만 독사같이 흉측한 모습이었습니다."

"어디요? 어디에서 보셨습니까?"

"그게, 아까 이 방에서 기어 나오는 걸 보았습니다. 하지만 왜 그렇게 놀라시나요?"

"나는 헛것을 보았다고 생각했거든요. 하지만 당신 눈에도 보였으니 헛것은 아닌가봅니다. 대체 어디로 갔을까요?"

뱀이 선실 밖을 도는 모습까지 보았다는 경부의 대답에 아케치는 성큼성큼 선실 밖으로 나가 구석구석 찾아보았다. 하지만 지금까지 뱀이 그 주위에 있을 리 없었다.

허망하게 되돌아온 아케치는 그답지 않게 공포어린 표정을 지으며 이상한 말을 꺼냈다.

"오쿠무라 겐조가 죽어가는 모습은 아까도 말씀드린 대로 차마 보기 힘들 정도로 무참했습니다. 그놈은 무시무시한 집념으로 스스로 자신의 육신을 괴롭혔습니다. 그리고 소름끼치는 저주의 말을 퍼부으면서 고통으로 몸부림치다 죽음을 맞이했습니다. ……

나는 그 모습을 그저 지켜볼 수밖에 없었습니다. 숨이 끊어져 몸이 움직이지 않는 시신이 내 원령은 영원히 살아 있을 거라고

고함쳤습니다. 그 무시무시한 소리가 아직도 귓가에 맴도는 것 같습니다.

미세하게 떨리던 놈의 손가락이 갑자기 멈추었을 때, 그러니까 놈이 완전히 죽는 그 순간, 그 피범벅이 된 얼굴을 보고 나도 모르게 도망치고 싶은 충동을 느꼈습니다. 왜냐하면 독살스런 적갈색 뱀이 그놈의 얼굴에서 철철 흐르는 피와 한 덩이가 된 듯이 뒹굴고 있었기 때문입니다.

그 뱀은 얼굴 위를 꿈틀꿈틀 기어 다니며 화염같이 검붉은 혓바닥으로 한참 피를 핥더니, 이윽고 턱을 타고 내려와 목을 거쳐 바닥으로 기어 내려갔습니다. 그리고 오쿠무라 겐조가 퍼부은 저주의 말이 연상되게 너무도 흉측한 모습으로 고개를 쳐들면서 내 쪽으로 스르르 기어오는 것 아니겠습니까. ……

나는 깜짝 놀라 그 주위에 있던 나무 막대기를 들고 뱀을 내리치려 했습니다. 그런데 뱀도 내 기세에 위협을 느꼈는지 나를 피해 방 밖으로 사라졌습니다. 그게 전부입니다. 하지만 과연 이게 우연일까요 배 안에 뱀이 있다니 이상하지 않습니까. 게다가 그 놈이 숨을 거두자마자 끈적이는 피에서 솟아난 것처럼 뱀이 모습을 드러낸 걸 보면 심상치 않습니다. 혹시 그 뱀이 시체에서 빠져나온 그의 집념 어린 원령이 아닐까 하는 생각이 들어 온몸을 포박당한 듯이 꼼짝할 수 없었습니다. 이 말을 듣고 웃으셔도 할 수 없습니다."

이야기를 듣던 나미코시 경부도 등줄기에 뱀이 기어오른 것처럼 섬뜩했다.

두 사람 모두 괴담을 믿을 정도로 구습에 물든 사람은 아니었다. 그런데도 귀신에 홀린 것처럼 이상한 전율이 느껴지는 것은 무슨 연유일까. 혹시 아케치의 상상대로 그 뱀은 죽은 마술사가 이 세상에 보낸 복수의 화신 아닐까.

악몽

하지만 어쨌든 사건은 결말이 났다. 세상을 그토록 떠들썩하게 만든 마술사도 결국 자멸하고 말았다. 여덟 명의 부하(배 안에서 붙잡힌 일곱 명과 쓰키시마 해안에서 뒹굴던 한 명)는 모두 수감되었다. 아케치를 도와 아버지를 포박하는 고충을 겪은 후미요는 나중에 무죄로 석방되겠지만 일단은 미결수로 투옥되었다.

젠타로는 물론 경찰 역시 범인 일당이 어딘가 잠복하고 있지 않은지 의심하며 부하들을 엄중히 취조했다. 하지만 아무리 고문을 해도 없는 사실을 만들어 낼 수는 없었다. 후미요도 남은 일당은 없다고 다짐한 터라 더 이상 의심의 여지가 없었다. 겐조 일당은 완전히 멸망한 것이다. 설령 한두 명쯤 남아 있다 해도 부하들은 원래 다마무라가에 원한이 없었다. 그들이 아무 이득 없이 타인의 복수를 이어갈 이유가 없었다.

다마무라가는 오랜만에 밝은 생활로 돌아갔다. 그들은 지하실에서 물 공격을 견뎌내느라 몸이 상해 있었다. 겐조의 무시무시한 최후를 보고 기절했던 다에코는 심한 열로 몸져누울 정도였다. 하지만 그건 육체적 문제였고, 정신적으로는 예전처럼 걱정 없는 행복한 나날로 돌아갔다.

두 달가량, 아무 일 없이 지나갔다.

겐조 덕분에 한층 유명해진 다마무라 보석상은 군소 업체들을 제압하고 높은 영업 실적을 올렸다. 가족들의 건강도 완전히 회복되었다. 때는 춘삼월, 슬슬 벚꽃이 피기 시작하는 계절이었다. 젠타로는 물론 삼 남매도 즐거운 나날을 보내게 되자 어느덧 꺼림칙한 사건은 점차 잊혀졌다.

하지만 과연 사건은 결말이 난 걸까. 오쿠무라 겐조가 죽을 때 남긴 저주의 말은 단지 위협에 불과했을까. 그렇다면 적갈색 작은 독사는 대체 무슨 의미일까.

어느 날 아침이었다. 다에코와 양자 신이치(그동안 사건에 쫓기느라 초반부에 등장했던 신이치의 존재를 잊고 있었다. 신이치는 다마무라가의 혈육이 아니어서 놈의 박해를 받지 않았지만 가족들의 고통에 공포를 느꼈고 나름 가족들 걱정을 했다)가 같이 쓰는 침실에서 끔찍한 비명소리가 흘러나와 집안 전체에 울려 퍼졌다.

아직 가족들이 침상에서 벗어나지 않은 이른 아침이라 모두 그 소리에 눈을 떴는데, 한동안 잊고 있던 불길한 기억이 가슴 한구석에 되살아났다.

'또?'

'또 뭔가 무시무시한 사건이 일어난 것 아닌가.'

아버지도 아들도 소름끼치도록 서늘한 느낌이 들었다.

다에코는 흰 시트 위에 몸을 반쯤 일으킨 채 휘둥그레진 눈으로 주위를 두리번거렸다. 같은 침대에 있던 신이치도 다에코의 가슴에 매달려 떨고 있었다. 하지만 다행히 두 사람 모두 다치지는 않은 듯했다.

"꿈을 꾼 거냐. 깜짝 놀랐다."

젠타로가 나무라듯 말하자 다에코는 고개를 세게 가로저었다.

"꿈이 아니에요. 분명히 이 시트 위에 똬리를 틀고 있었어요. 뭔가 무게가 느껴져 눈을 떴더니……."

"똬리를 틀고 있었다고?"

"네, 방금 복도에서 누군가 만나지 않았어요? 거대한 스모선수 같은 남자?"

그 말을 듣고 순간 모두 얼굴색이 변했다. 스모선수 같은 남자! 독자들은 기억할 것이다. 첫 번째 살인사건은 악마 같은 거인의 소행이었다. 보통 사람보다 배나 큰 피 손자국. 어둠 속을 달려가던 7~8척이나 되는 오뉴도. 그렇다. '스모선수 같은'이란 말에 그때 그 거인의 환영이 떠올랐다.

그 후 마술사가 범인으로 밝혀졌기 때문에 경찰과 아케치는 그 거인 역시 마술사의 변장이라 생각하고 더 이상 파고들지 않았다. 체포한 좀도둑들에게도 물어보긴 했지만 아무도 그런 오싹한 트릭에 대해 알지 못했다.

"스모선수라고? 그런 사람을 봤느냐?"

젠타로는 심상치 않은 기색을 보이며 물었다.

"네, 방금 그 문으로 빠져나갔어요. 다른 사람 눈에도 틀림없이 보였을 텐데요."

"너희들이 비명을 지르고 난 후에?"

"네."

"그렇다면 도망칠 겨를이 없었을 거다. 우리가 복도 양측에서 달려왔으니 누군가는 보았겠지. 이치로, 지로, 너희들은 그런 사람 봤느냐?"

"그런 어처구니없는 일이 어디 있습니까."

이치로는 역시 괴담을 부정했다.

"물론 아무도 보지 못했습니다. 무엇보다 그렇게 엄청나게 큰 남자가 집 안에 들어올 수 없잖습니까. 다에코는 꿈을 꾼 겁니다. 다에코, 이왕 이렇게 되었으니 가슴에 손을 얹고 잘 생각해봐."

"아니에요, 오빠. 꿈이 아니에요. 설마 제가 꿈 때문에 이런 소동을 벌이겠어요?"

"좋다. 그럼 스모선수 같은 놈이 어떻게 한 거냐. ……네 시트 위에 똬리를 틀고 앉아 있었다고?"

이치로가 비아냥거렸다.

"뭐에요!"

다에코는 오빠를 노려보고는 아버지 쪽으로 시선을 돌렸다.

"아버지, 똬리를 틀고 있었던 것은 작은 적갈색 뱀이에요. 여기 시트 위가 아직 움푹 들어가 있잖아요."

젠타로의 얼굴에 공포의 빛이 떠올랐다. 그는 뱀을 지독히

싫어했다. 뱀이라는 말만 들어도 안색이 변할 정도였다. 하지만 지금은 단지 그런 이유로 공포를 느낀 것이 아니었다.

이치로나 지로는 아직 모르지만, 젠타로는 아케치 고고로에게 겐조의 최후에 대해 자세히 들었다. 수상한 뱀에 관한 이야기도, 그게 놈의 원령일지도 모른다는 괴담 같은 이야기도 모조리 알고 있었다. 흔치 않은 적갈색 뱀, 게다가 스모선수 같은 거인, 모두 마술사를 연상시키는 것들 아닌가. 그가 두려움에 떠는 것도 무리가 아니었다.

"그 뱀은 어디로 갔지?"

그는 창백한 얼굴로 주위를 둘러보며 물었다.

"내가 깜짝 놀라 일어나자 침대 밑으로 쪼르르 내려가 재빨리 문 쪽으로 기어갔어요. 그리고 입구에서 고개를 쳐들고 사람처럼 가만히 내 얼굴을 바라보았어요. 그리고……."

"그리고?"

"그리고 이상한 일이 일어났어요. 또 이치로 오빠가 뭐라 꾸중하실지 모르지만 너무 이상한 일이라서요. 저쪽 쥐색 벽에서 천장에 부딪칠 정도로 큰 남자가 떠오르듯이 나타난 걸 보고 놀라는데 그새 스윽 밖으로 나가버렸어요. 그러고 나서는 더 이상 뱀도 사람도 보이지 않는 거예요."

"하하하하하, 완전히 이시카와 고우에몬[26]의 둔갑술이네. 쥐

....
26_ 石川五右衛門. 아즈치모모야마安土桃山 시대에 신출귀몰했던 대도적. 1594년 체포되어 교토 산조가와라에서 솥에 삶아져 처형되었다고 알려져 있지만 실존 인물인지는 의심스럽다. 에도 시대의 조루리나 가부키에 많이 등장한다.

대신 뱀인 거고."

예상대로 이치로가 어깃장을 놓았다.

하지만 젠타로는 웃지 않았다. 둔갑술이라는 말을 들으니 한층 더 괴이한 느낌이 들었다.

혹시 오쿠무라 겐조가 아직 살아 있는 것 아닐까. 배 안에서 죽었다거나 공동묘지에 묻었다는 것도 이른바 그의 마술 아닐까. 죽은 척 하고 어딘가에 잠복해 있다가 세간의 관심이 식은 지금 다시 모습을 보이는 건 아닐까. 만약 살아 있다면 그놈은 뱀으로 둔갑하고도 남을 괴물이라는 생각마저 들었다.

젠타로는 이치로와 지로, 서생들을 시켜 집안 구석구석을 수색하게 했지만, 스모선수 같은 사람은 물론 적갈색 뱀은 어디에도 없었다.

"아버지, 신경 쓰실 것 없어요. 꿈입니다. 다에코가 꿈을 꾼 거예요."

이치로의 말을 듣고 보니 역시 그런 생각이 들었다. 경찰에 알릴 일도 아닌 듯해서 젠타로도 이번에는 그대로 넘어가기로 했다. 하지만 2~3일 후 밤중에 또 무시무시한 일이 일어났다. 게다가 이번에는 젠타로가 습격당했다.

젠타로가 정원 연못의 거북이를 보고 있는데 귀여운 거북이가 머리를 죽 늘이더니 적갈색 얼룩 뱀으로 변했다.

젠타로는 뱀이라면 질색해서 비명을 지르며 도망쳤지만, 아무리 달려도 바로 뒤에 뱀 머리가 쫓아왔다. 거북이 몸에서 끈처럼 무한히 뱀 머리가 뻗어 나왔다. 정원 건너편에서 이치로,

지로, 다에코 삼 남매가 웃고 떠들었다. 사람 살려. 젠타로는 비명을 지르며 그들 사이를 파고들었다. 세 사람에 둘러싸여 뒤돌아보니 가는 끈 같던 작은 뱀이 어느덧 몸통 둘레가 한 아름은 되는 큰 뱀으로 변해 정원을 가득 메우고 있었다.

"악"하고 소리를 지르는 사이 네 사람 모두 큰 뱀에 칭칭 휘감기고 말았다. 뱀 냄새 때문에 숨이 막히는 듯했고, 감촉이 아주 미끌미끌했다.

큰 뱀은 그들을 서서히, 그러나 단단히 죄어가며 하늘을 향해 한껏 머리를 쳐들더니 화염 같은 혀를 내밀어 머리부터 한 입에 삼키려 했다. ……

비명을 지르다가 문득 눈을 떠보니 침대가 땀으로 흠뻑 젖어 있었다. 꿈을 꾼 건가.

'꿈이라서 천만다행이다.'

젠타로는 안심하며 다시 잠을 청했지만 뭔가 묵직한 것이 이불 위에 올라와 있었다. 꽤 무거웠다.

그는 머리를 쳐들고(꿈속의 뱀과 같은 자세였다) 이불 위를 바라보았다. 이번에는 정말로 목이 졸린 듯한 비명을 내질렀다. 다에코가 말한 대로였다. 침대 시트 위에 적갈색 얼룩 뱀이 똬리를 틀고 있었다.

젠타로가 벌떡 일어나자 뱀은 바닥으로 기어 내려가더니 잽싸게 도망쳤고, 동시에 검은 그림자(어찌된 일인지 스모선수 데와 가다케出羽ヶ嶽만한 거인이었다)가 문 뒤로 스르륵 모습을 감추었다. 그러고 보니 오뉴도는 아까부터 구석에서 젠타로가 자는 모습을 지켜본 듯했다.

그 후에 일어난 일도 다에코가 말한 대로였다. 뱀과 스모선수 모두 연기처럼 사라져 아무리 찾아도 코빼기조차 보이지 않았다.

다만 스모선수가 사라진 후에 종이 한 장이 떨어져 있다는 점만 달랐다.

소름끼치게도 그 종이에는 간단하지만 무시무시한 글자가 쓰여 있었다. '오쿠무라 겐조' 원령이 이름표를 남기고 간 것이다.

정말 기이한 상황

결국 경찰이 이 사건을 수사하게 되었고, 아케치 고고로도 다시 사건 의뢰를 받았다.

"마술사가 아직 살아 있다."

어디선가 그런 소문이 돌더니 전국으로 퍼졌다.

경찰도 이대로 방치할 수 없었다. 협의 끝에 오쿠무라 겐조의 무덤을 파헤쳐 시체 분실을 확인하는 소동을 벌였다.

겐조의 시체는 나중에 어찌 될지 몰라 매장했으므로 옷이나 골격이 그대로 남아 있어야 했는데, 확인해보니 그대로였다. 모든 면에서 겐조의 시체가 틀림없었다. 그는 죽은 게 확실했다. 시체가 매일 밤 무덤을 빠져나가 뱀을 부리는 오뉴도로 변신한다는 어처구니없는 괴담을 믿을 수는 없었다.

아무래도 겐조가 남기고 간 트릭이 있는 듯했다. 그놈은 죽은 후에도 복수를 할 수 있다는 확신이 있으니 자살했을 것이다. 정말 드문 일이긴 했으나 망자가 죽기 전에 꾸며놓은 트릭으로 범행을 하는 것도 범죄 사상 전례가 없는 일은 아니었다.

그 때문에 당시 미결수로 감방에 갇혀 있던 겐조의 부하들은 심한 고문을 받았다. 하지만 여덟 명 중 두목의 비밀을 발설하는 사람은 없었다. 후미요도 이번 일에 관해서는 전혀 아는 것이 없었다.

다마무라가 사람들은 극도로 신경이 과민해졌다. 특히 젠타로는 그토록 질색하는 뱀이 관계된 일이라 극도로 경계했다.

네 사람은 침실을 바꿨다. 같은 복도에 나란히 있는 양실 네 개를 안쪽부터 이치로, 다에코, 젠타로, 지로 순으로 쓰기로 했다. 다행히 복도는 안쪽 끝이 막혀 있었다. 통로는 복도로 들어가는 입구 한 군데밖에 없기에 창문만 주의하면 문제없었다. 그래서 복도와 네 개의 침실에 있는 창이란 창은 모두 셔터를 내리고 유리창도 고정시켰다. 복도 끝에서는 교대로 불침번을 섰으며, 네 사람 모두 잠자리에 들 때 각자 안에서 문을 잠갔다.

그래도 젠타로는 안심할 수 없었다. 본인 집이긴 했지만 혹시 자기도 모르는 사이 방 안에 비밀 문이라도 생기지 않았을까 의심했다. 아케치 고고로의 도움을 받아 바닥이며 천장, 벽, 할 것 없이 네 개의 침실을 구석구석 면밀히 살피고 아무 이상이 없음을 확인했다.

실처럼 가늘게 늘어나는 민달팽이 같은 괴상한 벌레라면 모를까 아무리 작아도 뱀이 기어들어 올 틈은 전혀 없었다. 게다가 뱀으로 둔갑하는 오뉴도라면 아예 잠입할 여지조차 없었다. 젠타로는 이만하면 일단은 안심이라고 생각했다. 그러나 머지않아 단단히 착각했음을 알게 되었다.

며칠은 별일 없이 지났다. 하지만 방 안을 빈틈없이 검사한 지 1주일쯤 지난 어느 밤, 매우 구슬픈 플루트소리에 모두들 꿈을 깨야 했다.

플루트의 음색! 곡의 리듬! 그걸 어찌 잊을 수가 있으랴. 후쿠다가 살해당했을 때도, 다에코와 이치로가 상처를 입었을 때도 모두 구슬픈 플루트소리가 들리지 않았나.

가장 먼저 잠에서 깬 사람은 지로였다. 그가 이 플루트소리를 가장 많이 들었기 때문이다.

잠가놓은 문은 이럴 때 매우 걸리적거렸다. 열쇠를 찾아 초조한 마음으로 문을 열고 뛰어나가 보니 복도 끝에 서생이 멍하니 불침번을 서고 있었다.

"누가 지나가지 않았나?"

"아뇨."

지로의 질문에 서생이 의아한 표정을 지었다. 설마 스모선수 같은 놈을 보지 못했을 리 없다. 다행이라고 생각하며 귀를 기울이는데 어느새 플루트소리가 멈춰 있었다.

"자네, 이상한 피리소리 못 들었나?"

"네, 들었습니다. 저도 이상하다고 생각했어요."

"어느 쪽에서 들렸나?"

"주인어른 방입니다. 아마도."

지로는 그 말을 듣고 설마 했지만 아무래도 걱정이 되어 아버지 방을 열어보기로 했다.

네 방 모두 밖에서도 문을 열 수 있었다. 가급적 소리가 나지 않게 열쇠를 돌리고 살며시 침실 안을 들여다보았다. 그런데 안을 보자마자 그의 입에서는 도저히 말로는 표현할 수 없는 엄청난 비명이 터져 나왔다.

플루트소리 때문에 이미 깨어 있던 나머지 두 사람도 비명소리에 놀라 뛰어나왔다.

"왜 그래, 지로."

"아버지가, 아버지가……."

이치로와 다에코는 문 앞으로 달려가 지로가 가리키는 곳에 시선을 고정했다. 거기에는 아버지 젠타로가, 아니 젠타로의 시체가 침대에서 굴러 떨어져 있었다.

양손으로 목 주변을 쥐어뜯다가 허공을 부여잡은 듯했다. 얼굴은 고통으로 일그러져 이가 드러나 있고, 튀어나올 것처럼 휘둥그레 뜬 눈은 흰자위만 보였다.

차마 눈뜨고 볼 수 없을 정도로 무참한 형상이었다. 그러나 그보다도 더 무시무시한 것은 망자의 목에 감겨 있는 적갈색 얼룩 뱀이었다. 겐조의 원령인 듯했다. 젠타로가 자는 사이 뱀이 목을 졸라 죽인 것이 틀림없었다.

시체 위에는 벚꽃 꽃잎이 눈처럼 흩뿌려져 있었다. 시체를 장식하는 꽃잎, 조금 전의 플루트 장송곡, 모두 예전 오쿠무라 겐조의 수법과 같았다.

뱀은 사람들의 시끄러운 소리에 놀란 걸까. 망자의 목에서 떨어져 나와 스르륵 바닥을 기어 도망치려 했다.

"이런, 나쁜 놈."

담대한 이치로가 뱀을 쫓아가 뱀 머리를 가죽 슬리퍼로 마구 밟아댔다.

뱀은 펄떡거리며 이치로의 발을 휘감았지만 머리가 바스러져 맥을 못 췄다. 결국 뱀은 축 늘어져 죽고 말았다.

지로와 다에코는 아버지를 되살리기 위해 갖은 수단을 다 썼지만, 젠타로는 끝내 살아나지 못했다.

"대체 이 뱀은 어디서 들어온 거지?"

비탄의 몇 분이 지나고 간신히 정신을 차린 지로가 말했다.

문에는 전혀 틈이 없었다. 정원 쪽 유리창문은 모두 고정시켰다. 천장 통풍구에는 촘촘히 철망을 쳤다. 모든 곳을 살펴보았지만 파손된 곳은 없었다.

이상한 일이었다. 뱀이라면 몰라도 사람이 들어왔다. 그리고 젠타로가 죽는 걸 끝까지 지켜보고 나서 또 연기처럼 사라졌다. 뱀이 플루트를 불거나 꽃잎을 뿌릴 수는 없는 노릇이다.

마술사 오쿠무라 겐조는 이미 죽었다. 그의 시체는 공동묘지에서 썩어간다. 그럼에도 불구하고 오쿠무라 겐조는 살아 있다. 그는 자신의 이름표까지 남기며 살아 있을 때와 마찬가지로 신통한 수법을 써서 다마무라 젠타로를 살해했다.

독자 여러분, 이 기괴한 일을 어떻게 해석해야 할까. 침실은 못을 박아놓은 상자처럼 밀폐되어 있었다. 그 안에 뱀이 들어간 것도 이상한데 뱀보다 훨씬 큰 사람이 자유롭게 드나들었다. 마술 상자라면 속임 장치가 있을 법하다. 하지만 이 방에 장치가 없다는 건 이미 확인했다. 다시 말해, 전혀 불가능한 일이 벌어진 것이다.

이치로도, 지로도, 다에코도, 아버지를 잃고 비탄에 빠진 데다 사건이 너무 불가사의하다 보니 완전히 사고력을 상실한 것처럼 망연자실해졌다.

어쨌든 경찰에는 알려야 했다. 이치로는 급히 전화가 있는 방으로 달려가 경시청과 아케치의 아파트에 사건을 알렸다.

이윽고 나미코시 경부와 아케치 고고로가 도착했다. 그들은 같은 사건 때문에 다마무라가에서 또다시 얼굴을 마주하게 되었다.

"아케치 씨. 당신 의견은 어떻습니까? 안타깝게도 저는 짐작조차 가지 않습니다."

나미코시 경부는 솔직히 고백할 수밖에 없었다.

"그렇습니다. 불가사의하다면 불가사의하군요."

아케치도 평소처럼 빙글빙글 웃지 않았다.

"밀폐된 방에 사람이 출입할 수 없는 것은 당연합니다. 가령 그가 여벌 열쇠를 가지고 있다고 해도 시야가 확보된 복도에는 엄연히 지키는 사람이 있었습니다. 게다가 그 서생은 의심할 구석이 없는 사람입니다. 벌써 3년이나 이 집에서 일했을 뿐 아니라 착실하다고 평가받는 사람입니다. 그 서생이 범인을 놓쳤다 해도 집에는 다른 하인들도 많고, 현관이나 뒷문에는 몰래 사람이 잠입한 흔적이 없기 때문에 역시 이상합니다. 그렇게 생각하면 점점 더 불가사의해질 따름입니다. 하지만 살인이 일어난 후에 범인이 들어왔을 리 없습니다. 나미코시 씨, 당신은 '귤껍질을 벗기지 않고 알맹이를 빼는 법'을 아십니까? 고등수학의 수식 상으로는 그것이 가능합니다. 즉, 이 범죄는 중학교에서는 가르치지 않습니다. 고등수학의 영역인 셈이지요."

아케치는 이상한 말을 했다. 고등수학적인 범죄란 것이 있다는 말인가, 아니면 고등수학을 아는 범인이라면 밀폐된 방에 쉽게 들어올 수 있다는 말인가.

"시선의 각도를 바꾸는 겁니다. 같은 물체라도 보는 방법은 다양합니다. 정면에서 보느냐, 뒤에서 보느냐, 옆으로 보느냐, 대각선으로 보느냐 여러 방법이 있습니다. 그리고 방법을 바꾸면 경우에 따라서는 완전히 다른 물체로 보이기도 합니다."

나마코시 경부는 아케치가 말하는 의미를 어렴풋이 알 것 같았다.

"그러면 혹시 당신은……."

그는 갑자기 안색이 변하더니 아케치의 눈을 들여다보았다. 어렴풋이 의미를 깨달은 듯했는데 상황이 의외로 무시무시했기 때문이다.

특이한 체포

원령의 원혼은 거기서 멈추지 않았다. 젠타로 다음은 삼 남매였다. 그들은 아버지의 죽음을 슬퍼할 새도 없이 연달아 습격해 오는 원령의 마력에 시달렸다.

이치로와 지로는 서양 사람들처럼 침대에서 커피를 마시는 습관이 있었다. 그날도(젠타로의 장례를 치른 며칠 후였다) 아침에 하녀가 가져다준 커피를 마시는데 두 사람 모두 갑자기 격렬한 복통을 호소하며 마구 토해냈다.

둘 다 그날 모닝커피가 유난히 써서 절반 정도밖에 마시지 않았기에 망정이지, 만약 전부 마셨다면 목숨이 위태로울 뻔했다. 분석 결과 커피 속에 독극물이 섞여 있었다는 사실이 밝혀졌기 때문이다. 하인들은 모두 철저히 조사받았지만 의심이 가는 사람은 없었다. 모두 오랜 세월 다마무라가의 은공을 입은 사람들이었다.

이번에는 독사가 아니었다. 그 흉측한 생물은 이미 죽었다. 만약 살아 있다 해도 뱀이 독약을 탔을 리는 없다. 역시 사람이 한 짓이었다. 하지만 복수마의 일당은 이제 한 사람도 남지 않았다는 것이 명백하지 않은가. 그러면…… 그러면…… 아무리 생각해도 불가사의할 따름이었다.

나미코시 경부는 너무나 곤란한 사건을 만난 나머지 오늘도 그가 유일하게 의지할 수 있는 지략가 아케치 고고로를 찾아가 조언을 구할 수밖에 없었다.

경부가 개화 아파트 서재에 찾아갔을 때 아케치는 책상 위에 대형 서적들을 펴놓고 독서에 빠져 있는 듯했다. 한스 그로스[27]의 『범죄심리학』이었다.

"독서하셨습니까?"

나미코시 경부가 독일어 페이지를 들여다보며 말했다.

"아니오, 생각할 것이 있어서요. 책을 펴놓긴 했지만 읽은 건 아닙니다."

아케치가 얼굴을 들고 멀거니 대답했다.

"생각에 잠겨 계셨군요. 오쿠무라 겐조의 원령에 관해서 생각하셨습니까?"

"아니요, 좀 더 인간적인 걸 생각했습니다. 아름다운 환영이라고나 할까요. 제가 범죄 이외의 것을 생각할 리 없죠."

"아름다운 환영이라니요, 경치인가요? 아니면 그림이나 노래?"

경부도 어울리지 않는 말을 했다.

"더 아름다운 것이죠. 사람의 마음, 그러니까 순정 말입니다."

"순정이요? 그게 무슨 말씀입니까?"

"오쿠무라 후미요를 빨리 출옥시켜야 하지 않겠습니까?"

"아, 범인의 딸 후미요 말씀입니까? 그렇군요, 그 딸은 가엾죠. 처음부터 우리 편이었으니까요. 악마 같은 아비 틈에 껴서 얼마나 마음이 찢어졌을까요. 물론 무죄로 석방될 겁니다. 다만

27_ Hans Gross[1847~1915]. 오스트리아의 법률가이자 범죄학자. 1905년 그라츠 대학 형법학 교수로 임용되었으며 최초의 범죄 박물관을 설립했다.

시기가 문제죠."

"언제쯤일까요?"

"하하하……, 당신의 아름다운 환영이란 결국 후미요란 말씀이군요. 아름다운 후미요가 당신을 위해 얼마나 최선을 다했는지는 저도 잘 압니다. 후미요의 사랑이 없었다면 다마무라 일가는 이미 모두 죽었을 테니까요."

"나는 어쩐지 그 딸을 잊을 수 없습니다. 아버지와는 딴판으로 얼굴도 마음도 아름다운 그녀의 환영이 자꾸 눈앞에 나타나 어쩔 줄 모르겠어요."

아케치는 어린아이처럼 곧이곧대로 고백하며 얼굴까지 살짝 붉혔다.

"범죄자의 딸이라도 후미요를 그 정도로 가깝게 여기시는군요. 저는 불평 않겠습니다. 그런 순정을 가진 여자는 흔치 않으니까요. ……다마무라 다에코 씨와 비교해도 결코 뒤지지 않죠. 얼굴도 마음씨도."

다에코라는 이름이 나오자 아케치는 무슨 일인지 미간을 찌푸렸다.

다에코와는 전에 S호반에서 보트를 타며 친구라기보다는 마치 연인처럼 이야기를 나눴던 기억이 있다. 다마무라가 사건에 그가 연루된 것도 다에코의 간절한 의뢰 때문이었다. 나미코시 경부도 어렴풋이 그걸 느꼈을 것이다. 그 생각을 하니 아케치는 수치와 분노 때문에 불쾌한 표정을 감출 수 없었다. 그는 다에코가 소름끼칠 정도로 싫었다. 후미요 때문이 아니다. 훨씬 더 깊은 이유가 있었다.

나미코시 경부는 아케치의 그런 마음까지 헤아릴 정도로 예민하지 않았다. 그는 하고 싶은 말을 했다.

"다에코 씨라면 이번 독약 사건 때 당신이 너무 냉담했다고 불평하더군요. 더 열심히 임해주기를 바라는 것 같았습니다."

아케치는 말없이 미간만 찌푸렸다. 대답하기도 싫다는 얼굴이었다.

"다에코 씨뿐 아닙니다. 저도 사실 당신 의견이 듣고 싶습니다. 당신은 다마무라 젠타로 씨가 살해당했을 때 이 범죄는 고등수학이라고 말했습니다. 그 후 줄곧 그 말이 마음에 걸렸습니다. 아무리 생각해봐도 의미를 알 수 없었거든요."

나미코시 경부는 이야기를 다시 본론으로 끌고 왔다.

"모든 선입견을 버려야 합니다. 아기같이 단순한 머리로 다시 시작하는 겁니다. 어른은 세상의 잡념에 사로잡혀 오히려 본질을 파악할 수 없어요. 똑똑히 보이는 걸 못 보는 거죠."

아케치는 선문답을 하듯이 말했다. 탐정학도 어떤 의미에서 선종의 교리와 유사할 수 있다. 현실주의자인 나미코시 경부는 그런 부분에 취약했다. 그는 쓴웃음을 지으며 반격했다.

"그걸 모르겠어요. 이른바 당신이 '맹점'이라고 하는 것 말입니다. 또렷이 보여야 할 그것이 내게는 전혀 보이지 않아요. 하지만 당신에게는 정말로 그게 보입니까?"

"보이다마다요."

아케치는 태연하게 대답했다.

"그 말인즉슨 당신은 다마무라 씨를 죽이고 이치로와 지로 형제에게 독을 마시게 한 진짜 범인을 안다는 거죠?"

경부의 창끝이 점점 예리해졌다. 그러나 아케치는 전혀 놀라지 않았다.

"알죠."

오히려 경부가 놀랐다. 무리가 아니었다. 아마추어 탐정은 경찰이 그렇게 난리법석을 떨었어도 편린조차 잡지 못한, 그 수수께끼 같은 범인을 알고 있었던 것이다.

"설마 농담하는 건 아니죠? 나는 진지합니다."

"농담이 아닙니다."

"그러면 말해주세요. 범인은 누구인가요. 어디 있습니까?"

의기충천해진 나미코시 경부가 따지고 들었다.

"오늘 밤 10시까지 기다려주시면 안 되겠습니까? 도망갈 염려는 전혀 없습니다. 정확히 10시에 범인을 인도하지요."

아케치는 하찮은 잡담을 하듯 말했다.

"뭐라고요? 그러면 당신은 이미 범인을 체포해놓았단 말인가요? 대체 어디 있습니까?"

"그렇게 서두를 필요 없습니다. 지금 그 장소를 말할 테니까 잘 기억해두세요. 그리고 정확히 10시에, 당신 혼자서 그곳으로 오십시오. 아마 범인을 인도할 수 있을 듯합니다. 장소는, 혼고구本鄕区 K초에서 왼쪽으로 꺾어 산울타리 샛길을 따라 1정가량 걸으면 돌문이 있는 낡은 양옥집이 나올 겁니다. 도깨비 집처럼 보일 텐데 빈집이나 다름없는 황폐한 건물입니다. 돌문으로 들어가서 건물 뒤로 돌면 창이 세 개 나란히 있습니다. 가장 왼쪽 끝의 창문이 열려 있으니 그곳을 통해 방으로 들어가십시오. 전등도 없이 컴컴하지만 제가 그 어둠 속에서 기다리고 있을 겁니다. 전혀 위험하지 않아요. 반드시 혼자 오셔야 합니다.”

“잘 알겠습니다.”

경부는 아케치가 알려준 순서를 복기해보았다.

“당신은 어떻게 범인을 찾아내신 거죠? 대체 누군데요?”

“매우 의외의 인물입니다. 물론 당신도 아는 사람이지요.”

“누구죠?”

경부는 자기도 모르게 재촉하고 말았다.

“……”

아케치가 나미코시 경부의 귀에 입을 대고 뭔가를 소곤소곤 말했다.

“그, 그런 어처구니없는 일이!”

경부는 펄쩍 뛸 것처럼 놀라며 소리쳤다.

“말도 안 됩니다. 아무리 그래도…… 뭔가 확증이 있습니까? 그에 대한 확증이요.”

“자세한 이야기를 하지 않으면 모를 텐데, 물론 증거가 있습니다.”

아케치는 약 30분간 진범을 발견하기까지의 전말을 자세히 이야기했다. 나미코시 경부도 그 설명을 듣고 난 후에는 아케치의 의견에 승복할 수 있었다. 그는 무슨 일이 있어도 10시에 알려준 장소로 가겠다고 약속하고 돌아갔다.

진홍색 커튼

밤이 되자 아케치의 아파트에 두 번째 손님이 찾아왔다. 다마무라 다에코였다. 오전에 전화로 방문을 예고했기에 아케치도 마음의 준비는 하고 있었다. 전혀 반갑지 않은 불청객이긴 했지만.

다에코는 아름다웠다. 후미요에게 끌리는 아케치의 눈에도 얼굴이 아름답기로는 다에코 쪽이 우위라는 것을 부정할 수 없었다.

그녀는 몸매가 노골적으로 드러나는 실크 봄옷을 입고 있었다. 얼굴과 손에도 공들여 화장을 한 듯했다.

"전 너무 무서웠어요. 제가 좀 늦게 왔나요?"

그녀는 얇은 실크 장갑을 벗으면서 요염하게 웃었다.

아케치는 뒤로 가서 다에코가 벗은 외투를 받아들었다.

"기다리고 있었습니다. 오빠들 상태는 괜찮으신지요."

"고마워요. 아직 누워계시기는 한데 많이 좋아졌어요. 정말 걱정했어요."

소파에 앉은 다에코는 아직 외투를 들고 서 있는 아케치를 관능적인 눈길로 올려다보았다. 독자 여러분도 아시다시피 그녀는 아케치를 좋아했다. 그가 피할수록 더 바짝 다가가는 것처럼 보였다.

아케치는 다에코 맞은편의 긴 의자에 앉았다.

안부를 물은 후 다에코는 아버지를 잃은 슬픔이나 정체를 알 수 없는 범인에 대한 두려움 같은 걸 장황하게 토로했다.

아무리 기다려도 용건을 알 수 없었다. 기다리다 못 한 아케치가 겨우 말을 끊고 퉁명스럽게 물었다.

"그래서 용건이 뭐죠?"

다에코는 너무하다는 표정으로 아케치를 살짝 흘겨보다가 말했다.

"다른 용건이 있을 리가 없잖아요. 아버지를 죽인 범인을 찾아달라는 거죠. 우리 남매를 안심시켜주세요. 그런 독약 소동 같은 게 일어나면 무서워서 안심하고 집에 있을 수가 없어요. ……그 후 뭔가 실마리라도 찾았어요? 안심할 수 있게 자세히 이야기해주세요."

"그런 걱정 안 하셔도 내일부터는 아무 일도 안 일어날 겁니다."

"뭔가를 알아내셨나 보죠? 말해주세요. 뭔데요?"

다에코는 이야기에 너무 열중한 나머지 전혀 의식하지 못한 것처럼 소파에서 일어나더니 긴 의자로 다가가 아케치 옆에 나란히 앉았다.

"어서 말해주세요."

다에코는 순진한 척 아케치의 무릎에 손을 올려놓았다. 그런 다음, 기대듯이 몸을 구부려 아케치의 얼굴을 올려다보았다.

아케치는 딱 달라붙은 다에코의 매끈한 무릎에서 온기를 느꼈다. 그녀가 손끝으로 자신의 무릎을 만지작거리는 것도 느껴졌다. 그는 자신의 얼굴 바로 아래 있는 여자의 입술에서 나오는 관능적인 숨결을 들이마셨다.

뭐 이런 대담한 아가씨가 다 있나.

아케치는 몹시 곤혹스러웠다. 다에코는 아름답다. 그녀의 몸은 관능적이다. 그 사랑스러운 여자가 지금 자신의 무릎에 몸을 던지려 하고 있다.

그는 마음속 깊은 곳에서 솟구치는 전율 때문에 어찌할 바를 몰랐다. 두려웠다. 뭐라 형언할 수 없는 공포였다.

"그렇게 듣고 싶습니까?"

아케치는 겨우 자신을 추스르고 말했다.

"네, 들려주세요."

그가 말하는 동안 다에코의 빨간 입술이 두렵게도 점점 가까이 다가왔다.

"범인을 알게 되었습니다."

"그럼 범인이……."

너무 놀란 나머지 다에코의 얼굴이 순식간에 창백해졌다.

"누군데요? 그 범인은."

구원을 요청하듯 연약한 표정을 지으며 아케치의 무릎에 자신의 무릎을 다시 바짝 붙이더니 다소 가쁜 호흡으로 물었다.

"알고 싶으십니까?"

아케치는 자꾸 자신에게 다가오는 부드러운 육체를 슬며시 밀어내며 말했다.

"네, 물론 알고 싶어요."

"용기가 있으십니까?"

"음."

다에코는 숨을 들이쉬었다.

"용기라고요? 어째서 용기가 필요하죠?"

"범인은 어느 빈집에 있습니다. 범인의 얼굴을 보기 위해서는 그 을씨년스러운 빈집으로 가야 하거든요."

"하지만, 전 범인을 보고 싶지는 않아요. 그냥 체포해주시면 되잖아요."

"물론 체포할 겁니다. 하지만 당신은 범인이 증오스럽지도 않습니까? 한번 보고 싶지 않으신가요?"

"네, 아버지의 원수니 증오하지 않을 리 없죠. 하지만 그런 무서운 남자를 만난다니……."

"아니요, 남자가 아닙니다. 범인은 여자입니다. 게다가 당신도 잘 알고 있는 사람이죠. 하지만 당신과 얼굴을 마주하고 위해를 가할 정도로 강한 여자는 아닙니다. 게다가 상대가 눈치 채지 못하게 조용히 허를 찌를 방법도 있습니다."

"저도 알고 있는 여자라고요? 누굴까요, 전혀 짐작할 수 없네요."

"매우 의외의 인물입니다."

"아, 혹시 오쿠무라 겐조의 딸 후미요인가요?"

"아닙니다. 후미요는 아직 미결수로 갇혀 있죠. 좀 더 의외의 인물입니다. 범인은 오늘밤 10시에 틀림없이 체포될 겁니다. 내일 아침에는 세간에도 알려지겠죠. 만약 그때까지 도저히 못 기다리겠으면 그 집으로 와서 살짝 보시겠습니까? 나미코시 경부도 갈 거고, 저도 물론 갈 겁니다. 오시면 범인이 체포되는 현장을 볼 수 있겠죠."

"빈집이 대체 어디 있는데요?"

다에코는 아케치의 무릎에서 떨어졌다. 범인을 체포한다는 낭보에 정신이 팔린 듯했다. 그러는 것도 무리가 아니다. 아버지가 참혹하게 살해당했을 뿐 아니라 오쿠무라 겐조 때문에 그녀 역시 몇 번이나 죽을 고비를 넘겼기 때문이다. 범인의 털끝이라도 발견되면 흥분할 수밖에 없을 것이다.

아케치는 나미코시 경부에게 말한 것처럼 찾아오는 길을 순서대로 알려주었다.

"그 돌문을 들어가면 끝에 현관이 있습니다. 문을 밀면 열릴 텐데 거기로 들어와 복도를 따라 걷다보면 문이 열려 있는 넓은 방이 나올 겁니다. 그 방 오른쪽에는 진홍색 커튼이 내려져 있습니다. 커튼 맞은편에는 다른 작은 방이 있고 전등이 켜져 있는데, 진홍색 커튼을 열고 안을 살짝 들여다보면 됩니다. 거기 범인이 있습니다."

이 무슨 기묘한 방법인가. 다에코도 나미코시 경부와 마찬가지로 왜 그렇게 복잡하게 말하나 의심을 품을 수밖에 없었다.

"범인을 보고 싶다면 제가 지금 말한 순서를 꼭 지키셔야 합니다. 만약 순서가 틀리면 매우 곤란한 일이 생깁니다."

아케치는 다시 한 번 빈집으로 들어가는 순서와 범인을 보는 방법을 설명해주었다.

"그런데 좀 예감이 안 좋아요. 당신과 함께 갔으면 좋겠는데요."

"그러면 말짱 허사가 됩니다. 트릭을 써서 범인을 그 방으로 유인하는 것이 제 역할입니다. 나미코시 경부에게 범인을 인도할 때까지는 안심할 수 없습니다."

"그럼 나미코시 씨에게 부탁해서 같이 가달라고 해도 될까요?"

"그것도 안 됩니다. 그런 부탁을 하면 왜 비밀을 발설했느냐고 제게 한 소리 할 겁니다. 혼자 오세요. 그리고 쓸데없는 행동은 안 하는 게 좋을 겁니다."

그녀는 계속 범인이 누구인지 알려달라고 졸랐지만 아케치는 끝까지 입을 열지 않았다.

다에코는 아케치와 헤어져 아파트를 나왔다. 예감이 안 좋아 갈까 말까 한참을 망설였지만 결국 가기로 마음을 정했다.

증오심에 빨리 범인의 얼굴을 보고 싶었기도 했고, 대체 누구일까 궁금하기도 했다. 소설 같은 모험을 하리라는 기대도 있었다. 복합적인 마음이 그녀의 등을 떠민 것이다. 하지만 이유가 그뿐이라면 가지 않았을지도 모른다.

다에코에게는 갈 수밖에 없는 이유가 또 있었다. 다음날 아침까지 기다리면 알 수 있지만 얼마 안 되는 그 시간조차 기다릴 수 없었다. 마음이 다급했다. 보는 것조차 두려웠다. 하지만 기다리는 것이 더 두려웠다. 이루 말할 수 없는 초조함에 그녀는 숨이 막힐 듯한 고통을 맛보았다.

다에코는 일부러 사카나마치魚町에서 차를 세워달라고 해서 아케치가 말한 단고자카団子坂 언덕길을 따라 빈집으로 걸어갔다.

골목을 돌자 음침한 주택가가 나왔는데, 야와타八幡의 야부시라즈藪知らず처럼 사람 키보다도 큰 산울타리가 양편에 구불구불 끝없이 이어졌다.

어두운 밤이라 실제보다 두 배는 길게 느껴졌다. 그렇게 먼 길은 아니었지만 다에코는 산울타리 속에서 미아가 되는 것 아닐까 생각할 정도였다.

드디어 돌문이 보이는 듯했다. 별빛에 어렴풋이 보이는 양옥집 지붕이 마치 시커먼 오뉴도 같아 너무 소름끼쳤다.

'그만 돌아갈까.'

다에코는 발길을 돌렸지만, 범인을 두 눈으로 확인하고 싶은 마음을 누를 수 없었다. 단순한 호기심이라면 돌아갔을지도 모른다. 하지만 그녀에게는 다른 사람들은 알 길 없는, 호기심 이상의 다급한 이유가 있었다.

발소리를 죽이고 돌문 안으로 들어가니 잡초가 무성한 마당이 나왔다. 한참을 지나니 겨우 현관이 보였다.

문을 밀어보니 소리 없이 열렸다. 곧게 뻗은 복도 끝에 어렴풋한 빛이 보였다. 아마 범인이 있는 방에서 흘러나오는 듯했다.

심장이 마구 뛰었다.

아, 이제 조금만 있으면, 정말 몇 초만 지나면 진범을 볼 수 있다. 그 생각을 하니 다에코는 고통스러워 숨이 막히는 듯했다. 몸이 움츠러들었고 맥없이 쓰러질 것만 같았다.

하지만 온몸의 기력을 모아 가까스로 곤란을 이겨냈다.

그녀는 넓은 복도를 살금살금 걸었다. 마치 원령이라도 되는 것처럼 소리 없이 계속 안쪽으로 들어갔다.

아케치의 말대로 넓은 방이 나왔다. 오른쪽을 보니 건너편의 전등이 진홍색 커튼을 아름답게 비추고 있다.

드디어 그 시간이 왔다.

커튼 한 장만 열면 맞은편에 무시무시한 범인이 있다.

상대가 여자일지라도 눈치 채게 되면 큰일이다. 옷자락 소리나 미미한 공기의 동요조차 주의해야 한다.

다에코는 까치발로 걸으며 숨죽여 커튼 가까이 다가갔다.

한참 귀를 기울여도 아무 기척이 나지 않았다. 범인은 미동도 하지 않고 누군가를 기다리는 건가. 누구를? 혹시 나를? 그렇게 생각하니 온몸의 털이 곤두서는 듯했다.

하지만 여기까지 오지 않았나. 이제 와서 망설일 일이 아니다. 이 집에 들어올 때 시간을 지체했으니 약속했던 10시는 벌써 지났을 것이다.

다에코는 커튼 사이에 살짝 손가락을 집어넣었다. 그리고 열리는지 모를 만큼 아주 조금씩 커튼을 젖혔다.

진범

실처럼 가느다란 광선이 커튼 틈으로 들어오자 다에코의 창백한 얼굴에 선이 한 줄기 그어졌다.

그녀는 충혈된 눈으로 방 안을 들여다보았다. 좁은 시야에는 아직 누구의 모습도 들어오지 않았다.

꽁무니를 빼는 듯한 자세로 숨죽이며 조금씩 커튼 틈새를 벌렸다.

혹시 커튼 뒤에 사람이 기다리고 있다가 지금이라도 맹수처럼 달려드는 것 아닐까.

그러고 있다가는 숨이 끊어져 죽을 것 같았다. 심장 박동이 멈춰버릴 것만 같았다.

하지만 희한하게도 커튼 건너편에는 그림자조차 얼씬하지 않았다. 아무리 기다려도 달려들 기미가 보이지 않았다.

과감해진 다에코는 커튼을 더 젖혀보았다. 이제 방구석까지 한눈에 보였다. 아무도 없었다. 사람이 숨어 있을 만한 곳도 없었다.

그녀는 커튼 틈에 고개를 집어넣고 방 안을 휙 둘러보았다. 텅 비어 있었다.

설마 아케치가 속인 건가? 그렇게 신신당부하며 시간을 강조했는데 이런 상황은 좀 의아했다.

다에코는 커튼을 열고 방 안으로 들어갔다. 아니, 들어가려고 한발을 디디려는 찰나였다.

바로 그 순간, 그녀는 비명을 지르며 멈춰 섰다. 정면으로 보이는 곳에도 지금 그녀가 열었던 것과 같은 색의 커튼이 쳐 있었다. 그뿐만 아니라 그녀의 흉내를 내듯 저쪽에서도 누군가 커튼을 열고 있었다. 아름다운 여자였다.

아케치는 범인이 여자라고 했다. 그렇다면 저 여자가 그 무시무시한 범인인가.

다에코는 새파랗게 질려 두 눈을 크게 뜨고 상대를 지그시 바라보았다.

상대도 어지간히 놀랐는지 새파랗게 질려 놀란 눈으로 그녀를 지그시 바라보고 있었다.

어슴푸레한 전등 빛이 두 여자의 희한한 대면을 이상야릇한 그림자로 그려냈다.

잠시 후 상대방을 바라보던 다에코의 얼굴에 비로소 안심하는 기색이 보이는가 싶었는데 갑자기 깔깔 웃기 시작했다. 하지만 무슨 생각이 떠올랐는지 공포에 질린 표정을 짓더니 천이 찢어지는 듯한 날카로운 비명을 질러댔다.

그 소리가 텅 빈 방안에 메아리쳤다. 그 여운이 사라지기도 전에 다에코는 복도로 나와 현관을 향해 달려갔다. 유령에라도 쫓기듯 뒤도 돌아보지 않고 필사적으로 뛰었다.

그러나 현관에 이르자, 어둠 속에서 누군가 그림자처럼 불쑥 나타나 다에코의 앞을 막아섰다.

"아하하하하하하, 도망치려 해도 소용없어요."

그 남자는 넉살좋게 말하고 다에코의 어깨를 잡았다. 거대한 손바닥, 엄청난 힘, 참새 같은 다에코는 떨쳐버릴 힘이 없어 맥없이 바닥에 주저앉았다.

벽에 난 구멍

바로 그때 그 옆방에 세 사람이 묘한 자세로 전등도 켜지 않은 암흑 속에 모여 있었다. 낡은 벽에 나 있는 작은 구멍을 들여다보고 있었던 것이다.

누가 뚫었는지 몰라도 벽에는 1치 정도의 둥근 구멍이 나 있었는데, 그 구멍으로 옆방이 들여다보였다.

세 사람에게는 다에코가 열었던 커튼이 정면으로 보였기에 밖에서 커튼을 연 다에코가 비명을 지르고 도망갈 때까지 모든 행동과 표정을 손바닥 보듯 볼 수 있었다.

"아케치 씨, 다에코는 왜 저렇게 엄청난 비명을 지르며 도망치는 건가요?"

다에코의 모습이 사라지자 그중 한 사람이 구멍에서 눈을 떼고 속삭이며 말했다.

"그 얼굴을 보셨습니까?"

아케치인 듯한 검은 그림자가 물었다.

"네, 보았습니다. 나는 그토록 공포에 질린 누이의 얼굴은 처음 봤어요. 완전히 다른 사람 같더군요."

다에코를 누이라고 부르는 걸 보니 다마무라가 형제 중 하나일 것이다.

"살다보면 아주 드물게 그런 표정을 지을 때가 있습니다. 그 표정의 의미를 아십니까?"

아케치의 목소리가 들렸다.

"공포의 표정입니다. 사람의 얼굴에 그토록 공포가 드러날 수 있다고 생각하니 무서웠습니다."

다른 목소리가 조그맣게 들렸다. 다마무라 이치로인 듯했다. 그렇다면 처음 목소리가 동생 지로일 것이다. 그런데 대체 그들은 무엇 때문에 이 빈집에 잠입해서 구멍을 들여다보고 있는가.

"하지만 누이는 무엇을 보고 저렇게 소스라치게 놀란 걸까요, 이유를 모르겠군요."

이치로가 말했다.

그들은 구멍의 위치 때문에 다에코가 보았던 여자가 누구인지 알 수 없었다.

"범인을 본 겁니다. 아버지를 죽인 진범을 봤죠."

"그래요? 누구입니까? 그러면 이 옆방에 진범이 있는 겁니까? 하지만 구멍으로 보니 방안은 완전히 비어 있던데요."

지로가 의아하다는 듯이 되물었다.

"정말로 이 옆방에 범인이 있습니까? 있다면 왜 망설이는 건가요, 빨리 잡아야죠."

이치로도 다그치듯 말했다.

"망설이는 게 아닙니다. 지금쯤 나미코시 경부가 범인을 잡았을 겁니다."

그러고 보니 조금 전 나미코시 경부가 아케치와 조용히 몇 마디 나누고 나서 어디론가 사라졌다. 역시 범인을 잡으러 간 건가. 그러나…….

"그래도 이상하네요. 범인은 이 옆방에 있다면서요. 그런데 아무리 들여다봐도 방 안은 계속 비어 있는데요. 범인은 물론 나미코시 경부도 들어오지 않았잖아요."

지로가 구멍을 들여다보면서 조용히 말했다.

"비어 있다고요? 아, 맞습니다. 방에는 아무도 없습니다."

아케치가 묘한 말을 했다.

"하지만 아까 누이가 범인을 보았다고 말씀하셨잖아요."

"다에코 씨는 확실히 범인을 보았습니다. 하지만 그 방에 범인이 숨어 있을 수는 없습니다."

다에코는 범인을 보았다. 하지만 거기에 범인은 없다. 논리적으로 양립 불가능한 사실이다. 수수께끼도 아닐 테고 아케치는 대체 무슨 말을 하려는 걸까.

"하하하하하하하, 의아하게 생각하시는 것도 당연합니다. 이리로 오십시오. 옆방으로 가보죠 수수께끼는 금방 풀릴 것입니다.

아케치가 큰 소리로 웃었다. 나머지 두 사람은 깜짝 놀랐다. 만약 범인이 들으면 어쩌려고 저러나.

아케치는 앞장서서 복도로 나갔다. 영문을 알 수 없었지만 이치로와 지로도 뒤따라 나갔다. 한 바퀴를 삥 도니 구멍을 통해 보이던 방이 있었다.

세 사람은 방으로 들어가 방금 전 다에코처럼 진홍색 커튼 밖에 서서 커튼을 살짝 열어보았다.

"들어가 보세요."

아케치가 시키는 대로 먼저 방에 발을 들여놓은 사람은 지로였다.

그러자 방 끝에 쳐 있는 또 하나의 커튼이 휙 열리더니 양복 차림의 남자가 보였다. 그 남자와 얼굴을 마주한 지로는 놀라서 꼼짝하지 못했다.

그리고 짓궂게 웃기 시작했다.

"후후후후후, 뭐예요, 거울이잖아요."

정면으로 보이는 벽에 전신 거울이 있었던 것이다. 커튼도, 커튼이 열리면 나타나는 인물도 모두 거울에 비친 모습에 불과했다. 앞에 있는 남자는 결국 지로 자신이었다.

알았다. 방금 다에코가 놀란 것도 이 거울 때문이었다. 그녀는 거울에 비친 자신의 모습을 보고 놀라 도망친 것이다.

그렇다면 범인은 대체 어디에 있을까.

"아까 당신은 다에코가 범인을 보고 깜짝 놀랐다고 하셨잖아요."

이치로가 다소 창백해진 얼굴로 아케치를 보았다.

"그렇습니다."

"범인은 어디로 갔습니까?"

"어디로도 가지 않았습니다. 처음부터 없었습니다."

"그럼……."

이치로와 지로는 아케치가 말한 의미를 어렴풋이 알 것 같았다. 하지만 자기 입으로 그 말을 하기는 너무 무서운 모양이었다.

"다에코 씨는 이 거울에서 놀라운 진범의 모습을 발견한 것입니다."

아케치가 마침내 말을 꺼냈다.

"아, 그럼……. 설마, 설마요."

이치로가 무심결에 외쳤다.

"당신은 지금 누이가 아버지를 죽인 범인이라고 말씀하신 겁니까?"

지로가 아주 험악한 얼굴을 하며 따지고 들었다

"그 증거를 당신도 직접 보셨잖습니까."

아케치는 침착하게 대답했다.

"다에코 씨는 이 거울을 보고 놀라 처음에는 소리를 질렀습니다. 그리고 방금 지로 군처럼 웃었습니다. 거울이라는 것을 알아차렸기 때문입니다. 하지만 곧바로 그녀의 얼굴에는 웃음이 사라졌습니다. 엄청나게 공포에 질린 표정이 얼굴에 떠오르더니 소름끼치는 비명이 터져 나왔습니다. 예리한 다에코 씨가 내 트릭을 알아차린 것입니다. 내가 커튼 뒤에 범인이 있다고 했는데, 범인이란 결국 거울에 비친 다에코 씨 자신을 의미한다는 걸 깨달은 거지요."

형제는 누이의 얼굴에 나타난, 더없이 공포스런 표정을 보았다. 아케치의 설명을 듣고 보니 다에코가 진범이 아니라면 그렇게 무시무시한 표정을 지을 필요가 없다. 하지만 육친인 다에코가 아버지를 죽였다고는 도저히 생각할 수 없었다.

"동기는요? 다에코에게는 아버지를 죽일 동기가 없습니다."

지로가 외쳤다.

"동기 말입니까? 지극히 간단합니다."

아케치는 전혀 놀라지 않았다.

"다에코 씨는 당신의 누이도, 젠타로 씨의 딸도 아니니까요."

나지막한 목소리였지만 청천벽력같이 들렸다. 두 형제는 아케치의 말이 너무 뜻밖이라 놀란 입을 다물지 못했다.

아케치가 허튼소리를 할 리 없었다. 아까 다에코의 표정이 심상치 않았던 걸 보나 아케치가 단언하는 걸 보나 거짓말은 아닌 듯했다.

"그러면 다에코는 대체 누구의 자식입니까. 어떻게 우리 집에 있는 겁니까. 나는 다에코를 갓난아기 때부터 봤어요."

이치로가 반박했다.

"놀라지 마십시오. 다에코는 오쿠무라 겐조의 친딸입니다."

"네? 그런 말도 안 되는……."

"아뇨, 의심하시는 것도 무리는 아닙니다. 하지만 제가 조사해본 바로는 틀림없는 사실입니다. 태어나자마자 갓난아기 때 병원에서 바뀐 것입니다. 게다가 그게 오쿠무라 겐조의 치밀한 계획이었습니다. 그는 간호사를 매수해 우연히 같은 날 태어난 자신의 딸과 진짜 다마무라가의 딸을 몰래 바꿔놓은 것입니다."

"네, 그러면 혹시 후미요라는 놈의 딸이……."

"그렇습니다. 후미요 씨야말로 당신들과 피를 나눈 누이입니다. 확실한 증인도 있습니다. 그 간호사가 아직 살아 있습니다."

"하지만 왜 그렇게 엄청난 짓을 했습니까. 아무래도 전 이유를 모르겠습니다."

지로가 끼어들어 물었다.

"겐조의 복수심 때문입니다. 그는 아이를 바꿔 자신의 친딸을 다마무라의 딸로 키웠습니다. 그리고 철이 들 때쯤 자신이 친아버지라고 은밀히 밝히고 복수를 돕게 한 거죠. 정말 엄청난 계략이 아닐 수 없습니다. 당신들이 진짜 누이인 줄 알고 사랑했던 다에코가 복수마의 아름다운 첩자인 셈이죠. 적이 자신의 친자식을 가족의 일원이라고 믿는다면, 악마로서는 더 할 나위 없이 좋을 겁니다."

이야기를 듣고 보니 이치로도 지로도 짚이는 바가 있었다. 친누이여서 별로 의심하지 않았지만, 지금 생각해보니 평소 다에코의 행동에 이상한 점들이 있었다.

아케치는 설명을 이어갔다.

"다에코 씨가 놈의 딸이라면 지금까지 도저히 해석이 불가능했던 여러 불가사의가 눈 녹듯 풀립니다. 범인은 항상 집에 있었던 겁니다. 아무리 문단속을 철저히 하고, 경계를 하더라도 친딸이 범인이면 방어할 수 없으니까요."

"그렇군요. 다에코와 만나게 해주세요. 다에코의 입으로 직접 들어야겠습니다. 다에코는 틀림없이 나미코시 경부의 손에 체포되었겠죠?"

애가 탄 지로는 아케치의 설명을 끊고 물었다.

"그렇습니다. 나미코시 씨가 다에코를 체포해 저쪽 방에서 기다리고 있습니다. 거기에는 다에코 말고도 의외의 공범자도 있고, 아까 말한 간호사 노파도 불러놓았습니다."

아케치의 발걸음은 이미 그 쪽으로 향했다.

의외의 공범자

현관 옆의 방에 언제 전등을 밝혔는지 복도까지 빛이 흘러나왔다. 안에서 여자의 새된 소리도 새어나왔다.

두 형제는 아케치를 따라 방으로 들어갔다.

안에는 야차처럼 날뛰는 여자가 있었다. 다에코였다. 그녀는 사악한 정체를 드러내며 자신을 체포한 나미코시 경부에게 덤벼들었다.

"다에코 씨, 허세를 부려도 소용없습니다. 당신 오빠들도 아까 당신이 거울을 보고 안색이 변하는 모습을 똑똑히 보았습니다. 그런 무시무시한 표정이나 행동이 무엇보다도 확실한 증거입니다."

아케치가 애처롭다는 듯이 반쯤 정신이 나간 다에코에게 말했다.

"오, 오빠들. 난 어떻게 해요. 이런 끔찍한 의심을 받고 있어요."

다에코는 오빠들에게 최후의 연극을 했다.

이치로도 지로도 더 이상 속지 않았다. 그들은 어제까지 누이라고 생각했던 여자를 무섭게 노려보았다.

아케치도 다에코의 연극에는 아랑곳없이 아까 하던 설명을 이어갔다.

"다에코 씨, 내가 당신이 한 일을 오빠들에게 간추려서 이야기할 테니 틀린 점이 있으면 정정해주십시오. 당신은 오쿠무라 겐조의 친딸이라는 걸 알게 되자 아버지와 오빠들에게 원수를 갚아야 한다고 밤낮으로 다짐했습니다. 복수 사업에 착수하기 전에 당신이 가장 먼저 계획한 일은 나를 회유해서 방해가 되지 않도록 한 거였죠. S호반의 호텔에서 우연히 나를 만난 것처럼 가장해서 당신의 미모로 내 활동을 사전에 봉쇄하려고 했죠. ……

얼마 후 후쿠다 도쿠지로 씨 살해사건이 일어났습니다. 후쿠다 씨의 살인자는 다에코 씨, 당신입니다. 플루트 장송곡, 시체 주위에 뿌려진 꽃잎, 피범벅의 현장에도 잊지 않고 여성다운 감성을 남겨놓은 당신의 심리는 흥미로웠습니다. 범죄학 사상 특이한 사례로 남겠지요. ……

당신은 나미코시 씨에게 나를 S호반에서 불러내달라고 부탁했습니다. 물론 중간에 나를 가로채 사건이 일단락될 때까지 증기선 안에 유폐해두기 위해서죠. ……

그리고 계획대로 여러 음모를 꾸며 다마무라가 사람들의 목숨을 누차 위협했습니다. 당신의 친아버지 오쿠무라 겐조는 밖에서, 당신은 저택 안에서 서로 보조를 맞춰 복수 사업을 착착 진행시켰습니다. ……

하지만 만약 당신이 조금이라도 의심받는다면 겐조의 40년 계획은 물거품이 됩니다. 신중에 신중을 기해야 했습니다. 당신은 연약한 여자이지만 대담무쌍한 결심을 합니다. 즉, 다마무라 일가가 습격당할 경우에는 반드시 첫 번째 희생자가 되어 의혹을 피한다는 거였죠. 실제로 당신은 두 번이나 심한 부상을 당했습니다. 그렇게 상처까지 입은 당신이 범인과 한패일 거라고 누가 생각했겠습니까. 대담하고 무시무시한 속임수죠. 당신같이 기가 센 여자가 아니고서야 흉내를 내기도 힘든 수법입니다. ……

　당신은 늘 부상을 당했지만 모두 생명에 지장 없는 부위였죠. 그 점이 우선 내 주의를 끌었습니다. 게다가 마지막 물 공격 때 겐조는 당신만 함정에서 구해 배로 데려갔습니다. 당신을 인질로 삼았다고 했지만 좀 이상하다는 생각이 들었죠. ……

　그런 연유로 당신은 여러 가지 불가능한 일들을 가능하게 만드는 마술사 역할을 할 수 있었습니다. 예를 들어 범인이 보낸 편지나 그 외의 메시지들이 유령통신처럼 다마무라가 저택에서 발견된 것 말입니다. 몹시 기괴해 보이지만, 그것도 실제로 당신이 배달부 역할을 했다면 아무 일 아니게 되죠. 수수께끼가 바로 풀리잖습니까.

　뱀 사건이나 젠타로 씨 살해도 당신이라면 쉽게 할 수 있는 일이었죠. 아버지는 오히려 당신을 걱정해 침실을 옆으로 옮겼으니까요. 물론 복도에서 서생이 불침번을 섰지만 딸인 당신이 아버지의 방에 들어가도 전혀 의심하지 않았겠죠. 또 매수라는 방법도 있고요. ……

이 정도면 당신의 악행을 대충 열거한 것 같은데 어디 틀린 점이라도 있습니까?"

아케치가 말을 끝내자 다에코는 이판사판이라는 듯 태연자약하게 항변했다.

"호호호호호, 역시 훌륭한 추리예요. 하지만 비겁하군요. 수수께끼를 끝까지 다 못 풀었잖아요. 그러면서 내가 다마무라가의 딸이 아니라니요. 호호호호호호, 너무 어처구니가 없네요."

"그만 하세요. 이제 와서 아무리 아닌 척해도 소용없어요. 다 조사가 끝났습니다. 증인도 엄연히 있으니까요."

아케치는 끝까지 침착한 어조로 말했다.

"어머, 증인이라니요? 도대체 누구죠?"

"K 사립병원 간호사입니다. 당신이 태어났을 때 조력을 한 간호사를 찾아냈거든요. 그 여자가 오쿠무라 겐조에게 막대한 사례금을 받고 거의 같은 시간에 태어난 후미요 씨를 당신과 바꾸었다고 자백했습니다."

"구닥다리 옛날이야기잖아요. 20년도 지난 옛날이야기가 무슨 증거가 된다고요. 충분히 날조할 수 있죠."

"하하하하하, 우습게 생각하는군요. 당신은 망령든 노파가 증인이라니 말도 안 된다고 주장하고 싶은 모양인데 증인은 간호사 말고도 더 있습니다."

"아직 더 있어요? 꽤 모으신 거 같네요."

다에코는 넉살까지 부렸다.

아케치는 입술 한 구석에 묘한 웃음을 띠더니 문을 열고 옆방에서 대기하고 있는 사람들을 불렀다. 옆방에는 어스름한 전등 아래 나이 차이가 아주 많이 나는 두 남녀가 얌전히 호출을 기다리고 있었다.

불려 들어온 사람은 간호사였던 노파와 그녀의 손을 잡은 어린아이였다.

"어머, 신이치 아냐!"

다에코는 소년을 흘깃 보고 자기도 모르게 새된 소리를 냈다. 신이치라면 독자도 기억하듯이 다에코가 가난한 고아를 입양해서 자기 자식처럼 길렀다는, 아직 어린 그 소년이었다.

대단원

"여러분."

아케치는 톤을 높여 말했다.

"다에코 씨는 악행에 가담해 사람을 죽이기까지 했습니다. 친아버지인 겐조의 목숨을 지키고 조부의 복수를 완수하기 위해서죠. 그건 어떻게 보면 그녀 입장에서 당연한 일이기도 했고 오히려 동정할 만한 면도 있습니다. 하지만 다에코 씨는 자신의 복수를 위해 이 죄 없는 소년을 부하로 삼아 밤낮으로 곁에 두고 무시무시한 야수로 길렀습니다. 이는 인도적으로도 결코 용서할 수 없는 죄악입니다. ......

나미코시 씨, 후쿠다 씨 살인사건과 이번 다마무라 씨 참살 사건에 출몰한 거인의 비밀은 이겁니다. 다에코 씨는 신이치에게 특이한 교육을 시켰습니다. 이 아이 머리에서 온갖 도덕관념이나 정의감을 축출해내고 옛 선조에게 물려받은 잔인무도한 야성을 발달시킨 것입니다. 전혀 양심을 가지지 않은 음험하기 짝이 없는 야수로 만든 거죠. ……

실로 전율할 만한 사실입니다. 교육시킨 사람의 입장에서는 인간을 그런 괴물로 만들다니 아주 만족스러울 것입니다. 겉은 여느 아이들과 전혀 다를 바 없지만 신이치는 살인을 쾌락으로 여기는 이상 심리를 가졌습니다. 시골 아이들이 개구리를 죽이며 놀듯이 이 아이는 사람의 가슴을 단도로 찌르는 걸 즐깁니다. 하지만 아직 세상물정 모르는 어린아이입니다. 게다가 빈곤한 가정에서 태어나 어려서 양친을 잃었기 때문에 도덕적인 훈련을 전혀 받지 못했습니다. 그리고 목숨을 구해준 사람이라고 믿고 의지하던 다에코 씨에게 특이한 교육을 받은 거죠. 무자비한 살인마가 되어버린 것도 무리는 아닙니다. ……

후쿠다 씨의 경우도, 다마무라 씨의 경우도, 살인은 안에서 완전히 잠겨 출입구가 없는 방에서 일어났습니다. 그 점이 풀기 어려운 수수께끼여서 우리를 괴롭혔습니다. 그런데 이런 작은 아이가 공범이라면 그 수수께끼도 쉽게 풀립니다. 문 윗부분의 환기용 회전창, 그걸 이용한 것입니다. 그런 좁은 곳으로 사람이 드나들 거라고는 아무도 생각할 수 없었으니까요. 아무리 체구가 작아도 어른이라면 불가능한 일이죠. 그런데 신이치 같은 어린아이라면 문제가 다릅니다. 뼈가 가는 아이라면 환기창을 통해 방을 드나들 수 있는 거죠. 너무나 교묘한 발상 아닙니까? 아무리 의심이 많은 경찰이라도 설마 이런 9~10세밖에 안 되는 어린아이가 공범이라고는 생각지 못할 테니까요. ……

다에코 씨는 신이치를 데리고 살해할 사람의 방에 들어가(가족이니까 들어가는 건 어렵지 않죠) 목적을 완수한 후 플루트를 불고 꽃을 뿌려 망자를 추모했습니다. 다에코 씨는 열쇠를 신이치에게 건넨 후 먼저 방을 나오고, 신이치는 안에서 문을 잠그고 원숭이처럼 회전창으로 기어 올라가 그곳을 통해 복도로 뛰어내려 도망친 것이죠.

거인은 다에코 씨가 신이치를 목마 태우고 그 위에 망토를 두른 겁니다. 그렇게 하고 도망치는 걸 보여줌으로써 살인사건에 기괴한 괴담까지 가미해 경찰을 헷갈리게 할 수단으로 사용한 거죠. 벽에 찍어놓은 거인의 손자국도 그 괴담을 한층 진짜처럼 꾸미기 위한 장치에 불과합니다. ……

다에코 씨, 이제 저는 당신의 비밀을 완전히 폭로했습니다. 게다가 증인도 두 사람이나 있습니다. 아무리 당신이 억지를 부려도 더 이상 도망칠 길은 없습니다. 지금 신이치 군에게 살인 순서를 물어볼까요? 아니, 재현해보라고 해도 되겠네요. 이제 이 아이는 저를 따르게 되었거든요. 제 명령이라면 무엇이든지 할 겁니다."

다에코는 비로소 절체절명의 고비를 맞았다. 그녀의 창백한 얼굴에는 구슬 같은 땀이 맺혔고, 치켜뜨고 있는 눈은 충혈되어 있었다.

그녀는 허공을 주시하며 말없이 한참을 서 있었다. 이윽고 떨고 있던 그녀의 오른손이 벌레 기어가듯 조금씩 가슴으로 올라갔다.

"이런."

아케치가 소리치며 나는 새처럼 빠르게 달려갔다. 아케치에게 들이받힌 다에코는 비틀거리며 쓰러졌다.

사람들은 무슨 일인가 어안이 벙벙해져 지켜볼 뿐이었다.

"뭐 하십니까? 위험하잖습니까."

아케치는 다에코의 손에서 빼앗은 권총을 자신의 손바닥에 올려놓고 쓰다듬으며 나무랐다.

"이치로 군과 지로 군을 길동무 삼아 자살할 생각을 했겠죠. 당신은 아직 집념을 버리지 못했네요."

"아, 난 자살도 할 수 없단 말이에요? 너무해요. 너무해."

바닥에 몸을 던진 다에코는 엎드려서 울부짖었다.

강렬한 자백이었다. 그녀는 자신의 죄를 인정한 것이나 다름없었다. 보석왕 다마무라가의 딸로 떠받들어져 여왕처럼 행동한 다에코가, 희대의 악녀로 세간과 경찰을 제멋대로 희롱한 그녀가, 이렇게 죄를 인정하다니 너무 비참했다.

이치로도 지로도 어제까지 누이라고 애지중지했던 다에코가 이런 모습으로 있는 걸 차마 볼 수 없었다.

"아버지를 죽인 증오스러운 원수지만 한동안 남매의 인연을 맺었던 사람입니다. 살살 다뤄주십시오. …… 그리고 다에코, 이제 각오를 하는 게 좋을 거다. 아무리 울어도 소용없으니까."

이치로가 원망스러움을 잊고 다정하게 말했다.

하지만 엎드려 있던 다에코는 그런 위로의 말도 들리지 않는다는 듯이 악녀답지 않게 그저 울부짖기만 했다.

쥐 죽은 듯이 조용한 빈집의 방, 불그스름한 전등 빛, 침묵을 지키고 있는 사람들, 그 가운데 아름다운 악녀 다에코의 울음소리만 오래오래 들렸다. 원망과 슬픔의 소리였다.

* * *

마술사는 멸망했다. 다에코는 즉시 형무소에 수용되었다. 대신 가련한 후미요는 자유의 몸이 되었다. 자신이 겐조의 딸이 아니라 다마무라 보석왕의 친딸이며, 이치로와 지로의 친 남매라는 사실을 들었을 때 후미요가 어떤 환희를 맛보았는지 그건 독자들의 상상에 맡기겠다.

다마무라가는 후계자인 이치로가 보석상을 물려받아 경영하게 되었고, 지로도 형을 도와 열심히 일했다. 아버지를 잃은 형제는 후미요라는 아름답고 상냥한 누이를 얻어 아주 의좋은 삼 남매로 다시 태어났다.

후미요는 이제 범인의 딸이 아니었다. 아버지에게 등을 돌린 배신자도 아니었다. 그녀는 이제 걱정하지 않고 스스럼없이 사랑을 즐겨도 되는 처지였다.

"후미요, 아예 사무실에 출근하지 그래."

어느덧 지로에게 친 남매처럼 놀림도 받게 되었다.

아케치 고고로의 조수가 된 후미요는 그의 사무실인 개화 아파트로 매일같이 출근했다.

악한 마술사의 딸이었던 만큼 그녀는 탐정 조수로 적격이었다. 그 후 후미요 탐정이 아케치를 도와 어떤 멋진 활약을 보였는지, 그리고 그녀가 어떻게 아케치의 부인이 되었는지 그 전말은 또 다른 이야기인 『흡혈귀』로 넘기고 『마술사』는 이로써 대미를 장식한다.

작가의 말

도겐샤판 『에도가와 란포 전집』의 후기 중

『고단구락부』1930년 7월호부터 이듬해 5월호(정확히는 6월호)까지 연재한 작품이다. 『거미남』에 이은 통속장편이다. 1930년에는 『마술사』이외에도 『엽기의 말로』(『문예구락부』), 『황금가면』(『킹』), 『흡혈귀』(<호치신문>) 등의 장편을 연재하여 나로서는 꽤 다작의 시기였다. 슬슬 통속물 매문업으로 전향하는 마음으로 후딱후딱 썼던 것 같다. 나는 통속물의 작법은 구로이와 루이코와 뤼팽 시리즈를 적절히 배합하는 것을 목표로 했는데 그다지 성공적이지는 않았다. 하지만 『거미남』이나 『마술사』, 『황금가면』에는 그런 의도가 꽤 느껴지는 부분도 있다. 나는 통속물의 플롯은 서양 작품에서 차용해도 무방하다고 생각하는 편인데, 『마술사』에도 그런 요소가 몇 가지 있다. 예를 들어 대형 시곗바늘에 목을 졸리는 이야기, 벽돌 벽 안에 사람을 생매장하는 이야기 등은 모두 에드거 앨런 포 단편의 착상을 통속화한 것이다.『마술사』는 동기의 부자연스러움이 눈에 띄지만, 플롯 상으로는 내 통속 장편 중에서 완성도가 높은 작품 중 하나라고 생각한다.

『마술사』는 당시 하얼빈에서 발행되던 러시아 신문 <하얼빈 스코에 뷔레미아>에 번역되어 1931년 6월 29일자부터 50회로 연재되었다. (1961년 12월)

옮긴이의 말

아케치 고고로 탐정수첩 제5권『마술사』는 1930년 7월부터
이듬해 6월까지『고단구락부』에 연재된 소설입니다. 전작『거
미남』의 연재가 끝나자마자 쉬지 않고 바로 다음 달부터 연재를
시작한 셈인데, '거미남'이 파노라마 지옥에서 무참하게 죽음을
맞이한 지 열흘도 안 되어 아케치가 또다시 사건에 관여하게
되었다는 소설 속의 설정과 유사한 상황이지요.

『마술사』는『거미남』의 대중적인 성공에 힘입은 작품답게
비슷한 전략을 취합니다. 명탐정 아케치 대 악당의 대결 구도,
구로이와 루이코와 모리스 르블랑을 적절히 배합한 작법 등이
그 특징으로, 란포는 연재를 시작하며 아케치가 대적할 상대인
마술사에 대해 다음과 같이 예고합니다.

"우리의 아케치 고고로는 마침내 생애 최대의 강적을 상대하
게 되었다. 그는『거미남』의 이지理智를 뛰어넘어 자유자재로
변신할 수 있는 마술사다. 마술사는 구경꾼들의 눈앞에서 살아

있는 여자의 몸통을 자르거나 상자 안에 들어간 소녀를 칼로
찔러 살해하고 선혈이 흐르는 목을 바닥에 굴릴 수 있으며,
선 자리에서 사람을 잠들게 해 자유자재로 암시를 걸거나 타인의
속마음을 간파하는 등 온갖 기괴한 일을 벌일 수 있었다.

흉악한 악당이 이런 기괴한 기술에 능하다고 생각해보자.
제아무리 명탐정 아케치 고고로라도 마술사의 물리적, 심리적
속임수 때문에 꽤나 골치를 앓을 수밖에 없다.

마술을 부리는 악당은 대체 누구이며, 얼마나 의외의 인물일
까. 그리고 얼마나 나쁜 짓을 기도할까. 아케치 고고로는 이
거대한 적에게 과연 승리를 거둘 수 있을 것인가. 명탐정과
마술사의 전쟁은 볼만할 것이다."

아케치도 거미남보다 하수는 아닐 것 같다고 예감했듯이
마술사는 최대의 걸림돌인 아케치부터 납치를 한 후 예고대로
보석왕 다마무라 일가를 상대로 끔찍한 범죄 행각을 이어갑니
다. 범죄 현장에는 목을 베어 선혈이 흐르는 시체만 남겨둔
채 머리만 배에 실은 효수선을 스미다가와 강에 띄우고, 미인
해체 마술을 가장하여 많은 관객들이 보는 앞에서 사람의
사지를 절단하는 모습을 보여주는 등 잔인무도한 복수극이
펼쳐지는 가운데, 후미요의 도움으로 우여곡절 끝에 살아난
아케치는 마술사와 본격적인 대결을 펼칩니다.

"동기의 부자연스러움이 눈에 띄지만 플롯은 내 통속 장편
중에서 완성도가 높은 작품 중 하나라고 생각한다"는 란포의
말처럼 『마술사』는 다른 통속 장편들에 비해 미스터리의 요소가

보다 강화된 작품입니다. 중요한 복선들이 치밀하게 배치되어 있으며, 클라이맥스인 줄 알았던 마술사의 죽음 이후에도 반전을 거듭하는 등『마술사』의 플롯은 더없이 흥미진진합니다.

　게다가『마술사』는 아케치 고고로의 연애담이기도 합니다. 고전 탐정소설에서 탐정은 사랑과 인연이 없는 존재일 뿐 아니라 자신에게 주어진 사건의 미스터리를 푸는 것 이외에는 사생활조차 허락되지 않는 것이 암묵적인 룰이라는 걸 생각할 때, 탐정의 연애를 직접적으로 다루고 있는『마술사』는 이례적이라 할 수 있습니다. 하지만 란포가 초기 단편부터 공공연히 "범죄의 이면에는 예외 없이 사랑이 존재한다"고 밝혔던 걸 생각한다면, "그런 범죄를 해결하는 탐정이 사랑도 모르는 목석같은 사람이라면 어찌 그 임무를 수행할 수 있겠느냐"는 항변이 매우 설득력 있게 들립니다. 물론 "탐정소설에 애정의 요소를 도입하면 순수하게 지적이어야 할 경험을 소재와는 무관한 정서로 혼란시키는 결과를 가져올 뿐이며, 탐정의 당면 과제는 범죄자에게 정의의 심판을 내리는 일이지 사랑에 번민하는 남녀를 혼인의 제단으로 이끄는 것이 아니다"라고 말한 S. S. 밴다인이라면 절대 용납하지 못하겠지만요.

2020년 2월
이종은

작가 연보

1894년
- 10월 21일 미에三重현 나가名賀군 나바리초名張町에서 아버지 히라이 시게오平井繁男와 어머니 기쿠きく의 장남으로 태어남. 본명은 히라이 다로平井太郎.

1897년(3세)
- 아버지의 전근으로 나고야名古屋 소노이초園井町로 이사. 평생 이사가 잦았으며 그 회수가 총 46회에 달함.

1901년(7세)
- 4월 나고야 시라가와 진조소학교白川尋常小学校 입학.

1903년(9세)
- 이와야 사자나미巖谷小波의 동화에 심취. 어머니가 읽어준 기쿠치 유호菊池幽芳의 번안 추리소설 『비밀 중의 비밀秘密中の秘密』을 학예회에서 구연하려다 실패. 환등기에 매혹되었으며 이후 렌즈와 거울에 빠짐.

1905년(11세)
- 4월 나고야 시립 제3고등소학교名古屋市立第3高等小学校에 입학. 친구와 등사판 잡지 제작.

1907년(13세)
- 4월 아이치 현립 제5중학愛知県立第5中学에 입학. 여름방학 때 피서지인 아타미熱海에서 구로이와 루이코黒岩涙香가 번안한 『유령탑幽霊塔』을 읽고 감탄. 나쓰메 소세키夏目漱石, 고타 로한幸田露伴, 이즈미 교카泉鏡花의 작품을 읽기 시작.

1908년(14세)
- 활자를 구입하여 잡지를 제작. 아버지가 히라이 상회平井商店를 창업.

1910년(16세)
- 친구와 만주 밀항을 위해 기숙사를 탈출, 정학 처분을 받음.

1912년(18세)
- 3월 중학교 졸업.
- 6월 히라이 상회의 파산으로 고등학교 진학 포기. 일가가 한국의 마산으로 이주.
- 9월 홀로 귀국하여 와세다대학早稻田大学 예과 2년에 편입.

1913년(19세)
- 3월 <제국소년신문帝国少年新聞>을 기획하여 소설 집필 시도.
- 9월 와세다대학 정치경제학과에 입학.

1914년(20세)
- 친구들과 회람잡지『흰 무지개白虹』를 제작. 가을에 에드거 앨런 포, 코난 도일 등 해외 탐정소설에 흥미를 가짐.

1915년(21세)
- 아르바이트를 하며 해외 추리소설 탐독. 코난 도일 번역을 위해 고대 로마 이래 암호를 연구. 가을에 탐정소설 초안 기록을 수제본 『기담奇譚』으로 엮음. 습작으로 「화승총火縄銃」 집필.

1916년(22세)
- 8월 와세다대학을 졸업. 미국에 가서 탐정작가가 되려는 꿈을 단념하고 오사카의 무역회사 가토양행加藤洋行에 취직.

1917년(23세)
- 5월 이즈伊豆의 온천장을 방랑. 다니자키 준이치로谷崎潤一郎의 『금빛 죽음金色の死』에 감동, 이후 사토 하루오佐藤春夫와 우노 고지宇野浩二의 작품들을 가까이함. 「화성의 운하火星の運河」를 집필.

1918년(24세)
- 미에현 도바조선소鳥羽造船所 기관지 편집을 맡음. 도스토옙스키에 경도.

1919년(25세)
- 2월 도쿄에 상경. 동생들과 혼고本郷 단고자카団子坂에 헌책방 산닌쇼보三人書房를 개업했으나 1년 만에 폐업. 사립 탐정, 만화잡지『도쿄퍽東京パック』편집장, 중화소바 노점상 등 여러 직업을 전전. 겨울에 조선소 근무 중 알게 된 사카테지마坂手島 출신의 무라야마 류村山隆와 결혼.

1920년(26세)

* 2월 도쿄시 사회국에 입사. 만화잡지에 만화를 기고.
* 5월 조선소 시절 동료와 지적소설간행회知的小說刑行会를 창설, 동인잡지 『그로테스크グロテスク』를 기획하였으나 좌절. 한자를 달리 표기한 江戸川藍를 필명으로 사용. 「영수증 한 장」의 바탕이 되는 「석괴의 비밀石塊の秘密」 착수.
* 10월 오사카로 이주. 오사카 <시사신문사時事新聞社> 기자로 재직.

1921년(27세)

* 2월 장남 류타로隆太郎 탄생.
* 4월 상경하여 일본공인구락부日本工人俱樂部 기관지 편집장으로 취업.

1922년(28세)

* 7월 오사카 아버지 집에서 기거. 「2전짜리 동전二銭銅貨」과 「영수증 한 장一枚の切符」을 집필. 『신청년新青年』에 기고.

1923년(29세)

* 4월 『신청년』에 고사카이 후보쿠小酒井不木 추천사와 함께 「2전짜리 동전」 게재. 7월호에는 「영수증 한 장」 게재.
* 7월 오사카 <마이니치신문사每日新聞社> 광고부에 취직.

1924년(30세)

* 6월 『신청년』에 「두 폐인二癈人」 게재.
* 10월 『신청년』에 「쌍생아双生児」 게재.
* 11월 전업 작가가 되기로 결심하고 오사카 <마이니치신문사> 퇴사.

1925년(31세)

* 1월 『신청년』 신년증대호에 「D자카 살인사건D坂の殺人事件」을 게재.
* 2월 『신청년』에 「심리시험心理試驗」 게재 이후 편집장 모리시타 우손森下雨村이 기획 연속 단편을 제안, 이후 「흑수단黑手組」(3월호), 「붉은 방赤い部屋」(4월호), 「유령幽靈」(5월호), 「천장 위의 산책자屋根裏の散歩者」(8월 여름 증대호) 등을 발표.
* 4월 오사카에서 요코미조 세이시橫溝正史와 탐정취미회探偵趣味会를 발족.
* 7월 슌요도春陽堂에서 단편집 『심리시험』 발간.
* 9월 아버지 히라이 시게로 사망. 『탐정취미探偵趣味』 창간호 발간.
* 10월 『구라쿠苦楽』에 「인간의자人間椅子」 발표.

- 11월 JOAK(현 NHK) 라디오에서 「탐정취미에 관하여」를 방송. 대중문예작가21일회大衆文芸作家二十一日会에 참가, 『대중문예大衆文芸』 창간.

1926년(32세)
- 1월 『선데이 마이니치サンデー毎日』에 「호반정 살인湖畔亭事件」, 『구라 쿠』에 「어둠 속에서 꿈틀대다闇に蠢く」 연재 시작.
- 2월 <아사히신문朝日新聞>에 「난쟁이一寸法師」 연재 시작.
- 7월 『신소설』에 「모노그램モノグラム」 게재.
- 10월 『신청년』에 「파노라마섬 기담パノラマ島奇談」 연재 시작. 『대중문 예』에 「거울지옥鏡地獄」 게재.

1927년(33세)
- 3월 나오키 산주고의 연합영화예술협회 제작의 <난쟁이> 개봉. 시모도츠카下戸塚에 하숙집 치쿠요칸築陽館 개업.
- 6월 자신의 작품에 절망해 절필을 선언하고 일본해 연안을 방랑.
- 10월 헤이본샤平凡社판 현대대중문학전집 제3권 『에도가와 란포집』 발간, 16만 부 이상이라는 판매기록 수립. 교토, 나고야를 방랑.
- 11월 『대중문예』 동인들과 함께 대중문예합작조합인 단기사畷埼社 결성.

1928년(34세)
- 8월 『신청년』에 「음울한 짐승陰獣」 연재 시작, 인기를 얻음.

1929년(35세)
- 4월 고사카이 후보쿠 사망 후 『고사카이 후보쿠 전집』 간행에 매진.
- 6월 『신청년』에 「압화와 여행하는 남자押絵と旅する男」 게재.
- 8월 『고단구락부講談俱楽部』에 「거미남蜘蛛男」 연재 시작. 국내외 동성애문헌 수집에 착수.

1930년(36세)
- 1월 『문예구락부文芸俱楽部』에 「엽기의 말로猟奇の果」 연재 시작.
- 7월 『고단구락부』에 「마술사魔術師」 연재 시작.
- 9월 『킹キング』에 「황금가면黄金仮面」 연재 시작. <호치신문報知新聞>에 「흡혈귀吸血鬼」 연재 시작.

- 10월 고단샤講談社에서 『거미남』 출간, 인기리에 판매.

1931년(37세)
- 5월 헤이본샤판 『에도가와 란포 전집』 전 13권으로 발간 시작.
- 8월 에스페란토어 역본 『황금가면』 발간.

1932년(38세)
- 3월 집필을 중단한 후 각지를 여행.
- 11월 오카도 부헤이岡戸武平가 대필한 『꿈틀거리는 촉수蠢く触手』를 신초샤新潮社에서 발간.
- 12월 이치가와 고다유市川小太夫가 「음울한 짐승」을 연극으로 상연.

1933년(39세)
- 1월 오츠키 겐지大槻憲二의 정신분석연구회精神分析研究会에 참가.
- 11월 『신청년』에 「악령惡靈」 연재 시작(3회로 중단).
- 12월 『킹キング』에 「요충妖虫」 연재 시작.

1934년(40세)
- 1월 『히노데日の出』에 「검은 도마뱀黑蜥蜴」 연재 시작. 『고단구락부』에 「인간표범人間豹」 연재 시작.
- 9월 『중앙공론中央公論』에 「석류柘榴」 발표.

1935년(41세)
- 1월 『란포 걸작선집』 전 12권 헤이본샤에서 발간 시작.

1936년(42세)
- 1월 『소년구락부少年倶楽部』에 「괴인이십면상怪人二十面相」 연재 시작.
- 4월 『탐정문학探偵文学』 4월호 에도가와 란포 특집호 발간.
- 5월 평론집 『괴물의 말鬼の言葉』 슌주샤春秋社에서 발간.

1937년(43세)
- 9월 『히노데』에 「악마의 문장惡魔の紋章」 연재 시작.

1939년(45세)
- 1월 『고단구락부』에 「암흑성暗黑城」 연재 시작. 『후지富士』에 「지옥의 어릿광대地獄の道化師」 연재 시작.
- 3월 슌요도 일본문학소설문고로 발간된 『거울지옥』 중 「벌레蟲」가 반전反戰 성향이 있다는 이유로 삭제 명령. 은둔 생활 결심.

1941년(47세)

- 군부에 협조하지 않았다는 이유로 작품 출판이 금지됨. 신문기사 등 자료를 모아 『하리마제연보貼雜年譜』 제작 시작.

1942년(48세)
- 1월 『소년구락부』에 고마츠 류노스케小松龍之介라는 필명으로 「지혜의 이치타로知恵の一太郎」 연재 시작.

1943년(49세)
- 11월 『히노데』에 과학 스파이 소설 「위대한 꿈偉大なる夢」 연재 시작.

1945년(51세)
- 4월 가족과 후쿠시마福島로 소개疎開.

1946년(52세)
- 4월 탐정작가 친목회인 토요회土曜会 창설.
- 10월 「심리시험」을 원작으로 한 영화 <팔레트 나이프의 살인 パレットナイフの殺人> 상영.

1947년(53세)
- 6월 탐정작가클럽 창설, 초대회장으로 취임, 회보 발행. 각지에서 탐정소설에 관해 강연.

1948년(54세)
- 8월 쇼치쿠松竹 영화사 제작 <난쟁이> 개봉.

1949년(55세)
- 1월 『소년少年』에 「청동의 마인青銅の魔人」 연재 시작.

1950년(56세)
- 3월 <호치신문>에 「단애斷崖」 연재 시작. 「흡혈귀」를 원작으로 한 다이에이大映 영화사 제작 <에지의 미녀永柱の美女> 상영.

1951년(57세)
- 5월 이와야쇼텐岩谷書店에서 평론집 『환영성幻影城』 발간.

1952년(58세)
- 7월 탐정작가클럽 명예회장으로 추대.
- 11월 미군기관지 『성조기Stars and Stripes』에 아케치 고고로가 일본의 홈즈로 소개.

1954년(60세)
- 6월 오사카 <산케이신문>에 「흉기凶器」 게재. NHK라디오 연속드라

마 「괴인이십면상」 방송.
- 10월 에도가와 란포상 제정. 이와야쇼텐에서 『탐정소설 30년』 발간.
  슌요도에서 『에도가와 란포 전집』 전 16권 발간 시작.
- 11월 쇼치쿠 영화사 제작 <괴인이십면상> 개봉.

1955년(61세)
- 1월 「도깨비 환희化人幻戱」, 「그림자남影男」, 「십자로十字路」 집필. 쇼치
  쿠 영화사 제작 <청동의 마인> 개봉.
- 2월 신토호新東宝 영화사 제작 <난쟁이> 상영.
- 4월 『오루 요미모노ォール読者』에 「달과 수첩月と手袋」 게재.

1956년(62세)
- 3월 닛카츠日活 영화사 제작 <죽음의 십자로死の十字路> 개봉. J. 해리스
  번역, 영문 단편집 발간.

1957년(63세)
- 8월 <파노라마섬 기담> 토호東宝극장에서 개봉.

1961년(67세)
- 10월 도겐샤桃源社판 『에도가와 란포 전집』 전 18권 발간 시작.

1963년(69세)
- 1월 사단법인 일본추리작가협회 창설, 초대회장 취임.

1965년(71세)
- 7월 28일 뇌출혈로 사망.

ⓒ 도서출판 b, 2020

아케치 고고로 사건수첩 5

마술사

초판 1쇄 발행 | 2020년 06월 18일

지은이 에도가와 란포
옮긴이 이종은
펴낸이 조기조

펴낸곳 도서출판 b
등록 2003년 2월 24일 제2006-000054호
주소 08772 서울특별시 관악구 난곡로 288 남진빌딩 302호
전화 02-6293-7070(대)
팩시밀리 02-6293-8080
홈페이지 b-book.co.kr
이메일 bbooks@naver.com

ISBN 979-11-87036-70-8 (세트)
ISBN 979-11-87036-75-3 04830

값 | 12,000원